퓨자리온의 번영하는 모습을 보며
그 풍요로울 미래에 안심한 발드는,
드디어 마수(키젤)와 정령의 수수께끼를 풀기 위한 여행길에 나선다.

바로 그 순간 파르잠 왕궁은
예상치도 못했던 세력에게 공격당하고 있었다.
열세인 방어전에 임하는 발드.

그리고 용인들과의 만남에서 새로운 단서를 얻은 발드는
세계의 비밀에 다가간다.

드디어 모습을 드러낸 강대한 적.
너무나도 압도적인 상대에게, 발드는 어찌 대치할 것인가.

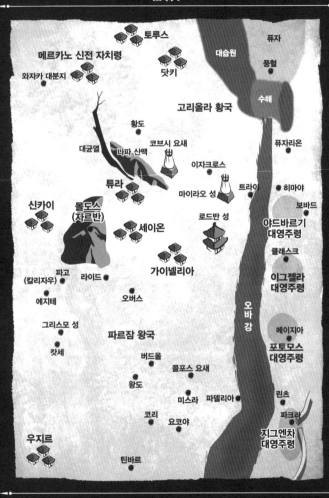

변경의 노기사

THE OLD KNIGHT OF A FRONTIER DISTRICT

발드 로엔과 시조왕의 유산

지을
시엔 BIS

일러스트
키쿠이시 모리오

캐릭터 원화
사사이 잇코

옮김
이신

CHARACTERS

발드 로엔

주인공.
주인 가문인 테루시아가를 떠나
변경을 방랑하는 노기사.

커즈 로엔

자르반 대공가의 생존자.
발드의 양자.
뛰어남 검술 실력을 가졌다.

쥴챠가

퓨자리온의 영주.
전직 도적.
발드의 동료.

드리아텟사

쥴챠가의 아내.
전 고리올라 황국의 귀족.

자리아

약사 노인.
〈정령 빙의〉로 수명이 늘어났으며
신비한 기술을 쓴다.

카무라

요리사.
고집스러운 면이 있지만
요리 실력은 누구보다 훌륭하다.

헬리단 가트

전 고리올라 황국의 기사.
드리아텟사에게
충성을 맹세한다.

타랑카

헬리단의 양자.
문무에 능한 청년.
기사를 목표로 수업 중.

퀸터

쥴챠가를 형으로 여기며
따르는 고아. 커즈의 제자.
기사를 목표로 수업 중.

카라

수수께끼의 소녀. 약사.

파르잠 왕국

쥴랑트

파르잠의 국왕.
아이드라의 아들.
발드의 제자.

셰르넬리아

쥴랑트의 정비.
고리올라 황왕의 딸.

샹티리옹

아고라이드 공작가의 양자.
검의 달인.
국왕 직할군 장군.

티그에르트

후작.
캇세 집정관.

레일리아

티그에르트의 아내.
고든의 조카딸.

론가

티그에르트의
친구이자 측근.

고리올라 황국

아플라반

파파렌 후작.
드리아텟사의 오빠.
두뇌 명석한 무인.

칼리엠 후작 부인

고리올라 사교계의
여왕이라 불리는 귀족.

가이넬리아국

조그 워드

발드를 이기는 데
집념을 불태우는 기사.
대장군.

콜린 클루저

조그의 측근.
장군.

그 외

고든 자르코스

메이지아의 기사.
발드의 맹우.
괴력무쌍.

아이드라

고인.
테루시아가의 공주.
발드가 마음에 두었던 사람.

하들 조르아르스

클래스크의 초대 영주.
전 자르반 대공국의 재상.

사이먼 에피발레스

린츠 영주.
고든의 숙부.

모우라

루즐라 티앤트.
발드의 친구.

엥그달

게르카스트.
조이 씨족의 전 족장.

이에미테

재밍.
텟사라 족의 용사.

에키두르키에

용인.
악령의 왕의 부하.

악령의 왕

마수의 대습격 등의 배후인.
정체불명의 적.

CONTENTS

제9부 대장벽의 저편으로

제10부 악령의 왕

외전 레일리아의 아이들

최종부 끝나지 않는 여행

제9부·대장벽의 저편으로

| 제1장 | ——— 대지에 뿌리를 뻗은 자

— 모즈스 버섯 모둠 전골 —

1

퓨자리온은 놀랄 만큼 발전을 이루었다.

그 풍족함을 알게 된 변경의 가난한 백성이 잇따라 밀려들었다.

기사 헬리단은 올가자드가(家)의 필두 기사로서 눈이 핑핑 돌 정도로 바빴고, 발드와 퀸터는 돌아오자마자 야수와 무뢰배 토벌과 이런저런 조정과 암염 채취 호위 등의 일에 쫓겼다. 기사 반츠렌과 고든도 여기저기로 뛰어다녀야 했다.

과거 줄챠가가 선언했듯이 보바드와 야드바르기 대영주령에서 에갈소시아를 사기 위한 짐마차 부대가 찾아왔다.

4월이 되자 드리아텟사가 남자아이를 출산했다.

아플라라고 불리고 있지만, 진짜 이름은 아플라에녹실링 올가자드였다.

"대체 얼마나 격식 높은 이름을 붙인 것이냐? 드리, 너는 새로운 왕가라도 만들 셈이냐?"

소식을 듣고서 달려온 아플라반은 웃음을 띤 얼굴로 그렇게 말했다.

이렇게 되면 새로이 기사를 양성해야만 한다.

세트를 기사 헬리단의 종졸로 삼고, 누바를 기사 반츠렌의 종졸로 삼아 기사 수업을 받게 했다.

또한 가능성이 있어 보이는 소년 다섯을 골라 1년 후에 기사 수업을 받게 하기로 했다.

고리올라 황국에서 발드에게 포상을 받으라고 몇 번이나 사자를 보내왔다.

"저기 있지, 발드 나리. 그 포상이라는 거, 소는 안 될까?"

줄챠가는 퓨자리온에서 소를 키우고 싶은 모양이었다.

그 뜻을 사자에게 전하자 황왕은 무려 아흔여덟 마리나 되는 소를 보내주었다. 절반은 고기를 얻기 위한 소였고, 반은 젖을 짜기 위한 소였다. 암컷이 수컷보다 훨씬 많았다. 동부 도시에서 3개월에 걸쳐 보내졌다. 게다가 소 키우는 법을 잘 아는 자 세 명과 유제품 만드는 법을 잘 아는 자 세 명을 함께 보내주었다. 황왕의 감사는 진심인 모양이다.

"알겠습니까? 송아지일 때 사료를 잘 먹이는 게 중요합니다. 그렇게 하면 다 컸을 때 훨씬 큰 소가 됩니다."

소를 키우는 법에도 이런저런 방식이 있는 듯, 몇 명인가를 전속으로 붙여서 배우게 했다.

파르잠에서 여섯 대의 마차가 도착했다.

처음으로 내려선 자는 카무라였다.

"어이, 이보게. 여기에는 귀족 요리를 선보일 자리가 없네."

"무슨 말씀을. 신선하고 기묘한 새와 짐승과 물고기, 무엇보다

이 에갈소시아라는 식재가 있는데 이걸 요리할 기회를 빼앗을 셈입니까."

변경에서 서민은 농번기를 제외하면 하루 두 끼를 먹는 것이 당연했다. 하지만 얼마 후 카무라의 진언으로 퓨자리온에서는 서민까지도 하루 세 끼를 먹게 되었다. 그 이후로 백성들의 건강과 체격은 현저하게 증진되었다.

또한 제노스피넨과 트리카가 찾아왔다.

발드가 변경에서 만났을 때 아직 어린 소년이었던 트리카는 현재 훌륭한 청년으로 성장했다.

"제노스피넨 님은 의학박식(醫學博識)으로서, 파르잠 왕궁에서 중용되지 않았던가?"

"아니, 그게, 어이없는 이야기입니다만, 선왕 폐하께서 돌아가신 원인이 독이라는 사실을 제가 밝혀낸 것이 어의들의 마음에 안 들었나 보더군요. 쥴랑트 폐하가 독 단검에 찔리신 후에 제가 진찰하는 것을 방해하지 뭡니까. 결국에는 무리하게 진찰을 했지만 말이지요. 그리고 제가 쥴랑트 폐하의 목숨을 구했더니 전보다 더욱 못살게 굴더군요. 부디 퓨자리온에서 저와 트리카를 의사로서 써주십시오. 트리카는 정식으로 양자로 삼았습니다. 대략적인 것은 일단 다 가르쳤습니다."

또 검장 젠닷타, 공학식사(工學識士) 오로, 가죽 방어구 장인 니테이도 왔다.

"여기에는 철광석도 없고 가마도 없네. 여기에서는 마검 연구를 못 할 텐데?"

"보아하니 유망해 보이는 산이 몇 개나 있지 않습니까. 그리고 다짜고짜 강철 검을 두드리겠다는 생각은 안 합니다. 개척 분위기를 접하고 농기구 손질 같은 걸 해가면서 찬찬히 심신을 가다듬으며 새로운 마음으로 검을 만들어보고 싶습니다."

또, 구이꾼 오야가 찾아왔다.

퓨자리온은 목재의 보고라서 오야의 참여로 질 좋은 숯을 대량으로 구할 수 있게 되었다. 그것만이 아니다. 머지않아 철을 정제할 수 있게 되었을 때, 솔선해서 활약하는 것이 바로 이 오야였다.

또 크리 사제와 고아원 출신 아이들 열두 명이 찾아왔다. 열여섯 살부터 스물다섯 살로, 읽고 쓰기가 가능하며 기술을 익힌 자들이었다. 그들 중에는 목수가 있었다. 제분 직공이 있었다. 제빵사가 있었다. 나무통 직공이, 양초 직공이, 주조사가, 미장이가, 끈 직공이, 무두질장이가, 직물 직공이 있었다.

그들은 모두 발리 토드에게 퓨자리온의 상황을 전해 듣고 찾아온 것이었다. 이동 비용을 내고 호위를 붙여준 것은 파르잠 왕 쥴랑트였다. 물론 통행증도 발행해주었다.

즉, 그들은 쥴랑트가 발드에게 보낸 선물이기도 했다.

이 정도면 괜찮으리라며 발드는 안심하고 드디어 여행에 나서기로 했다.

마수(키젤)와 정령의 수수께끼를 풀고 악령의 왕이라 불리는 존재를 알기 위한 여행에.

우선 루줄라 티앤트 집락을 찾아간다.

이어서 재밍의 용사 이에미테를 찾아간다.

그리고 게르카스트의 엥그달을 찾아간다.

또, 마누노의 여왕도 찾아갈 셈이다.

긴 여행이 되리라.

처음에는 커즈와 단둘이서 떠날 생각이었는데, 고든도 동행하겠다고 했다. 고든은 타랑카와 퀸터도 데려가야 한다고 했다. 헬리단과 반츠렌도 같은 의견이었던지라 발드도 둘을 데리고 갈 마음을 먹었다.

또, 카라라는 소녀가 따라가고 싶다고 했다.

이 소녀는 작년 말에 퓨자리온에 나타났다. 어디 출신인지 밝히지 않았지만 생김새도 말과 행동도 귀족가 출신임이 드러났다. 게다가 퓨자리온에는 말을 타고 찾아왔다.

카라는 처음부터 묘했다.

발드와 처음 만났을 때, 카라의 눈은 발드의 팔에 못 박혀 있었다. 팔에 찬 〈야나의 팔찌〉에. 재빨리 시선을 돌렸지만 이 팔찌에 흥미가 있다는 것은 명백했다.

——후후. 무얼 노리고 있는 게냐? 퓨자리온에 남겨두는 것보다 함께 데려가 감시하는 편이 좋을지도 모르겠구나.

그리 생각한 발드는 동행을 허락했다.

여행에 나서기 전날 밤, 카무라가 대접해준 요리는 버섯 전골이었다.

변경에 온 후로 카무라는 신이 나서 식재를 찾아다녔다. 이곳은 그야말로 식재의 보고였다.

눈앞에는 대충 보아도 열 종류 이상의 버섯이 놓여 있었다.

폭신폭신한 주름을 가진 버섯.

자그마한 통나무 막대처럼 단단한 버섯.

동그랗고 작은 어떤 보석 같은 버섯.

커다랗게 갓을 펼친 버섯.

실 다발 같은 버섯.

빨갛고 화려한 색을 띤 버섯.

뾰족한 검 같은 버섯.

실로 다양했다.

맛있는 버섯을 찾기 위해 때로는 배탈이 나고 죽을 뻔하기도 했다고 한다. 어째서 카무라는 이토록 도전사 기질을 타고난 것일까.

그나저나 이렇게 다양한 버섯을 한데 모아둔 것은 처음 보았다.

카무라는 솜씨 좋게 냄비에 버섯을 넣고 데우기 시작했다.

"끓기 직전의 온도를 유지하는 것이 핵심입니다."

데쳐진 버섯을 특제 된장(우넬)에 찍어 먹는다.

맛있다. 절묘하게 잘 데쳐졌다.

그리고 냄비에는 거무튀튀한 국물이 남았다.

"여러 종류의 버섯을 데치면서 나온 국물이 고기에 신기한 감칠맛을 더해줍니다."

그렇게 말하며 내놓은 것은 모즈스 고기였다.

흔하게 볼 수 있는 소형 야생 돼지로, 고기에 특별한 냄새가 없고 구워도 끓여도 맛있다.

그 얇게 저민 모즈스 고기가 넉넉하게 준비되어 있었다.

"각자 냄비에 넣어서 익힌 다음에 드셔주십시오. 아주 잠시 담갔다가 꺼내면 충분합니다."

잘라둔 고기를 집어 버섯 국물에 담갔다. 고기의 옅은 붉은빛이 하얗게 변하면 바로 빼낸다. 처음에는 우넬도 찍지 않고 그대로 먹어보았다.

"오오!"

이건 처음 경험해보는 맛이었다. 모즈스 고기가 이런 맛이 나다니. 깊이라고 할까, 독특한 향이 있었는데 그게 좋았다.

떫은맛도 쓴맛도 아니었지만, 달거나 산뜻한 것과는 거리가 멀었다.

말하고 보니 떫은맛을 감칠맛으로 바꾼 듯한 맛이었다.

그것이 모즈스의 깔끔한 맛과 절묘하게 조화를 이루며 깊은 감칠맛을 자아냈다.

또, 한 입 먹을 때마다 몸의 독소가 빠져나가는 듯한 감각을 느꼈다.

아마 이 요리는 건강에도 좋을 터였다.

버섯 종류와 배합을 바꾸면 무한한 변화를 즐길 수 있을 듯했다.

어디서든 구할 수 있는 이런 재료로 이렇게 즐겁고 깊이 있는 요리를 만들어내다니. 역시 카무라는 특별한 요리사다.

그러다 문득 깨달았다.

이 요리는 어느 숲에서나 해 먹을 수 있는 요리다.

아마도 여행 도중에 요리를 할 때 참고하라는 뜻에서 굳이 이런 식사를 준비해준 것이리라.

——젠장, 카무라 놈.

2

　대륙력 4278년 3월, 발드는 다시 여행을 떠났다.

　그때 발드의 나이 66세. 고든 46세. 타랑카 18세. 퀸터 16세. 카라 18세였다. 커즈는 57세였지만, 신체 나이는 20대 후반 정도일 터였다.

　퓨자리온에서 남동 방향으로 나아가 산맥을 넘었다. 그편이 루줄라 티앤트들이 사는 〈안개의 골짜기〉에 가깝다는 이유도 있었고, 〈대장벽(잔 뎃사 로)〉을 가까이에서 바라보고 싶다는 이유도 있었다.

　깎아지른 봉우리에 서서 대장벽을 둘러보니, 그 위용에 감명을 받지 않을 수 없었다. 발드는 새삼 그곳을 다시 살펴보았다. 〈대장벽〉 바로 앞은 산맥이 크게 깎여나간 듯한 골짜기로 되어 있었다. 마치 산을 파내고 흙을 모아 대장벽을 만든 것만 같았다.

　저 거대한 벽 너머에는 무엇이 있을까.

　과거에는 생각도 하지 못했던 일이지만, 지금의 발드는 그것이 궁금해 참을 수가 없었다.

3

　〈대장벽〉에서 그리 멀지 않은 봉우리에서 남쪽으로 조금 내려간 곳에 숲이 있었다.

하룻밤 묵기를 청하자 영주의 집이라고 하는 오두막집으로 안내받았다. 매우 검소한 집이기는 했지만, 이런 변경 오지에 마을이 있고 영주가 있다는 것 자체가 놀라웠다.

안내를 받아서 간 곳은 영주의 침실이었다.

침대에서 몸을 일으킨 그 청년은 발드가 아는 얼굴이었다.

"오서 님이 아닌가!"

"오오, 발드 님. 정말로 재회할 줄이야. 이거 참 기쁜 일이로군. 지금 몸 상태가 좀 안 좋아. 이런 모습이라 면목 없네. 이름은 바꿨어. 지금 이름은 텐플에이드 갈리라고 해."

조금 여윈 얼굴로 침대에서 몸을 일으킨 텐플에이드는 미소 지었다. 지금은 열아홉 살일 터인데, 태도가 침착하여 스물네다섯 살로 보였다.

7년 전, 발드와 고든과 줄챠가는 루줄라 티앤트인 모우라를 안개의 골짜기로 돌려보내주는 도중에 셰사라는 곳에 들렀다. 셰사 영주의 장남이 소년 오서였다. 발드는 소년 오서에게 부탁을 받아 모우라의 신기한 힘을 빌려서 오서의 죽음을 위장했다. 그렇게 하면 풍파를 일으키지 않고 동생에게 영주 자리를 양보할 수 있기 때문이었다. 소년 오서는 막무가내로 자신을 쫓아 나선 수행 기사 가르쿠스 라골라스와 함께 여행을 떠났다.

발드 일행과 헤어진 후, 오서는 이곳 아기스로 왔다.

그리고 야수를 쓰러뜨리거나 마을 운영에 관한 상담에 응하거나 하는 사이에 주민들에게 부탁을 받아 영주가 되었다고 한다.

"텐플에이드 님. 약사에게 진찰은 받았는가?"

"하하. 이런 곳에 약사 같은 건 없어."

"흐음. 카라. 텐플에이드 님을 진찰해 드리거라."

발드는 카라에게 텐플에이드를 진찰하게 했다. 여기까지 여행을 하며 카라에게 약사로서의 소양이 있다는 사실을 알았기 때문이다.

"내장이 상하기 시작했어. 하지만 묘한걸. 꼭 독을 계속 먹고 있는 것 같아."

타랑카가 텐플에이드에게 물었다.

"텐플에이드 님. 어제 하루 동안 무얼 입에 댔는지 가르쳐 주시겠습니까?"

"아침에 일어나 물을 마셨다. 그리고 아침 식사를 했지. 다음은 저녁 식사다. 그리고 점심과 저녁에 차를 마셨다."

"그 아침과 저녁 식사는 한 번에 여러 명의 몫을 만듭니까? 아니면 텐플에이드 님 몫은 따로 만듭니까?"

"이 집에서 식사를 하는 건 여덟 명 정도고, 그 여덟 명의 몫을 한꺼번에 만든다."

"그렇습니까. 카라."

"왜?"

"만약 독 때문이라면, 물에 섞어도 눈치를 못 챌까?"

"어떤 독을 썼느냐에 따라 다르겠지. 하지만 대체로 냄새도 날 테고 위화감이 있을 거라고 봐."

"그럼 차가 수상한데."

이 마을에서 차는 고급품이고, 텐플에이드는 특별히 약을 대신해서 매일 차를 마셨다고 한다.

그 차는 전용 용기에 끓이며 텐플에이드만 마신다. 최근 들어 그 차를 끓이는 일은 한 남자가 도맡아서 했다고 한다.

다음 날, 마을은 크게 소란스러웠다. 아침 일찍 사냥에 나섰던 고든, 커즈, 퀸터가 얼룩무늬 사슴(사르아제제) 한 마리와 큰 붉은 곰(뎃사 로로바) 한 마리를 잡아 왔기 때문이다. 전날에도 몇 마리의 작은 짐승을 잡아 왔다. 남자들이 거의 총동원되어 대량의 사냥감을 해체했다.

그런 소란에 개의치 않고 발드와 타랑카와 카라는 텐플에이드의 방에 있었다. 마시는 척을 하고 남겨둔 차를 카라가 조사했다.

"클리지바 독초 냄새와 맛이 나. 틀림없어."

"차는 언제나 같은 사람이 탔다고 하셨죠?"

"맞아, 타랑카 님. 징가라는 남자다. 이 남자는 내 생가인 콘도르아가를 섬기던 자였지. 일을 잘못했다든가 해서 세사에서 쫓겨났고, 이 마을까지 오게 되었다던가? 내가 살아 있단 걸 알고 놀라더군. 두 달 전 일이다. 이후로 나를 섬기며 내 주변 일을 돌봐주고 있지."

발드는 기사 가르쿠스를 불러 텐플에이드의 몸 상태가 안 좋은 이유가 독 때문이라는 것, 그 독이 징가가 끓인 차에 들어 있었다는 것을 알렸다.

"징가를 부르죠."

징가가 왔다. 떨고 있었다.

텐플에이드는 직접적으로 질문했다.

"징가, 여기 계신 카라 님은 약사시다. 내 몸 상태가 나쁜 이유는 독 때문이라고 하신다. 차에 클리지바라는 독초가 들어 있었다더군. 네가 독을 넣었나?"

징기는 그 자리에 엎드려 울기 시작했디. 그리고 자백했다.

일을 잘못해 콘도르아가에서 쫓겨났다는 것은 거짓말이었다.

오서가 집을 나온 지 7년째 되던 해에 오서의 어머니가 알게 되었다. 〈대장벽〉 근처에 아기스라는 마을이 있으며, 그곳 영주의 정체는 죽었을 터인 장남 오서라는 사실을. 그러자 어머니는 징가에게 클리지바 뿌리를 말려 만든 독이 담긴 주머니를 건네며, 아기스 마을로 가서 이 독을 조금씩 오서에게 먹이라고 명령했다. 오랜 은혜를 생각하면 그 명령을 듣지 않을 수 없었다고 했다.

"그렇군. 징가, 너를 괴롭게 했구나. 미안하다. 물러나 쉬어라. 너는 세사로 돌아가도 괜찮지만 돌아가기 힘들 테지. 지금까지처럼 내 아래에서 일해라. 독에 관한 건 모두에게 비밀로 한다."

징가를 물러가게 한 뒤, 눈을 감고 잠시 생각에 잠겼던 텐플에이드는 이윽고 몸을 웅크리고 울기 시작했다.

"으으, 으아! 아아아. 어머님, 어머님. 당신은 나를 사랑하지 않으셨지만 나는 당신을 사랑했습니다. 당신에게 효도하고 싶었습니다. 그래서 가주 자리를 동생 필리카에게 양보하기로 결심하고, 나는 죽은 척을 해 집을 떠났습니다. 그런데 내가 살아 있다는 걸 알고 당신 마음에 대체 어떤 의심이 꿈틀댄 겁니까. 내게 자객을 보내다니. 당신에게 자식을 죽일 결심을 하게 한 나는 너무나도 불효자입니다. 아아, 아아, 어머님! 제가 혼자 몸이었다면 죽어드렸을 텐데. 하지만 나는 이 마을의 영주입니다. 이 마을 사람들의 안

전과 행복을 지키기 위해 나는 살아남아야만 합니다. 어머님. 어머님, 이 불효자를 용서하십시오."

——안 돼!

지금 텐플에이드는 어머니를 죽이기로 마음먹었다. 이 청년에게 그런 일을 저지르게 해서는 안 된다.

"텐플에이드 님."

젊은 영주는 고개를 들어 발드의 눈을 똑바로 바라보았다.

"자네는 어머님께 미움받지 않기 위해 죽은 척을 하고 고향을 떠났지. 그 뜻은 높이 사네. 그러나 더 먼 곳으로 가야 했네. 셰사에서 이곳까지는 먼 듯해도 거리로는 기껏해야 40각리. 어떤 우연으로 충분히 소문이 닿을 수 있는 거리지. 그게 자네의 실수였네."

"그래. 그럴지도 모르겠어. 하지만 발드 님. 난 어찌하면 좋지?"

"더 먼 곳으로 옮겨 가는 게 좋을 걸세."

"그건 불가능합니다. 이 마을에는 60명이 삽니다. 변경 오지에 이 정도의 사람이 살 수 있을 만한 곳은 좀처럼 찾을 수 없습니다."

발드는 퓨자리온에 관하여 이야기했다. 동부 변경 북쪽 끝에 새 마을이 생겼다는 것을. 그곳에는 넓고 비옥하고 안전한 토지가 있으며 식량과 소금, 식물과 농기구를 구할 수 있게 되었다는 것을.

"대퓨자 기슭이라. 가르쿠스, 어찌 생각하지?"

"좋은 이야기라고 생각합니다. 어차피 이곳에서의 생활에도 무리가 생기고 있습니다. 이대로는 조금씩 쇠퇴해갈 겁니다. 마을 주민들에게도 의견을 물어보죠."

가르쿠스는 마을 사람 셋을 불렀다.

"영주님. 기사 가르쿠스 님. 우리는 어려운 건 잘 모릅니다. 두 분이 와주시지 않았다면 우리는 이미 죽었을 겁니다. 두 분이 이주해야 한다고 하시면 우리는 그 말에 따를 겁니다. 다만, 하나 신경 쓰이는 게 있습니다. 우리는 텐플에이드 님 이외의 분이 영주님이 되는 거라면 거기엔 안 갑니다. 우리 영주님은 텐플에이드 님밖에 없습니다."

그 말에는 텐플에이드도 곤란한 얼굴을 했다. 그것은 무리인 이 야기였다.

하지만 발드는 말했다.

"그렇다면 퓨자리온 근처로 이주해서, 거기에 다시 아기스 마을을 만들면 되네. 퓨자리온은 아기스와 교류하고 원조할 걸세."

이 제안에는 텐플에이드도 놀랄 수밖에 없었다. 그런 형편 좋은 이야기가 어디 있냐며 의심하는 것이 당연했다. 하지만 텐플에이드는 잠시 고민한 후, 침대에서 내려서서 발드를 향해 깊게 고개를 숙였다. 발드를 믿기로 한 것이다. 기사 가르쿠스도, 마을 사람 대표도 발드에게 감사 인사를 했다.

하벨 가도를 서쪽으로 나아가 히마야에서 퓨자리온을 향해 가기로 정해졌다.

발드는 지도를 그려서 준 뒤, 줄챠가와 드리아텟사에게 편지를 썼다.

이제부터 이동 준비를 시작한다. 많은 짐차가 필요하고 식량도 필요하다.

출발은 대략 두 달 후. 이동에도 비슷한 날짜가 걸리리라.

어려운 여행이 될 것이다. 그러나 희망이 있는 여행이었다.

4

"발드 님. 달을 보고 계십니까?"

"후후, 타랑카. 내게 뭔가 이야기하고 싶은 것이 있는 게로구나."

"발드 님. 텐플에이드 님을 퓨자리온 옆에 받아들이는 건 과연 어떨까 싶습니다."

발드는 잠자코 등을 돌린 채 있었다.

타랑카는 말을 거듭했다.

"텐플에이드 님은 평범한 사람이 아닙니다. 그 깊은 애정에 놀랐습니다. 게다가 그 애정조차도 영주로서의 본분 앞에 희생할 각오를 가지고 있습니다. 이 마을에는 나중에 찾아왔는데도 부탁을 받아 영주가 되었다고 합니다. 그런 이야기는 들어본 적도 없습니다. 그야말로 영걸이라 해야 할 사람입니다. 그러한 분이 퓨자리온 옆으로 온다. 그것도 영주의 자리를 유지한 채로. 이런 걸 인정하시다니 솔직히 이해할 수 없습니다."

"텐플에이드 님이 오면 무슨 일이 일어나기라도 한다는 게냐?"

"그건 명백하지 않습니까. 그만 한 분입니다. 퓨자리온의 백성 중에도 그 인덕에 끌리는 자가 나오겠지요. 하나의 땅에 두 개의 태양이 떠서는 안 됩니다."

"줄챠가와 드리아텟사가 텐플에이드 님에게 뒤진다고 생각하는 게냐?"

"그런 건 걱정하지 않습니다. 문제는 줄챠가 님과 드리아텟사 님이 돌아가신 그 후입니다. 다만 텐플에이드 님은 두 분보다 훨씬 젊습니다."

──후후후, 재미있군. 타랑카는 재미있어.

발드는 숲을 보았다.

변경 오지는 깊은 어둠에 휩싸여 있었다. 밤안개가 첩첩산중을 감싸고, 끝을 알 수 없는 들판이 겹겹이 겹쳐져 시야를 막고 있었다. 그것은 거친 생명으로 가득한 미지의 세계였다.

"보거라, 타랑카. 변경은 어둡단다. 이 어둠을 비추려면 빛은 하나보다 둘인 편이 좋지 않겠느냐? 하나의 빛을 지키는 것도 좋겠지. 허나, 두 개의 빛이 절차탁마하며 커다란 빛이 되어가는 것이 더욱 좋단다. 그리 생각하지 않느냐?"

잠시 침묵한 후, 타랑카는 말했다.

"하지만 올가자드가의 후계자가 되실 분에게 텐플에이드 님을 뛰어넘는 기량이 있을까요?"

그것은 신하된 자가 입에 담기에는 아슬아슬한 말이었다.

발드는 뒤를 돌아 타랑카와 시선을 마주했다.

"없다면 단련하거라."

타랑카의 눈이 크게 뜨였다. 그리고 그 얼굴에 기쁨과 망설임과 결의가 떠올랐다.

타랑카는 발드에게 인사를 하고 숙소로 돌아갔다.

재미있다. 타랑카는 실로 재미있다.

저 소년은 30년 후, 40년 후를 보고 있다.

그 눈에 떠오른 기쁨은 발드가 한 단련하라는 말을 받아들였기에 비롯된 것이다.

발드는 주인될 이를 단련시킬 위치에 서라고 그리 명했다. 그러한 명을 받은 기쁨이 표정에 떠오른 것이다.

그리고 이어서 떠오른 망설임은 과연 자신에게 그 인물을 단련시킬 만한 역량이 있는가 하는 망설임이었다. 있다고는 할 수 없다. 지금의 타랑카에게는 지식도 힘도 경험도 없다.

그다음에 떠오른 결의는, 그렇다면 우선 자신을 단련하겠다는 맹세였다. 명 받은 역할을 다할 수 있도록, 먼저 자기 자신을 단련해야만 한다. 타랑카는 그렇게 결심한 것이다.

발드는 미소를 머금었다.

변경은 어둡다.

그러나 그 미래에는 빛이 있었다.

5

겨우 안개의 골짜기에 들어섰다.

처음에는 북쪽으로 들어가려 했으나 들어가지 못했다. 빙글빙글 돌아 결국 7년 전과 같은 서쪽으로 들어갔다. 게다가 들어간 다음에도 나무들이 우거져 어두컴컴했고, 자욱하게 낀 안개가 방향 감각을 잃게 했다. 악전고투 끝에 겨우 골짜기에 들어서자, 루줄라 티앤트가 마중을 나왔다.

"인간이여. 무슨 용건인가."

"정령(무리크)의 진실을 구하고자 찾아왔다네."

"너희는 이 골짜기에 들어올 수 있었다. 인연이 이어져 있다는 뜻이다. 너희는 이 골짜기와 어떠한 관계가 있는가?"

"7년 전, 나는 모우라 소년과 정령 스이를 이곳으로 데려다주었지. 모우라나 그 아버지가 있다면 만나고 싶네."

"내가 모우라의 아버지다. 그래, 그때의 인간인가. 그러고 보니 너는 특별한 검을 가지고 있군."

모우라의 아버지는 발드를 구별하지 못하는 듯했지만, 발드 역시 모우라의 아버지를 구별할 수 없었으니 이것은 어쩔 수 없는 일일 것이다. 종족이 너무나도 달랐다.

"모우라의 아버지여. 나는 이 검으로 2백 마리의 마수에게서 정령을 해방했다네. 그리고 마수란 무엇인지를 알았지. 정령들을 조종하여 마수를 만들어내는 자가 있네. 나는 그자의 정체를 알고, 더는 마수를 만들어내지 못하게 할 생각일세."

"모우라는 〈대지에 뿌리를 뻗은 자〉가 되었다. 만날 수 있는 것은 너 혼자다. 다른 자는 여기서 기다려라."

안개 속에서 깊디깊은 골짜기를 내려가며 발드는 나아갔다.

도중에 하룻밤을 묵었다.

이윽고 나무들의 모습이 변했다. 지금까지는 다양한 나무가 겹겹이 자라나 있었는데 이 주변은 한 종류의 나무밖에 없었다.

머리 위로 뻗은 나뭇가지와 잎 사이로 군데군데 어렴풋하게 빛나는 것이 있었다.

속삭임 같은 것이 들려오는 듯한 기분이 들었다.

키득키득 웃는 목소리가 머릿속에 울렸다.

——혹시 저 빛은 정령인가?

안개의 커튼을 몇 개나 빠져나간 그곳에서 갑자기 몇 그루의 거목이 나타났다.

한 그루의 거목 앞에서 모우라의 아버지는 멈추었다.

《인간 발드.》

《와주었구나.》

발드의 머릿속에 목소리가 울렸다. 모우라의 목소리였다.

《당신과는.》

《다시 한 번 만날 수 있을 것만 같았어.》

목소리는 눈앞의 커다란 나무에서 들려왔다.

울창하게 뒤엉키며 자라난 나뭇가지 사이를 한층 밝고 커다란 빛 구슬이 오갔다.

《봐.》

《스이도 기뻐하고 있어.》

모우라의 아버지는 잎과 가지로 무성한 커다란 나무를 사랑스럽다는 듯이 올려다보았다.

발드는 경외심에 휩싸였다.

이 커다란 나무가 모우라인 것이다.

모우라는 이 커다란 나무가 되었다.

루줄라 티앤트에 관해서는 몇 가지 기괴한 소문이 있는데, 가장 황당무계한 소문보다도 훨씬 신기한 광경이 눈앞에 있었다.

《나는 대지에 뿌리를 뻗은 자가 되었어.》

《이것은 정해진 일이야.》

《루줄라 티앤트는 태어난 지 얼마 안 됐을 때 이곳으로 오게 돼.》

《대부분은 아무런 일도 일어나지 않아.》

《하지만, 아주 드물게 정령에게 사랑받는 자가 나타나.》

《그건 감응력이 높은 개체야.》

《나는 정령 스이와 인연을 맺었어.》

《정령과 인연을 맺은 자는.》

《이윽고 이곳의 영력에 끌려 대지에 뿌리를 뻗은 자가 되고.》

《오랜 세대인 〈대지에 뿌리를 뻗은 자〉와 대화하고, 세계와 대화할 수 있게 돼.》

《내가 스이의 모습을 보고, 목소리를 듣고, 친구가 된 그때부터.》

《이것은 정해진 일이었어.》

이곳은 정령의 요람이었다.

나무 위에서 점멸하는 빛은 하나하나가 모두 정령이었다.

발드의 눈에 눈물이 고였고 멈출 생각도 없이 흘러내렸다.

죽어 사라진 줄로만 알았던 정령들이 이렇게나 많다니, 기뻤다.

발드는 이야기했다.

정령을 삼켜버린 약사의 이야기를.

정령수가 깃든 검과의 만남을.

고대 검을 휘둘러 마수에게서 정령을 풀어준 일을.

그때 들린 기묘한 목소리를.

악령의 왕이라 불린 존재가 마누노들을 조종하여 마수 대군을 만들어내고 인간들을 공격한 일을.

"무슨 일이 일어나고 있는지를 알고 싶구나. 그리고 이 이상의 비극을 막고 싶단다."

발드의 이야기가 끝나자 모우라는 자신의 이야기를 시작했다.

6

안개의 골짜기에는 오래전부터 많은 정령들이 모여 살고 있어.

인간이 정령을 먹는 방법을 발견했을 때, 정령들은 딱히 나쁜 일이라고는 여기지 않았지.

원래 정령들은 몇 백 년마다 죽고 다시 태어나거든. 다시 태어나지만 이전의 기억을 가지고 있으니 죽지 않는 것이나 마찬가지야. 그 죽기까지의 시간 동안 아주 잠시 다른 생명과 생명을 함께하는 일은 매우 재미있는 놀이 같은 것이었어.

실제로 초반에는 인간과 하나가 된 정령은 인간이 죽으면 함께 죽고, 이윽고 다시 태어나 원래대로 돌아갔지.

그런데 그 후로 기묘한 일이 벌어졌어.

정령이 줄기 시작한 거야, 발드.

〈대지에 뿌리를 뻗은 자〉는 세계 어딘가에서 정령이 태어나면 그것을 알 수 있어.

그런데 태어나는 정령 수가 갑자기 줄더니, 결국에는 거의 태어나지 않게 되었지.

어찌 된 일인가 고민하던 사이에 언제부턴가 다시 정령이 태어났어.

하지만 그것은 미친 정령이었어. 미친 정령은 다시 태어나도 본래의 상냥한 정령이 아니었어. 짐승에게 씌어 마수가 될 뿐이었지. 그리고 마수가 죽어 해방된 정령은 역시 미친 채 다시 태어났어.

그건 매우 슬픈 일이야. 〈대지에 뿌리를 뻗은 자〉에게는 전 세계 정령의 말이 들리니까. 미친 정령들의 비탄과 분노의 목소리를 듣는 것은 아주 괴로운 일이었어.

안개의 골짜기는 특별한 곳이 되었지. 〈대지에 뿌리를 뻗은 자〉들의 가지와 잎에 보호받는 정령은 인간들에게도 잡아먹히지 않았으니까. 사람과 함께 죽고 미쳐서 다시 태어나는 일도 없었지. 이 계곡은 정령들의 성지나 다름없게 되었어.

지금 여기에 있는 것은 모두 아주 오래 산 정령들이야.

그러나 아무리 오래 사는 정령이라도 수명은 있어.

그래서 이 계곡의 정령은 조금씩 조금씩 줄어가고 있다.

언젠가는 모두 사라질 거야.

그렇게 되면 세상에서 미치지 않은 정령은 사라지게 돼.

그러니까 발드, 부탁해. 정령이 미치는 것을 막아주길 바라.

그것은 분명 뭔가, 인간이 한 짓 때문이야.

그러니까 인간만이 그 비밀을 밝히고 해결할 수 있어.

당신이 그때 풀어준 정령들은 한순간 제정신으로 돌아왔어.

나는 그 기뻐하는 목소리를 분명히 들었어. 그러나 그 후 금세 사라지고 말았지.

신기해. 신기해. 신기한 일이야.

당신이 그 힘이 담긴 검을 휘두르면 마수에게서 정령을 풀어줄 수 있어. 정령은 잠시라고는 해도 정상적인 상태로 돌아와. 멋진 일이야, 발드.

용인에 관한 건 몰라. 루줄라 티앤트는 용인과는 아무런 교류가 없어.

부탁이야. 발드.

정령을 구해줘.

7

모우라에게 붙어 있던 빛의 구슬이 발드 쪽으로 내려왔다.

연보라색 빛 속에 어린아이와 같은 모습을 한 정령이 있었다. 아름다운 여섯 개의 날개를 펼치고 있었다.

≪발드.≫

≪발드.≫

≪당신에게 축복을.≫

그렇군, 이것이 정령 스이의 목소리인가. 정령 스이의 모습인가.

따뜻한 리듬이 온몸을 적셔간다.

고통은 사라지고 활력이 용솟음치며 마음은 밝아져간다.

발드는 정령의 축복을 받은 것이다.

| 제 2 장 | ──── 하들 조르아르스
─ 코르코르두르 철판구이 ─

1

모우라와 대화를 마친 발드는 다시 모우라의 아버지에게 안내를 받아 일행과 합류한 후 안개의 골짜기를 나섰다.

거기에서 곧장 서쪽으로 향했다.

"백부님. 여기에서 조금 북쪽으로 돌아가면 예의 그 폭포 부근이지 않습니까? 오늘 밤은 그곳에서 야영을 하시죠."

반대할 이유도 없었던지라 발드는 고개를 끄덕였다.

그리고 폭포 부근에 도착했다.

그때는 가을이었는데 지금은 봄이다.

"여기가 드리아텟사 님께서 커즈 님께 수업을 받으셨던 곳이로군요."

땔감을 모으며 타랑카가 그렇게 말했다.

발드는 그렇다고 대답을 하고서 문득 어떻게 아는 게지? 하고 궁금히 여겼다.

"고든 님. 커즈 님이 기사의 맹세를 하신 바위 턱이라는 건 어디입니까?"

"응? 오오! 그거 말인가. 으음, 그렇지. 퀸터, 저기 튀어나온 바위가 보이느냐? 바로 저기다. 영차. 자, 여기다. 여기."

"그렇습니까? 고맙습니다."

"잠깐, 잠깐. 드리아텟사 님의 수업이니 커즈 님의 맹세니 하는 건 무슨 얘기야?"

"그게 간단히는 얘기할 수 없는데."

"나중에, 나중에."

타랑카는 상대해주지 않았다. 할 수 없이 카라는 식사 준비를 시작했다.

식사가 일단락되었을 때 카라가 다시 질문했다.

"아까 그 얘기, 가르쳐줘."

"아아, 그래."

타랑카와 퀸터는 시선을 주고받았고 타랑카가 설명하기로 했다.

"그게, 이야기가 좀 긴데. 발드 님이 대륙 동부 변경의, 여기보다 훨씬 남쪽에 있는 파크라 출신이시라는 거 알고 있어? 지금으로부터 8년 전의 일로, 발드 님은 은퇴하고 여행에 나서셨지."

타랑카는 이야기했다.

발드가 줄챠가와 협력하여 고엔델라가의 음모를 폭로하고 의표를 찌른 일.

그 후 고든과 만나고 줄챠가도 합류하여 변경을 여행한 일.

드리아텟사와의 만남.

커즈의 기사의 맹세.

"그리하여 드리아텟사 님은 변경 경무회에 출장할 자격을 얻고 줄챠가 님과 함께 귀국하셨어. 발드 님 일행은 그 후에도 놀랄 만한 모험을 계속했고, 다음 해 4월에 로드반 성에서 합류하셨지. 변경 경무회에서 드리아텟사 님은 종합 부분 우승이라는 쾌거를 이루셔. 실은 거기에도 뒷이야기가 있는데 말이지. 뭐, 일단 여기까지 해둘게."

카라는 입을 떡 벌린 채 눈을 크게 뜨고 이야기를 들었다.

제법 친해진 모양이다.

이제까지는 타랑카도 퀸터도 카라를 수상쩍어하는 눈으로 보고 있었다.

카라에게는 뭔가 숨기는 것이 있다.

그러나 여행하는 동안 카라의 모습을 보며 타랑카와 퀸터의 태도는 바뀌었다.

발드의 시선도 달라졌다. 이 여자아이는 나쁜 사람이 아니라고 여기게 되었다.

"아니, 그것참. 놀랍군. 훌륭해. 백부님의 일을 용케도 그렇게 잘 아는구나. 누구에게 들은 거냐?"

"고든 님, 실은 책이 두 권 있습니다. 한 권은 드리아텟사 님 것인데, 『변경의 노기사 모험담』이라는 책입니다. 그건 줄챠가 님께서 고리올라 황국의 황궁 앞 광장에서 이야기하신 것을 음유시인이 받아 적으면서 만들어졌다고 합니다. 아플라반 님이 지난번에 드리아텟사 님 선물로 가져오셨습니다. 저와 퀸터는 그걸 보았습니다. 또 한 권은 『발드 로엔 경의 위업전』이라는 책입니다. 이건 파르잠 왕국에서 쓰였습니다. 전반부는 변경 경무회 때 로드반 성에서 드리아텟사 님과 줄챠가 님과 기사 마이탈프 님이 말씀하신 것을 파르잠 왕국의 어느 귀족가 가신이 받아 적은 것이고, 후반 부는 그 귀족 자신이 보고 들은 발드 님의 언행 기록으로 구성되어 있습니다. 크리 사제님이 소중히 보관하고 계신 걸 읽게 해주셨습니다."

"그랬구나. 그나저나 이건 너무, 너무 대단한 영웅담이잖아. 이런 이야기가 현실에 있다니. 그래서 다음은?"

"뭐? 다음?"

"그래. 우선 그 뒷얘기라는 걸 들려줘. 변경 경무회에서 무슨 일이 있었던 거야?"

결국 타랑카는 계속해서 발드의 이야기를 했다.

변경 경무회에서 커즈의, 드리아텟사의 이야기를.

그리고 발드 로엔이 〈순례의 기사〉를 노래하고 함께하던 기사들이 답하여 노래한 이야기를.

카라는 그래도 만족하지 못하고, 그다음은 어떻게 됐어? 그리고서 어떻게 됐어? 하고 다음 이야기를 듣고 싶어 했다.

요청에 응하여 타랑카는 이야기했다.

파르잠 왕국 중군 정장에 오른 후의 발드의 활약을.

콜포스 성채의 구원을.

샹티리옹과의 민중 구제 여행을.

그리고 3국 공동 부대를 이끌고서 로드반 성에서 벌인 처절한 방어전을.

신카이군의 중원 침공과 와지드 엔트란테에 오른 발드가 그것을 어찌 격파했는지를. 기사 고즈 보어의 훌륭한 마지막을.

황왕에게 초청받아 고리올라로 들어서기 직전에 마누노 여왕의 부름을 받아 모습을 감추고, 그 후 퀸터를 비롯한 다섯 명의 아이들을 구한 일. 그리고 퓨자리온의 창설.

신카이군의 재침공과 용사들을 이끌고 벌인 물욕 장군(클리골 엔트라)과의 결전.

카라는 이야기의 내용에 푹 빠졌다.

이야기가 마누노 여왕에 이르렀을 때, 그 눈동자에 묘한 빛이 떠오른 것을 발드는 놓치지 않았다.

타랑카가 이야기를 마치자 이번에는 고든이 이야기를 시작했다.

엠버의 아이들이 한 복수 이야기를.

월어의 늪에서 벌어졌던 소동을.

재밍의 용사와의 만남을.

로드반 성에 쳐들어온 게르카스트들과의 대결을.

메이지아령 반란 진압의 전말을.

타랑카의, 그리고 고든의 이야기를 들으며 발드는 신기한 심정을 느꼈다.

예전에는 이러한 이야기를 앞에서 듣는 것을 참을 수 없이 싫어했다.

그러나 지금은 오히려 즐겁게 여겨졌다.

어째서일까 생각하다 자신의 속마음을 알았다.

어차피 자신의 여명은 그리 길지 않다. 무슨 말을 듣든, 별 대수롭지 않았다.

그러나 발드의 이야기를 한다는 것은 그와 모험을 함께했던 사람들의 일도 이야기된다는 의미였다.

자이펠트의 고결함을.

고즈 보어의 용맹함을.

마이탈프 야간의 분전을.

세 남매의 의지를.

고집 센 가죽 장인의 기술을.

검장 젠닷타의 삶을.

발드는 이렇게 이야기가 전해지는 것은 좋은 일이라고, 그리 여겼다.

그리고 생각했다.

이번 여행의 의미와 목적도 이 젊은이들에게 이야기해 두어야 하는 것이 아닐까 하고.

이야기해두면 앞으로 마주하는 것을 그들 나름대로 받아들일 수 있다.

그래서 발드는 고든이 이야기를 마친 뒤에 말했다.

정령과 마수(키젤)의 진실을. 쟝 왕이 걸어왔던 길을. 마검의 역사를.

커즈 로엔의 출신과 늑대인간 왕의 나라가 멸망한 경위를.

마누노 여왕에게 물건을 빌린 일을.

마누노를 조종해 마수 대군의 침공을 벌인 누군가를.

용인들의 일을.

그리고 진실을 밝히고 아직 보지 못한 적과 싸우기 위해 이 여행에 나섰다는 것을.

이야기를 마쳤을 때는 이미 날이 밝고 있었다.

일행은 이 폭포 근처에서 하루 휴식을 취하기로 했다.

낮에 눈을 떠보니, 카라가 바위 턱에서 무릎을 끌어안고 앉아 있었다.

"무슨 일 있는 것이냐?"

"그도 그럴 게, 그런 이야기를 들었잖아. 들어버렸다고. 내가 하려 해온 일들이 어쩐지 너무 보잘것없고 웃겨서. 대체 나는 무얼 하고 있는 걸까 싶더라고."

발드는 잠시 용소의 물방울을 바라본 후 이렇게 말했다.

"세상일에 크니 작니 하는 구별은 있단다. 그러나 큰일만이 대단하고 작은 일은 별 볼 일 없다는 뜻은 아니다. 그리고 커다란 일을 해내는 인간은 작은 일을 하나하나 정성껏 하는 법이다. 그렇게 쌓아 올린 것들이 커다란 것을 만들어내는 게지."

"……응."

2

클래스크에 도착한 것은 5월 중순이었다.

퓨자리온을 떠난 지 한 달 반이 지났다.

지금까지 커즈는 클래스크를 피해왔다. 그건 당연한 일이었다.

자르반 대공가의 핏줄은 단절시킨다. 그것이 자르반 전쟁의 승전국들이 한 합의였다. 그리고 하들 조르아르스 백작은 패전국인 자르반의 마지막 재상으로서 합의를 승인하고 맹세한 책임자였다.

커즈는 자르반 전쟁이 일어났을 당시 자르반 대공 에니시리트루그의 쌍둥이 형제이며, 마지막 대공 스와하르트루그의 백부였다. 커즈의 존재가 드러나면 하들 백작은 궁지에 몰리고 만다. 그래서 커즈는 하들과 만날 수 없었다.

그러나 이렇게나 시간이 흘러 물욕 장군이 죽고, 신카이가 중원 여러 나라의 적이 되어 패퇴한 지금이라면 만날 수 있다.

하지만 그것은 커즈에게 있어 괴로운 대면이었다.

하들은 자르반의 유민을 이끌고 중원의 끝인 몰도스 산맥에서 멀고 먼 오바를 지나, 동부 변경을 북쪽으로 올라 클래스크라는 도시를 만들어냈다. 그것은 얼마나 힘겹고 괴로운 여정이었을까. 커즈는 〈왕의 검〉이었으나 나라를 지키지 못했고, 그 괴로운 여로에 아무런 도움도 줄 수 없었다. 클래스크가 풍족해진 지금에 와서 찾아간들 하들은 어떤 얼굴로 맞아줄까.

그래도 만나야 했다. 커즈의 마음에 둥지를 튼 붉은 죽음의 까마귀라는 그림자를 완전히 떨쳐내려면 그것은 꼭 필요한 일이었다.

설령 비난당할 뿐인 대면이 된다고 해도.

3

"백작님께서 몸 상태가 안 좋아 침대에 누운 채로 손님을 맞이하는 무례를 용서해주시길 바란다고 하셨습니다."

발드와 고든의 이름으로 면회를 청하자, 건물 깊숙한 곳에 있는 방으로 안내되었다.

하들 조르아르스 백작은 전에 만났을 때보다 한층 여윈 모습이었다.

침대에서 상반신을 일으키고 발드와 고든에게 웃어 보였다. 눈도 푹 들어갔지만, 쾌활한 빛은 사라지지 않았다.

세 번째로 들어온 커즈의 모습을 본 순간 그 눈은 크게 뜨였다.

"모두 방에서 나가거라. 키즈멜트르는 남고. 한동안 아무도 이 방에 접근해서는 안 된다. 노아를 불러라. 키즈멜트르. 침대에서 일어설 테니 돕거라."

기사는 희미하게 놀란 기색을 보이며 백작이 침대에서 내려서는 것을 도왔다. 가까이에 있는 의자로 백작을 모시려 했지만, 백작은 바닥에 무릎을 꿇고 커즈에게 절했다.

기사는 그 모습을 보고 퍼뜩 놀라며 백작의 뒤에서 마찬가지로 무릎을 꿇고 커즈에게 예를 갖추었다.

또 한 명의 기사가 들어와 똑같이 예를 취했다.

커즈는 백작 앞으로 나아갔다.

"백작, 고생하게 했군. 용서하게."

커즈의 그 짧은 말에 담긴 만감의 마음을 발드는 곱씹었다.

고든도, 타랑카도, 퀸터도, 그리고 카라도 그러하리라.

"아뇨, 아닙니다."

고개를 젓는 백작의 눈에서 뚝뚝 눈물이 흘러 바닥에 떨어졌다.

"브리엔트루그 님. 당신께서, 당신께서 무사하신 것이 이 하들의 유일한 희망이었습니다. 칸토르엣다 님께 당신의 이야기는 듣고 있었습니다. 당신께서 무사하시다는 것을 알았기에 에니시리트루그 님을 잃고도 견딜 수 있었습니다. 스와하르트루그 님에게 독배를 권하고 저 자신은 살아남는다는 불충에도 견딜 수 있었습니다. 당신께서, 당신께서 계시면 늑대인간 왕의 혈통은 끊어지지 않을 테니까요."

"내 몸의 저주가 나라에 화를 불러왔다. 백작에게도 백성들에게도 괴로운 운명을 가져왔다."

"그렇지 않습니다. 대공국이 사라져도 여전히 그 정통이 멸하지 않도록 신들은 미리 조치를 해주셨던 겁니다. 당신께서 태어난 것이 바로 미래로 이어지는 축복이었습니다."

커즈는 예상치도 못했던 말을 눈을 부릅뜨고서 들었다.

"게다가 당신께서는, 당신께서는 자신이 고난에 처해 계시면서도 고통스러워하는 백성을 찾아내 구하고 이 땅으로 보내주시지 않았습니까? 새로운 자르반 유민이 찾아올 때마다, 이 하들은 대륙 어딘가에서 자신을 돌보지 않고 홀로 일하고 계시는 당신에게 감사의 기도를 올렸습니다. 그러나, 아아. 부디 용서해 주십시오. 저는 당신의 백성을 빼앗았습니다. 이곳으로 이끌고 온 백성들에게 이제 자르반은 없다고, 너희는 새롭게 클래스크의 백성이 되는 거라고 가르쳤습니다. 아들에게도, 손자에게도, 그리 가르쳐 왔습니다. 또, 새롭게 유입된 자들도 아주 많습니다. 이제 당신을 군주로서 맞아들이는 것은 불가능합니다."

"그건 잘되었다. 그야말로 좋다. 나는 이제 과거는 버렸다. 발드로엔 경의 양자가 되어, 커즈 로엔이라는 이름을 받았지. 옛 이름은 버리고 옛 이름 아래 행한 서약도 또한 버렸다."

"커즈 로엔! 당신이 그러하셨습니까? 중원의 상황에는 언제나 관심을 두고 있었습니다. 특히 그 괴물 장군이 중원 침공에 나섰고, 발드 님과 그 일행분들에게 저지당한 모습은. 아아, 그러하셨습니까. 발드 님의 양자로. 아아, 좋습니다. 좋습니다."

"백작. 그만 일어나 침대로 돌아가게."

"아뇨, 아직 말씀드릴 것이 남았습니다. 이쪽에 있는 두 기사는 키즈멜트르 에이사라와 노아 팩토라고 합니다. 이 두 사람은 클래스크의 기사가 아닙니다. 제가 어릴 때부터 키웠으나 그 충성을 바치는 대상은 늑대인간 왕의 혈족. 즉, 당신이십니다."

잠시 백작과 커즈는 대화를 나누었다. 커즈가 지금 퓨자리온을 근거지로 삼고 있다는 것, 아직 처자식이 없다는 것 등을 이야기했다. 또, 지금은 어떤 목적을 위한 여행을 하고 있어서 한동안은 퓨자리온으로 돌아가지 않는다는 등의 이야기도 했다. 두 사람의 기사는 각자의 측근을 데리고서 퓨자리온으로 향한 후 커즈가 돌아오기를 기다리기로 했다.

두 기사의 장남은 모두 견습 기사였고, 백작은 직접 기사 서임을 행한 후에 보내고 싶다고 했다.

백작은 아직 말하고 싶은 것이 있는 모양이었다. 잠시 조용히 커즈의 눈을 바라보더니, 천천히 입을 열었다.

"커즈 로엔 님. 당신에게 부탁이 있습니다. 아내를 맞아 아이를 낳아주십시오. 남자아이를."

"알았네."

4

그날 밤은 환대를 받았다. 백작도 일어나 연회 자리에 참석했다.

주빈은 발드와 고든이었고, 커즈는 발드의 아들로서 대우를 받았다.

다만, 커즈는 물욕 장군을 두 번이나 쓰러뜨린 기사 중 한 명이었다.

클래스크는 자르반의 유민에 의해 만들어진 도시이며, 이곳의 많은 사람이 물욕 장군에게 강한 원망을 품고 있었다. 커즈는 그들에게 있어 영웅이었다.

이날 밤, 커즈는 권하는 술잔을 남김없이 받아 들었다.

연회가 끝나고 객실로 향하던 때, 그 길옆의 정원에서 기다리던 자들이 있었다.

선두에 선 것은 낮에 정원 손질 지시를 내리던 남자였다. 백작의 방으로 안내받아 갈 때, 빤히 커즈를 바라보았었다. 그 옆에 있는 이는 아내와 자식들일까?

그 외에 서른 명 이상의 사람이 땅에 엎드려 있었다.

커즈에게 절을 하는 것이었다.

아마도 그들은 커즈에게 도움을 받아 이곳 클래스크에서 안주의 땅을 구한 자들이리라.

자르반 공국이 멸망한 후, 커즈는 대숙부 칸토르엣다의 유언에 따라 복수를 포기하고, 그저 검술을 갈고닦는 데 몰두했다. 그러던 때, 자르반의 유민이 중원 여기저기에서 노예와 같은 삶을 살고 있다는 사실을 알았다. 커즈는 그들을 찾아내 구하고 노잣돈을 건네어 클레스크로 보냈다. 자신을 하들 조르아르스 백작의 부하라고 소개했다. 그러나 사실 커즈는 백작에게 의뢰를 받은 것도 아니었고, 그 자금도 고생해가며 번 것이었다.

도움을 받은 사람들은 클레스크에 도착해 백작에게 감사 인사를 했을 터. 거기에 백작이 무어라 답했는지는 알지 못했다. 그러나 도움을 받은 사람들은 깨달았던 것이다.

십 수 년에 걸쳐 자르반 유민을 찾아내 구해온 사람이 있다. 무리를 해가며 아무도 없이 혼자서. 그 사람의 고독한 헌신으로 자신들은 구원받았다고.

목소리를 내는 자는 없었다.

그들은 커즈에게 무언가 사정이 있으며, 함부로 말을 건네서는 안 된다고 판단했다.

그렇기에 그저 말없이 감사를 전하고 있는 것이다.

커즈는 잠시 멈춰 서서 그들의 얼굴을 둘러보았다.

그리고.

"건강들 하게."

그 한마디를 남기고서 그 자리를 떠났다.

다음 날 발드는 가죽 장어구 장인인 폴포를 찾아갔다.

그랬더니 갑자기 가죽 갑옷을 벗겨서 가져가버렸다. 보수하기 위해서였다.

그 보수 작업에는 닷새의 시간이 필요했고, 결국 발드 일행은 이

레 동안 영주의 저택에서 손님으로 지내야 했다.

커즈는 그 시간을 이용하여 타랑카와 퀸터를 착실히 훈련시켰다.

키즈멜트르와 노아의 부탁으로 두 사람의 장남 트루가트르와 달리도 가르쳤다.

발드는 고든을 데리고서 클래스크의 명물 식당들을 순회했다. 카라도 야무지게 두 사람과 동행했다.

이틀째에는 언젠가 줄챠가 데려갔던 코르코르두르 요리점을 찾아갔다. 이전에는 포장마차보다 조금 나은 정도였던 가게였는데 지금은 번듯한 가게가 되어 있었다. 이제는 손님이 직접 굽지 않는 방식으로 바뀌었고, 모든 요리는 조리되어 제공되었다.

가장 인기 좋은 음식으로 달라고 하자, 코르코르두르의 다리 살 철판구이가 나왔다.

프랑주를 탁주로 주문해 함께 만끽했다.

물론 마무리는 프랑 달걀밥이다. 이 맛을 얼마나 그리워했던가.

여드레째 날 아침, 완전히 새것이나 마찬가지로 보수된 가죽 갑옷을 입은 발드는 클래스크를 뒤로했다.

제 2 장
하들 조르아르스

| 제 3 장 | ——— # 파르잠 왕궁 방어전
–+– 야츠 매운 전골 –+–

1

일행은 클래스크를 출발하여 재밍인 텟사라 씨족의 집락으로 향했다.

재밍은 원숭이 같은 외모를 한 작은 체구의 아인이다. 성인이어도 열두세 살 인간 정도의 키밖에 안 되었다. 그들은 숲에 살며, 숲을 잘 알았다. 인간은 숲에서는 결코 그들을 이길 수 없었다.

재밍은 자신들의 영역에 발을 들인 인간을 용서하지 않는다. 하마터면 공격당할 뻔했지만, 발드가 이에미테의 이름을 연호한 보람이 있었는지 이에미테가 모습을 드러냈다.

"푸른 표범(옐거)의 정령을 쓰러뜨린 인간이 아닌가. 용사여, 무슨 용건으로 왔나."

"오랜만일세, 이에미테 님. 그대에게 이야기하고 의견을 듣고 싶은 일이 있어 왔네. 5년 전의 일이지. 오바 강 서쪽에 8백 마리 이상의 마수(키젤), 자네들의 말로 하자면 영수가 나타나 인간의 나라들을 공격했다네."

"무어라?"

이에미테는 발드 일행을 오두막으로 안내했다.

"이야기를 듣겠다."

발드는 콜포스 성채가 마수 무리에 습격을 받은 시점부터 이야기를 꺼냈고, 차례대로 벌어진 일을 설명했다. 그리고 마누노 여왕과의 대화와 자리아에게 들은 이야기와 안개의 골짜기를 찾아가 모우라와 나눈 대화를 들려주었다.

"이에미테 님. 이 일에 관해 뭔가 아는 게 있는가? 어째서 재밍은 〈청석(옐고그)〉을 가지고 있는 겐가?"

"인간 발드. 재밍은 정령(무리크)을 신앙하고 있었기에 〈대장벽(잔 뎃사 로)〉이 생기고, 정령이 멀어지게 되었을 때, 우리의 조상은 위대한 왕에게 부탁했다. 자신들이 있는 곳에 정령을 불러들일 수 있게 해달라고. 정령이 원래의 청정한 정령으로 돌아왔을 때 가장 먼저 그 사실을 알 수 있게 해달라고. 위대한 왕은 그 청을 들어주었고 우리에게는 〈청석〉과 〈적석(로로고그)〉이 주어졌다. 그것은 씨족별로 관리하게 되었고, 〈적석〉은 가장 안전한 곳에, 즉 각 씨족 선조의 사당에 묻었다. 그곳으로 이끌려 온 정령이 태어나면 짐승에게 씌어 영수가 된다. 청정한 정령들이 루줄라 티앤트들의 곁에 살아남아 있다는 것은 실로 좋은 소식이다. 곧장 다른 씨족에게도 알리겠다. 마누노를 조종하여 많은 마수를 만들어내고, 게다가 인간을 습격하게 했다는 것은 용서하기 어려운 이야기다. 그러나 용인에 관해서 우리는 잘 모른다. 알고 있다고 한다면, 게르카스트일 것이다. 먼 옛날, 용인들은 이 땅의 무수한 종족 위에 군림하고, 학대하고, 먹어 치웠다. 그런 녀석들과 유일하게 대등했던 것이 게르카스트다. 게르카스트에게는 녀석들의 이상한 힘도 통하지 않았다. 인간 발드여. 네 여행에 나도 함께하고 싶은 마음이지만 재밍을 이끌고 인간 세계를 여행하면 성가신 일도 일어날 것이다. 그러니 나는 여기에서 네 소식을 기다리겠다. 내가 필요해지면 불러라."

여러 정보를 듣고 발드 일행은 재밍의 거류지를 떠났다. 유의미한 만남이었다.

"커즈 님. 그 이에미테라는 재밍의 전사, 무예가 대단해 보였습니다. 나뭇잎 위를 걷는데도 체중이 느껴지지 않았고, 앉고 서고하는 움직임도 부드러운 바람 같았습니다."

"화살촉을 보았나?"

"화살촉에 뭐가 있었습니까?"

"그건 마수의 뼈를 깎아낸 것이었다. 그 활도 예사 물건이 아니지. 나에게 호흡을 읽히지 않았다. 퀸터, 그 남자는 강하다."

2

월어의 늪에 들렀지만 연못의 여주인은 5년 전에 이미 죽었다고했다.

그리고 호쟈타라는 이름의 욕심 많은 상인이 늪을 관리하고 있었다. 이 상인은 늪의 토가에 눈독을 들였다.

토가는 산뜻한 매운맛과 개운한 뒷맛을 가진 향신료로, 물이 맑은 산중에서만 자란다. 월어의 늪은 보기 드문 양질의 토가 자생지였다.

지금 파르잠 왕국에서는 향신료 붐이 일고 있다. 늪의 토가를 모조리 채취해 파르잠으로 가져가면 토가 하나하나가 금화가 될 거라고, 호쟈타는 그렇게 생각했다.

사기나 다름없는 방법으로 늪의 토가 채취권을 손에 넣은 호쟈타는 곧바로 토가를 채취하려 했다. 그러나 그러지 못했다. 은색 털을 가진 거대한 긴 귀 늑대(바르밴)가 방해를 한 탓이었다.

호쟈타는 마수가 나왔다며 요란을 떨었다. 마침 우연히 발드 일행이 지나가던 차였고, 늘 그랬듯이 오지랖 넓은 고든이 마수 퇴치에 자진해 나섰다.

조사를 위해 늪가로 올라간 발드 일행은 은색 늑대와 마주쳤다. 은색 늑대는 마수 같은 게 아니었다. 신비한 분위기를 띤 아름다운 짐승이었다.

마을로 내려가 보니 호쟈타가 죽어 있었다. 호쟈타가 토가 수확을 강행하려고 사용인들을 다그치던 때, 어디선가 은색 늑대가 나타나 호쟈타를 죽였다. 그리고 그 외의 인간에게는 시선도 주지 않고 산속으로 모습을 감추었다고 한다.

3

린츠에 도착했다.

린츠 백작의 자리는 베르너 에피발레스가 물려받았으나, 전 당주인 사이먼은 변함없이 건강했고 크게 기뻐하며 일행을 맞아주었다.

베르너는 발드에게 쥴랑트의 친서를 건넸다.

"2주 전, 파르잠 국왕 폐하의 사자가 찾아와 발드 님 앞으로 된 친서를 린츠 백작가에 맡기고 전달을 부탁했습니다. 듣자 하니 같은 친서가 세 통으로, 한 통은 린츠에, 한 통은 히마야 영주에게, 또 한 통은 퓨자리온에 전달되었다고 합니다."

그것은 상당히 긴급하고 중요한 용건이라는 뜻이리라.

그 친서에는 급히 상담하고 싶은 것이 있으니 왕도로 와달라고 쓰여 있었다.

대체 무슨 일이 일어난 것일까. 일단 예정을 변경하여 파르잠으로 향하기로 했다.

그날 밤은 사이먼의 환대를 받았고, 다음 날 오후에 배에 올랐다.

고든은 배웅하는 쪽이었다. 2년 이상이나 영지를 비웠다는 사실을 사이먼에게 들키고 말았고, 호된 꾸중을 듣고서 메이지아로 돌아가게 되었던 것이다.

사이먼은 고든의 어머니의 오빠이자, 고든의 기사의 맹세 인도자였다. 고든이 결코 대들 수 없는 인물이었다.

배가 강가를 벗어났고, 발드는 손을 흔드는 사이먼에게 손을 마주 흔들었다.

그때, 묘한 남자가 눈에 들어왔다. 그 남자는 가만히 사이먼을 노려보며 오른손을 품에 찔러 넣고 있었다. 남자는 단도를 빼 들고 사이먼에게 달려들었다.

"안 돼!"

그때 발드는 이상한 행동을 했다. 어째서 그런 행동을 했는지는 알 수 없었다.

고대 검을 뽑아 든 것이다.

그리고 단도가 사이먼을 찌르려 한 바로 그 순간, 스타보로스의 이름을 외쳤다.

고대 검에서 나온 빛의 구슬이 먼 강가까지 날아가 남자에게 직격했다.

남자는 달려들던 기세 그대로 무너지며 쓰러졌다.

쓰러지면서 남자가 사이먼과 교차한지라 발드는 섬찟해졌다. 그러나 사이먼은 그대로 서 있었다. 용케 피한 모양이었다.

배는 점점 멀어져 갔다.

사이먼은 발드 쪽으로 크게 손을 흔들며 무어라 외쳤다.

발드는 안도의 한숨을 내쉬었다. 사이먼은 무사히 화를 면한 모양이었다.

4

미스라 자작은 발드의 얼굴을 보자 크게 기뻐하며 성대하게 대접해주었다.

다음 날 아침 발드 일행이 출발하려 하자 광장과 길가에 늘어선 많은 사람들이 보였다.

"무슨 행사가 있는 겝니까?"

"저건 당신을 한 번이라도 보려고 모인 이들입니다."

"어째서?"

"6년 전에 당신은 대장군으로서 콜포스 성채에 와주셨고, 우리 병사들을 질타해 마수를 격퇴해 주셨습니다. 당신이 계시지 않았다면 콜포스 성채의 병사들은 전멸했을 테지요. 이 미스라의 마을도 어찌 되었을지. 그것만이 아닙니다. 그 성채에 있던 기사들에게, 당신은 긍지를 되찾아주고 싸우는 법을 가르쳐 주셨습니다. 그리고 5년 전, 로드반 성에 밀려든 무시무시한 마수 무리를 물리치고 우리를 구해 주셨습니다. 미스라의 백성은 은인이 이곳을 방문하셨다는 소식을 듣고 이렇게 달려온 것입니다."

"발드 님. 봐, 모두가 당신한테 손을 흔들잖아. 손을 흔들어서 답해줘."

"으, 음."

카라의 재촉에 무심코 오른손을 들었다. 순간 커다란 함성이 일었다.

"로엔 경. 괜찮다면 그 〈신검 스타보로스〉를 뽑아 백성들의 환호에 답해주십시오."

"아니, 대체 뭡니까? 그 〈신검 스타보로스〉라는 건."

"자, 발드 님. 마검을 뽑아봐. 어서, 어서. 검장 젠닷타의 실력을 보여주는 거야. 얼른, 얼른."

카라의 기세에 그만 고대 검을 뽑아 머리 위로 들었다.

어마어마한 환성이 들끓었다.

환호에 답하며 발드는 이 여자아이는 결혼하면 남편을 손바닥 위에 올려놓겠구나, 하고 뜬금없는 감상을 품었다. 설마 카라를 로엔가의 사람으로 맞아들이는 미래가 기다리고 있으리라고는, 이때의 발드는 상상도 하지 못했다.

일행은 수많은 백성의 배웅을 받으며 미스라를 뒤로했다.

5

왕도에 도착한 것은 8월 초순이었다.

발드는 왕궁에 불려 갔고, 곧바로 중신 회의가 열렸다.

완전히 풍격을 더한 리시오네르 자작이 진행 역을 맡았다.

"6월 2일의 일입니다. 열 명의 용인이 비룡(엔트 나다)을 타고 나타나 성안에 내려서더니, 왕은 어디인가? 하고 물었습니다. 기사와 병사가 포위했으나, 신기하게도 용인의 이마에 있는 세 번째 눈이 빛나자 기사는 정신을 잃고 쓰러졌습니다. 쿠오르 백작이 왕의 대리로서 용인과 마주했습니다."

쿠오르 백작이란 인물은 웬델란트 왕의 사촌을 아내로 두었으며, 섭외 역으로서 활약해온 인물이라고 한다.

"용인은 자신을 이스테리야의 토토루노스토토라고 소개했습니다. 그리고 이스테리야는 신수가 깃든 영검을 찾고 있으며, 이 나라에 그것이 있다는 것을 안다. 영검과 그 검의 사용자를 내놓아라. 그리 요구했습니다. 쿠오르 백작은 우리나라에는 여러 마검이 있는데, 그중 어느 것인가? 하고 물으셨습니다. 용인은 5년 전 마수 무리가 인간의 나라를 습격했을 때 그것을 물리친 영검이다, 하고 답했습니다."

쿠오르 백작은 용인이 찾는 것이 발드 로엔과 그 마검이라는 사실을 눈치챘을 테지만 이렇게 답했다.

"그대의 요구는 무리다. 우리는 그에 응할 마음이 없다."

용인의 이마에 있는 눈이 괴이하게 빛났고, 그때까지 당당하게 용인과 상대하던 쿠오르 백작의 머리가 푹 떨어지더니 손은 힘을 잃고 축 늘어졌다. 그리고 억양 없는 평탄한 목소리로 이렇게 말했다.

"그대들의 찾는 것은 변경의 기사 발드 로엔 경과 그 패검이다. 로엔 경은 먼 변경 오지에 살고 있다. 이 나라와 인연은 깊으나 신하인 것은 아니다. 다만 현 국왕 폐하가 명령하면 로엔 경은 거기에 따를 것이다."

쿠오르 백작은 풀썩 쓰러졌고, 용인 토토루노스토토는 누구에게 라고 할 것 없이 고했다.

"이 나라의 왕이여. 내년 1월 1일에 우리는 다시 올 것이다. 그때 발드 로엔과 그 영검을 내놓아라. 그렇게 하지 않으면 이 성을 없애겠다."

그리고 용인들은 떠나갔다.

중신들의 의견은 둘로 나뉘었다.

용인들의 의도를 알지 못하는 이상 현재로서는 말을 따를 수밖에 없다는 의견과, 나라의 체면상 그것은 불가하다는 의견이었다. 상황은 정리되지 못한 채, 일단 발드를 불러들여 협의하자는 이야기가 되었다.

"로엔 경. 대체 그놈들의 목적은 무엇인가?"

"폐하. 그에 관해 최근 한 재밍에게 들은 이야기입니다. 과거 이 대지에서 인간이 늘어 퍼져나가기 전, 용인은 온갖 종족을 지배하고 억압했으며 식량으로 삼기까지 했습니다. 그 전투력은 강대하여, 겨우 대항할 수 있었던 것이 게르카스트들뿐이었다고 합니다. 용인의 자세한 정보는 게르카스트에게 물어야 할 겁니다."

"그런가. 흠. 아인들은 인간이 모르는 오랜 역사를 알고 있는 것인가."

"폐하. 제가 게르카스트를 찾아가겠습니다. 우선은 게르카스트에게 용인의 정체를 물어야 합니다. 어찌 대처할지는 그 후에 협의하는 게 어떠하시겠습니까?"

"좋네. 그리하지. 부탁하네. 발드 로엔 경."

6

발드 일행은 왕도에서 곧장 로드반 성으로 향했고, 거기에서 조이 씨족의 거류지를 향해 나아갔다.

로드반 성은 제1차 제국 전쟁 때 파르잠 왕국에서 고리올라 황국으로 양도되어, 아플라반의 동생인 뒤세르반이 영주의 자리에 올랐다.

로드반 성에 도착한 발드 일행은 크게 환영받았다.

로드반 성은 무역 중계점으로서 눈부신 발전을 보이고 있었다. 이 성에서 장사할 수 있는 허가증을 원한 황국의 제후가 장인과 농민을 제공한 덕에 주민 수도 상당히 늘었다. 로드반 성에 반입된 남쪽의 향신료, 찻잎, 직물, 다종다양한 주류는 황도를 비롯한 황국 각지에서 귀한 대접을 받았고, 고리올라에서 수출되는 희귀한 모피, 무기, 귀금속, 광석 등은 남쪽에서 고가에 거래되었다.

로드반 성을 나와 동쪽으로 향했다. 발드의 운은 다하지 않은 모양인지, 찾기 시작한 지 사흘째에 게르카스트 조이 씨족과 만날 수 있었다. 처음에는 이야기가 통하지 않아 하마터면 전투가 벌어질 뻔했지만, 족장 엥그달의 이름을 연호하자 이윽고 본인이 나타났다.

"운게드 발드, 잘 왔다."

엥그달의 호령 한 번에 손님을 맞이할 준비가 시작되었다.

이전에 엥그달은 발드에게 조이 씨족이 키우는 야츠라는 짐승은 맛있다고 이야기한 적이 있었는데, 야츠란 자그마한 야생 돼지 같은 짐승이었다.

곧바로 몇 마리나 되는 야츠가 해체되었고, 일단 어딘가로 운반되었다가 얼마 후에 다시 돌아왔다. 아마도 선조의 제단에 바치고 온 것이리라. 어느 정도는 구이로 만들었지만, 대부분은 작게 잘라 냄비에 넣어 끓였다. 그 냄비에는 어마어마한 양의 다종다양한 나무 열매가 들어갔다. 전부 건조된 것이었다.

몇 종류인가 발드가 아는 열매도 있었는데, 그것은 하나같이 몹시 자극이 강한 나무 열매였고, 중원에서는 향신료로써 귀한 대접을 받는 것이었다. 대체 이렇게 강한 맛이 나는 나무 열매만 넣고 끓여서 어떤 요리가 완성되는 것일까?

유주(乳酒)가 나왔다. 달짝지근하면서 개운한 술이다. 신맛도 적당해서 상큼했다. 입에 머금은 느낌과 목 넘김이 어찌나 좋은지 술

술 들어갔다. 그 점이 위험하다고 하면 위험했다. 카라는 일찌감치 취기가 올라 묘하게 들떠 있었다. 무슨 유주인가 했더니, 히요르드의 젖으로 만든 술이었다. 인간에게 마시게 한 건 처음이라고 했다.

구운 야츠 고기는 의외로 기름기가 적었다. 단단한 식감에 씹으면 씹을수록 감칠맛이 배어 나왔다. 듬뿍 뿌린 향신료가 유주의 달짝지근함과 잘 어우러졌다.

30명 정도의 게르카스트가 동석했다. 양젠고와 멜리토케의 모습도 보였다.

초대받은 손님은 여행 이야기를 들려주는 것이 관습이라 하여, 엥그달과 헤어진 후에 있었던 일을 타랑카에게 이야기하게 했다. 엥그달은 그 이야기를 조용히 들었다. 조이 씨족의 전사들은 처음에는 시끌벅적했지만, 뒤로 갈수록 조용히 타랑카의 이야기에 귀를 기울였다.

그나저나 간결하게 정리해 이야기하는 요령이 좋았다. 아마도 두 권의 책에는 상당한 과장과 오해도 있었을 텐데, 무엇이 진실이고 무엇이 진실이 아닌지를 타랑카는 적확하게 간파하고 있었다. 그것만이 아니라 게르카스트에게는 이해하기 어려울 법한 용어와 관습과 제도에는 간결한 해설을 덧붙이기까지 했다.

이야기가 끝나자 잠시 침묵이 내려앉았다. 그 후에 엥그달이 말했다.

"⟨운웨크 야츠⟩를 가져와라."

운반되어 온 것은 야츠와 나무 열매를 조린 요리였다. 바닥이 깊은 접시에 가득 담아 스푼도 같이 주었다. 사실 조금 전부터 아주 좋은 냄새가 풍겼기 때문에, 타랑카의 이야기를 들으면서도 발드는 냄비 속이 궁금해 견딜 수 없었다.

가까이에서 냄새를 맡으니 한층 더 자극적인 향이 느껴졌다. 음식 냄새가 이렇게나 도발적이고 고혹적이라니, 신선한 체험이었다. 한 숟가락 떠서 입에 넣어보았다.

순간 부드러운 느낌이 찾아든 후 자극적인 매운맛이 밀려들었다.

혀가 녹아 없어지는 게 아닌가 싶을 정도였다.

하지만 그 매운맛은 오래가지 않고 바로 잦아들었고, 아주 기분 좋은 산뜻함이 입안을 가득 채웠다.

돌이켜보면, 지금 맛본 매운맛은 그저 찌릿찌릿한 자극이 아니었다.

아니, 찌릿찌릿은 하지만 혀를 찌르며 입안에서 마구 날뛰는 날카로운 자극이 아니라, 달짝지근하면서 향긋하게 감싸는 듯한 부드러움을 가진 매콤함이었다.

참지 못하고 이어서 한 숟가락을 떠서 입에 넣었다.

몸은 이미 기분 좋은 자극을 기대하며 근질근질 그 한 숟가락을 기다리고 있었다.

——아아!

이 얼마나 칼칼한지. 이 얼마나 달콤한지. 이 얼마나 부드러운지!

이 얼마나 자극적이며 이 얼마나 상쾌한지!

이런 신기한 요리는 먹어본 적 없었다.

한 숟가락, 또 한 숟가락. 매료된 것처럼 발드는 〈운웨크 야츠〉라는 더없는 행복을 주는 국물을 입에 넣었다.

나무 열매만이 아니라 어떤 파 종류와 뿌리채소 등도 잘게 썰어 넣은 모양이었다.

그리고 깨달았다.

하나같이 개성 강한 향신료를, 그것도 이렇게나 많은 양을 다종다양하게 섞어 넣었으면서 어떻게 이렇게나 부드러운 것인가.

야츠다. 푹 끓인 야츠에서 나온 국물이 많은 향신료를 뭉뚱그려 감싸면서 부드럽게 조화를 이루는 것이다.

육수가 맛의 결정적인 비법이었다. 고기 육수에서만 맛볼 수 있는, 묵직하고 깊은 충만감이 이 강렬한 수프의 본질인 것이다.

야츠는 그 우려낸 국물에 진정한 가치가 있는 식재였다.

깨닫고 보니 손에 든 바닥 깊은 접시는 텅 비어 있었다.

"발드 님. 이 빵을 국물에 찍어 먹어도 맛있어."

카라의 말을 듣고 나서 눈앞에 놓인 다른 접시에 둥글고 납작한 것이 담겨 있다는 걸 깨달았다.

카라는 그 납작한 것을 찢어서 〈운웨크 야츠〉에 찍고, 국물에 담겼던 부분을 베어 물어 먹었다.

——이런. 그렇게 먹는 방법도 있었던 것인가.

——그보다 어느 틈에 그런 게 놓여 있었던 것이냐.

바닥 깊은 접시를 내려놓고 그 납작한 것을 조금 잘라보았다. 빵보다 단단하고 중량감이 있었다.

입에 넣자 희미하게 고소한 향이 났다.

씹어보니 쫀득한 식감으로, 아주 마음이 차분해지는 느낌이었다.

이걸 그 국물에 찍어 먹으면 어떤 맛일까.

발드는 슬픈 심정으로 깨끗이 비운 접시를 보았다.

그 마음을 눈치챈 것처럼 한 게르카스트가 발드의 접시를 가져가더니 〈운웨크 야츠〉를 그득 담아주었다. 그 게르카스트는 멜리토케였다.

"미안하네, 멜리토케 님."

발드는 바닥이 깊은 접시를 받아 들고, 서둘러 빵을 찢어서 〈운웨크 야츠〉를 찍어 입에 넣었다.

매콤함과 부드러움과 개운하고 든든한, 기분 좋은 요리다.

세 조각 정도 같은 방법으로 먹은 다음, 이번엔 〈운웨크 야츠〉만 한 숟가락 떠먹고 나서 아무것도 찍지 않은 빵을 베어 물었다. 음. 이렇게 먹는 것도 좋다.

술의 존재를 완전히 잊고 있었다. 서둘러 술을 한 모금 마셨다.

그러자 자극 강한 〈운웨크 야츠〉와 부드럽고 상큼한 히요르드 유주의 상성이 발군이라는 사실이 판명되었다.

이렇게 발드 일행은 게르카스트의 맛있는 요리를 만끽한다고 하는, 인간으로서는 귀한 체험을 했다.

다음 날 아침, 족장 엥그달은 말했다.

"운게드 발드. 어제 이야기로 네 용건은 알았다. 인간의 왕에게 용인에 관해 말하겠다. 다만 나 혼자서 가는 것이 아니라 조이 씨족의 용사 50명을 데리고 가겠다. 도마뱀 놈들은 오랜 약속을 깼다. 그 대가를 게르카스트가 치르게 하겠다."

용사 50명을 고르는 역할은 부족장 양젠고가 맡았다. 멜리토케는 50인에 들어간 것을 자랑하다가 양젠고의 분노를 샀고, 때려눕

혀졌다. 얼굴이 지면에 처박혔지만 이내 아무 일도 없었던 것처럼
일어났다.

7

왕도에 도착한 엥그달은 쥴랑트 왕과 중신들 앞에서 용인에 관
하여 이야기했다.

"인간(트리)이 이 대지에 나타나기 전, 용인들은 다른 모든 종족
을 유린하고, 농락하고, 먹었다. 마음을 조종하는 신기한 술수로
다른 종족들을 반쯤 장난으로 싸우게 했다. 그러나 마음을 조종하
는 이상한 술수는 우리 게르카스트에게만은 통하지 않았고, 또 전
투력에서도 게르카스트는 용인에게 뒤지지 않았던지라 녀석들이
우리에게는 손을 대지 않았다. 이윽고 인간이 나타났고, 인간의 위
대한 왕은 〈대장벽〉을 만들어 용인을 그 바깥으로 쫓아냈다. 녀석
들은 두 번 다시 〈대장벽〉 안쪽에 발을 들이지 않을 것과 인간에
게 손을 대지 않을 것을 조건으로 살아남는 것을 허락받았다. 녀석
들이 오랜 약정을 깨고 〈대장벽〉을 넘어와 인간족에게 손을 댄 것
은 어째서인가. 위대한 정령이 깃든 검을 원하는 것은 어째서인가.
뻔하다. 힘을 얻기 위해서다. 얻은 힘으로 무얼 하려 하는가. 뻔하
다. 다시 다른 종족을 지배하고 군림하려는 것이다."

중신 회의의 결론은 나왔다.

발드 로엔과 마검은 용인들에게 넘기지 않는다. 설령 전쟁이 벌
어진다 해도.

그리고 1월 1일.

성문 안쪽 광장에 국왕 직할군의 정예를 포진시키고 기다렸다. 기사 2백, 창보병 2백, 궁병 6백. 성벽 위에도 백 명의 병사가 줄지어 서 있었으며, 그 손에는 개량 크로스보가 들려 있었다.

광장 한쪽에는 게르카스트의 용사 50명이 밀집하여 진을 치고 있었다. 파르잠의 기사들은 말에 올라 있었지만, 게르카스트들은 히요르드에서 내린 상태였다.

"녀석들과는 땅에 발을 대고 선 편이 싸우기 쉽다."

엥그달이 그렇게 말했다. 게르카스트들의 손에는 그들이 퀴탄이라 부르는, 휘어진 외날 곡도가 들려 있었다.

발드는 줄랑트 왕과 측근들과 함께 광장을 내려다보는 작은 방에 있었다. 커즈, 타랑카, 퀸터, 카라도 함께였다.

줄랑트 옆에는 근위대장 키제크 레이가 붙어 있었다. 부임한 지 5년째인데, 검 다루는 실력은 샹티리옹에게도 필적한다고 한다.

하늘 저편에서 검은 점이 드문드문 나타나더니, 순식간에 다가왔다.

2백. 아니, 그 이상일지도 모른다. 설마 이 정도의 대군이 올 줄이야.

한 마리의 비룡이 접근해 오더니 광장 상공에서 정지했다.

공중에 머무는 비룡의 날개가 만들어낸 바람에 병사들이 날려갈 듯했다.

이 무슨 크기인가. 이 무슨 위압감인가. 쭉 편 날개의 폭은 서른 걸음은 될 듯했다.

단 한 마리의 비룡이 발하는 끝을 알 수 없는 압력에 발드는 아랫배에서 불쾌감이 솟구쳐 오르는 것을 억누를 수 없었다.

"인간 놈들. 발드 로엔과 영검은 준비되었는가."

귀에 거슬리는 목소리로 용인이 물었다.

"용인이여. 너희는 어찌하여 로엔 경과 마검을 원하는가? 그 이유를 말하라!"

상군 정장 시델몬트 엑스펜글러가 용인을 추궁하며 물었다.

용인은 그 말에 답하지 않고, 이마에 있는 제3의 눈을 빛냈다.

그리고 시델몬트에게 다시 물었다.

"발드 로엔은 왔는가."

그러자 믿을 수 없는 일이 일어났다.

시델몬트가 감정 없는 넋이 나간 목소리로 대답한 것이다.

"발드 로엔은 왔다. 저기에."

시델몬트가 발드가 있는 곳을 가리키려 한 순간, 왼쪽에 있던 샹티리옹이 전광석화와 같은 움직임을 보였다. 애마 베이크리를 오른쪽으로 몰며 발검하여 시델몬트의 측두부를 투구 너머로 쳐서 날린 것이다. 시델몬트는 의식을 잃고 말에서 떨어졌다.

샹티리옹은 베이크리를 힘껏 달리게 했다. 짧은 도움닫기를 하고서 베이크리는 멋지게 도약했다. 그리고 샹티리옹은 비룡을 향해서 마검 〈일레 시첼〉을 휘둘렀다.

마검은 비룡의 발톱을 포착했고, 금속이 맞부딪히는 격돌음과도 닮은 날카로운 소리가 울렸다. 발톱 끝을 베었지만 큰 타격은 주지는 못한 듯했다.

"반항하는 것인가. 성가시군. 하지만 용서할 수 없다."

용인은 상공으로 날아올라 무리와 합류했다.

그리고 비룡 무리가 하강을 시작했다.

2백 기의 비룡 대부분은 곧장 왕군에게로 향했다.

30기 정도는 좌측에 포진한 게르카스트 쪽으로 향했다.

크로스보 부대의 지휘관과 궁부대의 지휘관이 거의 동시에 명령을 내렸다.

"쏴라!"

"쏴라!"

왕군으로 향하던 비룡 중 두 기가 크로스보와 화살에 날개를 다쳐 진로가 틀어졌다.

게르카스트들이 도약하여 비룡의 날개를 베는 모습이 보였다.

발드 일행이 있는 방이 충격으로 흔들렸다. 진로가 틀어진 비룡이 발코니에 격돌하며 좌초했다. 발코니 바로 옆에, 쥴랑트 왕과 발드 일행이 머물던 방이 있었다.

타고 있던 용인은 튕겨 나가며 벽에 부딪혔지만, 죽지 않고 일어나 가볍게 고개를 젓더니 이쪽으로 덤벼들었다.

발드는 처음으로 용인을 가까이에서 보았다.

평범한 인간보다 조금 크지만, 게르카스트에 비하자면 조금 작았다.

몸은 강철을 꼬아 만든 듯했고, 터무니없는 강인함이 느껴졌다.

무엇보다 인상적인 것은 피의 열기가 전혀 느껴지지 않는다는 점이었다.

용인이 방에 뛰어 들어오는 순간, 근위대장 키제크 레이가가 명령을 내렸다.

"방패를 들어라! 전원, 돌격!"

키제크와 네 명의 근위 기사가 호흡을 맞춰 뛰쳐나갔다.

한 기사가 든 방패는 용인의 오른손에 튕겨 나갔다.

한 기사는 용인의 꼬리에 맞아 방패째로 날려갔다.

그러나 그 틈에 한 기사가 용인의 배에 검을 찔러 넣었고, 한 기사가 용인의 오른쪽 다리에 상처를 냈다.

움직임이 둔해진 용인의 목덜미에 키제크가 검을 찔러 넣었다.

용인은 눈에 힘을 실어 키제크를 노려보았지만, 금세 눈은 빛을 잃었고 몸에서 힘이 빠졌다. 죽은 것이다.

발코니에 좌초했던 비룡은 발버둥 치다가 떨어졌다.

발드는 발코니로 뛰쳐나가 전황을 확인했다.

날개를 다친 또 한 기의 비룡은 감시탑 상부에 격돌했고, 타고 있던 용인은 달려든 창보병들에게 찔려 죽었다. 비룡 쪽은 정신을 차리고 주변의 병사를 떨쳐내더니 다시 하늘로 날아올랐다.

게르카스트는 네 기의 비룡을 격추했다. 쳐서 떨어뜨린 비룡도, 타고 있던 용인도 확실하게 숨통을 끊어놓았다.

발드는 게르카스트들이 밀집 진형을 취한 이유를 그제야 이해할 수 있었다.

비룡은 지나치게 커서 밀집한 게르카스트들을 동시에 다수 공격할 수 없었다. 그리고 공격하려면 지표 근처까지 하강해야만 했다. 지면 가까이 내려온 비룡의 날개를 상처 내고 지상으로 끌어내리면, 다음은 어떻게든 요리할 수 있다. 이 전법을 게르카스트들은 고대부터 계승해온 것이리라.

"날개다! 날개를 노려라!"

바로 아래에서 목소리가 들렸다.

자세히 보니 발코니에서 떨어진 비룡을 말에 탄 기사들이 둘러싸고 죽이고 있었다.

광장의 상황은 참담했다. 단 한 번의 공격으로 놀랄 만큼 많은 기사와 병사들이 비룡의 발톱에 유린당했고 전투 불능이 되었다.

그러나 용인들도 무적은 아니라는 것을 알았다. 그리고 비룡의 약점이 날개라는 사실도.

하늘로 재차 날아오른 용인들은 선회하여 다시 공격 위치로 돌아왔다.

이제 곧 두 번째 공격이 온다.

그러나 크로스보 부대와 궁부대도 두 번째라면 훨씬 잘 겨누어 쏠 수 있을 터다. 이 두 번째의 공격으로 얼마나 많은 비룡을 떨어뜨릴 수 있을 것인가가 승패를 가르리라.

이때, 10기 정도의 비룡이 광장 바로 위에서 하강하더니 정지 비행을 시작했다.

광장 바로 위의 용인을 겨누면 그 화살은 왕이 있는 곳을 향해 날아가게 된다. 크로스보 부대도 궁부대도 조용히 상황을 지켜보았다.

10기의 비룡은 궁전 쪽이 아니라 성벽 쪽으로 향했다.

다음 순간, 놀랄 만한 일이 벌어졌다.

성벽 위에 선 크로스보 부대가 풀썩풀썩 쓰러지기 시작했다.

또한 궁전 앞 광장에 있던 궁 부대도 풀썩풀썩 쓰러졌다.

발드의 얼굴에서 핏기가 가셨다.

용인의 특수 능력에 의한 공격이다. 공중 공격 방법이 막힌 것이었다.

이래서는 싸울 수 없다.

비룡의 발톱은 일격으로 중장비 기사도 죽일 위력을 가지고 있었다. 왕군은 어찌할 도리도 없이 전멸당하고, 비룡은 성을 무너뜨리리라.

무얼 어찌할 틈도 없이, 고공에서 태세를 정비한 비룡들이 두 번째 공격을 개시했다.

비룡들은 셋으로 나뉘었다.

50기 정도는 성벽 쪽을 공격했다.

튼튼한 성벽 상부가 무너져 내렸다.

50기 정도는 광장의 왕군을 덮쳤다.

기사들은 응전 태세도 취하지 못했다. 어떤 자는 짓뭉개졌고, 어떤 자는 찢겼다.

백 기 정도는 궁전에 격돌했다.

그 격돌로 석벽은 여기저기가 와르르 무너졌다. 발드 일행이 있는 방도 크게 흔들렸고, 세간은 쓰러지고 벽 일부가 무너졌다.

"폐하, 몸을 피하십시오."

쥴랑트 왕은 키제크를 따라 안쪽으로 피했다.

그리고 비룡들은 다시 하늘로 날아올라 세 번째 공격 태세를 갖추려 하고 있었다.

안 된다.

다시 한 번 공격을 당하면 괴멸적인 피해를 입는다.

무언가 녀석들을 지상으로 끌어내릴 방법이 없을까.

그때, 발드의 머릿속에 한 장면이 떠올랐다.

린츠를 출항하던 때의 일이었다.

그때 고대 검에서 빛의 탄환이 튀어나와 자객을 공격했었다. 자객은 의식을 베인 듯했다. 이 고대 검에는 그런 힘이 있는 것이다.

발드는 고대 검을 뽑았다.

그리고 지금 막 급강하를 시작하려 하는 용인 무리를 향해 고대 검을 들고 있는 힘껏 소리쳤다.

"스타보로━━━━━━스!!!"

무수한 빛의 탄환이 날아가 하늘을 활공하는 비룡들을 차례차례 꿰뚫었다.

비룡들은 갑작스레 날카로운 기세를 잃고 추락해갔다.

떨어지는 비룡 무리를 보며 발드는 한 번도 느껴보지 못한 탈력감에 휩싸여 의식을 잃었다.

| 제 4 장 | ——— 용 인 의 섬

-•- 뿌리채소 경단 -•-

1

발드가 눈을 뜬 것은 2월 18일이었다. 한 달하고도 20일 가까이 잠들어 있었던 것이다.

"영감. 영감한테는 놀라기만 할 뿐이야. 하지만 영감이 데려온 일행한테도 놀랐어. 가르쳐줘. 타랑카와 퀸터는 대체 뭐 하는 녀석들이야?"

발드의 마검에서 날아간 광탄에 꿰뚫린 비룡(엔트 나다)과 용인은 의식을 잃고 추락했다.

성벽 바깥의 대지에 격돌했지만 그 시점에서 죽은 비룡과 용인은 그다지 많지 않았다. 무시무시할 정도로 튼튼했다.

제정신을 차린 시델몬트의 지휘로 왕군은 성문 밖으로 뛰쳐나가 쓰러진 용인들에게로 쇄도했다.

그때 누군가가 알아챘다. 동쪽 하늘에서 다가오는 것이 있었다.

그것은 새로운 비룡이었다. 처음에 온 수와 비슷한 수였다. 즉, 2백에 달하는 전력이다.

기사들은 절망을 느꼈다.

그러나 새로운 비룡은 공격 태세에 들어가는 일 없이 제멋대로 성에 접근했다. 그중 한 기가 궁전 테라스 앞 공중에 정지했다.

　"나는 사사이아 족장 포포르바르포포의 딸 치치르아치치. 이자들은 사사이아족의 반역자다. 데리고 돌아가겠다. 우리 사사이아족은 인간과 대립할 마음이 없다."

　용인 치치르아치치는 그 말만을 남기고 날아가려 했다.

　그러나 커다란 목소리로 제지하는 자가 있었다. 퀸터였다.

　"기다려라!! 사사이아족 족장의 딸 치치르아치치. 용인은 인간의 말을 알아도, 인간의 예의는 모르는 것이냐! 긍지와 절개와 의리는 없는 것이냐!"

　"용인에게는 긍지와 절개와 의리가 없다고, 그대는 그리 말한 것인가?"

　"그렇다. 우리는 용인의 습격을 받아 맞서 싸웠다. 그리고 그 군세를 땅으로 떨어뜨려 숨통을 끊으려던 참이었다. 당신들은 그 순간 나타나 패배한 자들을 넘겨받겠다고 했다. 그러나 패배한 자들을 넘겨받는 데는 그 나름의 예법이 있는 법이다."

　"너희를 모조리 찢어발기고 동료를 데려갈 수도 있다."

　"당신들에게는 당신들의 규칙이 있고 제한이 있을 터. 사사이아족은 인간과 대립할 마음이 없다고, 너 스스로 말하지 않았는가. 대립할 마음이 없다고 한다면, 상황을 수습하는 데 필요한 예의를 갖춰라."

　용인은 그 무시무시할 만큼 감정 없는 뱀의 눈으로 퀸터를 노려보았다.

"무얼 바라느냐."

여기서 퀸터가 한 걸음 앞으로 나서더니 침착하기 그지없는 목소리로 말했다.

"상황에 관한 설명을 듣고 싶다. 당신들은 어째서 영검과 그 사용자를 원하는 것인가. 당신들은 어째서 동료끼리 서로 다투는 것인가. 당신들은 어째서 인간과 대립하길 원치 않는 것인가. 그리고 또 묻고 싶다. 마누노를 조종하여 다수의 마수(키젤)를 만들어내고 인간의 나라를 습격하게 한 것은 용인이었다고 들었다. 신카이국 장군 루굴르고아 게스커스 곁에서 인간의 마음을 조종하는 마술을 사용한 것도 용인이었다고 한다. 그 점에 관하여 당신들이 아는 것을 듣고 싶다. 우리는 우리가 당한 일들에 관하여 그 경위와 이유를 알 권리가 있다."

"그 물음에 답하려면 족장의 허락이 필요하다."

"그렇다면 우리를 족장에게로 안내해라."

"당장은 무리다. 족장은 지금 상태가 좋지 않다. 게다가 너희에게 공격당한 동료들을 치료하고 구속하여 데려가야만 한다."

"그럼 4월 1일에 심부름꾼을 보내라. 이쪽의 인원수는 최대 열명. 이곳으로 데리러 와라. 족장에게 안내하고 이야기가 끝나면 여기로 다시 데려다놓아라. 이상의 내용과 그 사이에 위해를 가하지 않겠다고 서약해라."

"맹세한다. 네 이름은?"

"퓨자리온의 타랑카다."

타랑카가 쥴랑트 왕에게로, 퀸터가 시델몬트에게로 가서 교섭

내용을 전하고 전투를 종료하게 했다.

이윽고 용인들은 떠났다.

게르카스트들도 돌아가겠다고 했다.

쥴랑트 왕은 하룻밤의 연회를 준비했다.

"엥그달 님, 그대들의 조력에 감사드리네. 우리 파르잠 왕국은 조이 씨족의 용맹함을 가슴 깊이 새길 것일세. 그런데, 그대들은 용인들의 거처에 동행하지 않을 것인가?"

"녀석들과 이야기할 것은 없다. 녀석들이 또 손을 댄다면 그때는 조이 씨족을 불러라."

이것이 쥴랑트에게 들은 그간의 경위였다.

발드가 깨어나자 중신 회의가 열렸다.

그 전날, 발드는 타랑카와 퀸터의 기사 서임을 인도했다. 타랑카는 열아홉 살. 퀸터는 열일곱 살. 조금 어린 나이였으나, 그 단련 정도와 경험은 평범한 기사 수업 따위와는 비교도 할 수 없을 만큼 밀도가 높았다.

중신 회의에는 타랑카도 출석을 요구받았다. 타국의 기사 종자에 지나지 않는 타랑카가 멋대로 용인과 교섭을 한 것에 관하여 시비를 가리기 위함이었다.

"퓨자리온의 올가자드가 기사, 타랑카입니다. 어제 발드 로엔 경의 인도를 받아 기사 서임을 받았습니다. 그 자리에서의 제 행동에 관하여 설명드리겠습니다. 그것은 용인들 중 고위의 상대와 대화할 유일한 기회였습니다. 그러나 국왕 폐하도 중신분들도 그 자리에는 계시지 않았습니다."

중신들은 처음에 테라스 반대쪽 방에서 전황을 지켜보고 있었지만, 용인들의 무시무시함에 앞다투어 도망쳤다.

　"또한 기사단의 고위분들은 성문 밖에 계셨습니다. 우연히 저와 퀸터가 유일한 기회를 살릴 수 있는 곳에 있었습니다. 또 저와 퀸터는 사전에 로엔 경께 자세한 사정을 들었고, 로엔 경의 뜻하는 바를 짐작하여 그러한 행동을 취한 것입니다. 다만 그 목적은 다음 교섭을 확보한다는 것뿐이었습니다."

　여기서 타랑카는 잠시 말을 끊었다. 듣는 자들의 머리에 말의 의미가 전해지기를 기다린 것이다. 어린 나이에 어울리지 않는 노련한 화법이었다.

　"다음으로, 제가 용인 치치르아치치에게 요구한 사항의 내용을 설명드리겠습니다. 우선 저는 그들이 어째서 마검과 그 사용자를 원하는지 듣고 싶다고 청했습니다. 그걸 알면 마검과 그 사용자를 그들에게 건네는 것이 대륙의 나라들에 어떠한 의미를 지니는지도 알 수 있다고 판단했기 때문입니다. 다음으로 저는 그들이 어째서 동료들과 다투고 있는지를 듣고 싶다고 청했습니다. 아마도 족장파와 반족장파가 있을 테지요. 옛 서약과 오랜 관습을 깨면서까지 반족장파가 인간 세계에 공공연하게 간섭하려 한 이유는 무엇인가. 거기에 현재 대륙을 둘러싼 위기를 분명히 하는 열쇠가 있을 것입니다."

　타랑카는 이번에도 잠시 사이를 두고 침묵했다.

　"다음으로 저는 그들이 어째서 인간과 분란을 일으키고 싶지 않은지 듣고 싶다고 청했습니다. 게르카스트의 증언으로 용인은 과

거 위대한 왕에게 〈대장벽(잔 뎃사 로)〉 밖으로 쫓거나 인간에게 손을 대지 못하도록 제약을 받은 것을 알았습니다. 그러나 그들에게 그 서약을 계속 지키게 하려면, 그들이 그것을 깨고 싶지 않을 어떤 이유가 있어야만 합니다. 거기에 대륙을 지킬 단서가 있다고 생각했습니다. 그리고 저는 말했습니다. 제국 전쟁의 배후에서 용인이 한 역할은 무엇인지 알고 싶다고. 그 전쟁의 불가해한 부분에 용인들이 관여했다고 여겨집니다. 그것을 아는 것은 대륙의 평화를 위해 중요한 일이라고 생각했습니다."

타랑카는 늘어선 중신들을 둘러보며 말을 이었다.

"마지막으로 저는 4월 1일에 우리를 데리러 오라고 청했습니다. 그 정도의 시간이 있으면 충분한 협의를 한 후에 임할 수 있다고 여겼기 때문입니다. 그리고 오가는 것과 그 사이의 안전을 보장하게 했습니다. 그 자리에서 그리해야 할 필요가 있었습니다. 왜냐하면 그 시점에서 용인 치치르아치치는 반족장파 용인들을 격추한 공격이 어떠한 종류의 것인지 알지 못했고, 이쪽이 여전히 그 공격을 할 수 있으리라 의심해야 할 상황이었습니다. 또한 지상에 떨어진 용인들에게 왕군의 정예가 달려가고 있었습니다. 말하자면 인질을 잡은 것이나 다름없는 상태이니 유리한 교섭을 할 수 있는 유일무이한 기회였습니다. 아, 그리고 대표 열 명의 인선은 물론 여러분의 판단하시겠지만, 그중에는 반드시 저희 스승이신 발드 로엔 경을 포함해주시길 부탁드립니다."

회의장은 소란스러워졌다.

"바보 같은 소리! 무슨 생각인가. 녀석들은 마검과 마검의 사용자를 원하고 있지 않은가. 불에 뛰어드는 날벌레가 아닌가."

"놈들은 사람의 마음을 조종한다고 하지 않았나. 로엔 경을 마음대로 조종하기라도 해보게. 어찌 되겠나!"

중신들의 노호가 오가는 중에 발드는 감동에 휩싸였다.

──그런가. 그랬던 것인가.

이상하게 여기고 있었다.

파괴의 화신이라는 무시무시한 용인들을 앞에 두고 타랑카와 퀸터는 어찌 당당히 맞설 수 있었는가. 미리 생각이라도 하고 있었던 것처럼, 당당하게 요구를 할 수 있었는가.

생각하고 있었던 것이다. 미리.

그것은 타랑카와 퀸터가 고대하던 순간이었다.

발드는 그들에게 이 여행의 목적을 들려주었다. 마수의 수수께끼를, 정령들의 비밀을, 암약하는 자의 정체를 알고 싶다고. 그 발드의 바람을, 타랑카도 퀸터도 자신의 바람으로 삼은 것이다.

비밀의 열쇠를 쥔 것은 용인들이다. 그 용인들이 공격해 온다고 한다. 좋은 기회다. 이 젊은이들은 그리 생각했다. 용인들에게 의문을 던지고 답을 얻을 천재일우의 기회라고. 그래서 모두가 어떻게 용인들에게 이길까만 생각할 때, 이 젊은이들은 어떻게 용인과 교섭할 길을 열 것인가, 아마도 그것만을 생각했으리라. 그렇기에 그때 그렇게나 빠르게, 그렇게나 적확하게 용인의 족장 딸과 상대할 수 있었던 것이다.

발드는 가슴을 펴고 비난의 목소리를 받아내는 타랑카를 바라보았다.

대국의 거대한 궁전 깊숙한 방에 억지로 밀어 넣어져, 신분 높고 경험이 풍부한 중신 집단을 앞에 두고서 한 걸음도 물러나는 일 없이 이 젊은이는 어떤 질문에도 답해 보이겠다는 듯이 가슴을 펴고 발드를 위해 싸워주고 있었다. 가슴이 뜨거워지는 것을 느꼈다.

회의는 의외의 결론을 맞이했다.

용인들과 파르잠과의 싸움은 이미 끝났으며, 남은 것은 발드와 용인들의 교섭이다. 4월 1일의 약속은 퓨자리온과 사사이아족 사이에서 정해진 것이며 파르잠은 관여하지 않는다. 따라서 사사이아족의 족장과 만나러 가는 것은 발드 로엔 경과 그 종자들뿐이다. 이것이 중신 회의의 결론이었다.

"사실은 영감이 잠들어 있는 사이에 미리 이야기를 마쳐두었어. 이 건에 관해 파르잠 왕국에서는 대표를 파견하지 않는다는 것이 중신들의 결론이야. 처음에는 나도 놀라서 반대했지. 용인에 관한 것은 이 나라에 있어 큰 문제라고 생각했으니까. 그런데 중신들은 전혀 내켜하지 않더라고. 거기에는 이유가 있어. 지금 이 나라는 상승세야. 제국 전쟁에서 승리하고, 파고와 에지테의 반란을 진압했지. 각국과의 상업 교류도 성행하고 남부 지방의 나라에서의 수입도 폭발적으로 증가했어. 통상 동맹에는 여덟 개나 되는 새로운 가맹국이 참가하게 되었지. 파르잠의 비호 아래 들어오고 싶다는 나라와 도시도 많아. 엄청난 이권이 오가고 있다는 얘기지. 중신들 사이에서도 서로 얼마나 세력을 늘릴 수 있을지 경쟁이 벌어지고 있어. 지금 뒤처지는 자는 장래에도 뒤처진 채일 테지. 싸워 이겼다고 해서 영지 하나도 빼앗을 수 없는 용인 따위와는 얽히고 싶지 않은 거야. 발 벗고 나서줄 사람이 있다면 전부 그쪽에 떠넘기고, 이제 용인에 관한 건 없었던 일로 치고 싶은 심정인 거지. 그래서는 안 된다고 생각했지만, 잘 생각해보고 생각이 바뀌었어. 용인들이 쥐고 있는 비밀은 섣불리 퍼뜨리지 않는 편이 좋을 것 같거든. 뭔가 터무니없는 비밀이 나올 것 같은 느낌이야. 그러니까 영감. 돌아오면 나한테만 보고해줘."

쥴랑트 왕은 의자 깊숙이 몸을 묻고 한숨을 내쉬었다.

"지금은 정말 좋은 기회야. 파르잠은 대국이지만, 사람이 많은 만큼 가난한 자도 많아. 작은 마을에서는 아이를 팔아 겨울을 나는 부모도 적지 않지. 왕도에서도 겨울에는 동사하는 사람과 아사하는 사람이 나와. 풍족해져야만 해. 경제가 살아나고 시장의 흐름이 활발해질 필요가 있어."

눈앞의 이익에 사로잡혀 용인의 위협에서 눈을 돌리려 하는 중신들은 어리석다, 발드는 그렇게 생각했다.

그리고 또한 생각했다. 이 중요한 문제를 퓨자리온에 일임했다는 것은 파르잠이 퓨자리온에 길을 양보했다는 뜻이다. 고목이 어린나무에 직접 영역을 건넸다는 뜻이다.

발드의 얼굴에 대담한 미소가 떠올랐다.

퓨자리온은 아직 작고 작은 존재에 지나지 않는다. 그러나 이윽고 변경의 일대 세력이 된다. 그리고 언젠가 퓨자리온과 파르잠이 대치했을 때, 파르잠은 결코 퓨자리온에 대하여 우위에 설 수 없을 것이다.

짐승끼리라도 한 번 꼬리를 만 놈은 상대와 두 번 다시 대등하게 맞서지 못한다. 이유는 어찌 되었든 이번에 파르잠 왕국의 중신들은 타랑카와 퀸터 앞에서 꼬리를 말았다. 언젠가 타랑카가 재상이 되고 퀸터가 기사단장이 되었을 때, 과연 파르잠의 누가 대적할 수 있겠는가.

게다가 모든 것은 생각하기 나름이다. 파르잠에서 대표를 보내지 않는다는 것은 방해가 없다는 뜻이다. 아주 잘된 일이지 않은가.

용인의 거주지는 〈대장벽〉 바깥에 있다고 한다. 드디어 〈대장벽〉의 바깥을 볼 수 있게 되는 것이다.

2

4월 1일까지의 시간을 발드는 헛되이 보내지 않았다.

발리 토드 상급 사제와 상의하여 퓨자리온으로 이주할 사람을 모집했다.

우선 원하는 대상은 종이 제작 직공과 잉크 직공이었다.

조각과 장식품 직공도 필요했다. 벽돌 직공도 원했다. 그리고 철과 각종 금속의 정제가 가능한 기술자가 필요했다. 목공도 아직 부족하다. 유리 직공도 잊어서는 안 된다. 철과 동과 주석과 석영이 나오는 산을 찾았으니 말이다.

발리 토드는 크게 기뻐하며 고아원 출신자를 중심으로 40명이나 되는 이주단을 편성해주었다. 각종 기재도 사 모았다. 발드는 왕에게 받았던 보상금의 대부분을 아직 왕궁에 맡겨두고 있었던지라, 지금은 윤택했다. 마차는 열다섯 대를 수배했다.

퀸터를 붙여 보내기로 했으나 호위가 부족했다. 용병을 고용하면 될 테지만, 용병을 잘못 고용하면 오히려 뒤통수를 맞을 수 있었다.

이 고민을 해결해준 것은 샹티리옹이었다. 무려 기사 너츠 카주넬을 빌려준 데다 수업이라는 명목으로 다섯 명의 종기사(슈탈레)를 붙여주었던 것이다.

퀸터는 자신이 용인의 본거지에 가지 못한다는 사실을 알자 매우 실망했다.

하지만 발드로서는 타랑카와 퀸터 양쪽을 잃는 일만큼은 절대로 피해야만 했으니, 한쪽이 호위로 가고 한쪽이 교섭으로 간다는 것은 확정이었다.

발드는 셰르넬리아 왕비와 발드랑트 왕자와도 몇 번 만났다. 이토록 고귀하고 귀여운 어린아이는 본 적이 없었다.

이번 왕도 체재 중에는 왕궁 안에서 머물렀다. 요리는 왕궁 요리사가 만들었는데, 발드를 상당한 병자라고 생각하는 것인지 기름기가 적은 음식만 내주었다. 솔직히 조금 부족했다. 그러나 맛은 훌륭했다.

어느 날 밤, 몇 종류의 색이 다른 경단을 넣은 간이 심심한 조림이 주요리로 나왔다.

그 경단은 포드 뿌리, 선인 당근, 오르바스의 뿌리 등을 으깨어 반죽해 만든 것이었다. 먹기 편하면서도 나름대로 씹는 맛이 있어 식감도 재미있었다. 그리고 위에도 전혀 부담을 주지 않았다. 술술 금세 다 먹어버렸다.

먹어보고 생각했는데, 이런 땅 아래에서 나는 채소는 혀나 입으로 맛본다기보다 몸의 깊숙한 부분으로 맛보는 것이며, 하루 뒤에 몸의 상태로 맛을 아는 요리였다.

4월 1일이 왔다. 발드와 커즈와 타랑카와 카라는 준비를 마친 상태였다.

약속대로 그들은 나타났다. 파르잠 왕궁 앞 광장에 내려선 비룡은 10기. 각각에 용인이 한 명씩 타고 있었다.

발드는 새삼스레 용인들을 보았다.

마누노는 용인들을 〈망할 도마뱀〉이라고 불렀는데, 용인은 꼭 도마뱀을 닮은 것은 아니었다. 오히려 새우(케코아르)나 게(이바무)를 연상케 하는 부분이 있었다.

코를 덮는 부분이 튀어나온 형태의 투구를 쓴 것 같은 머리. 그 이마에 해당하는 부분에서는 제3의 눈이 흐릿한 빛을 발하고 있었다.

온몸은 단단한 갑각으로 뒤덮여 있었다. 마치 갑옷을 두르고 있는 듯했다.

팔 끝에는 세 개의 흉악한 갈고리발톱과 그것과 마주하는 하나의 짧고 굵은 손가락이 달려 있었다.

발가락도 마찬가지로 세 개였고, 발꿈치 쪽에 짧은 하나가 튀어나와 있었다. 땅을 물듯 굽어 있었고, 하나하나의 발가락은 아주 강인하고 길었다. 사냥감을 잡아 목을 졸라 죽일 수 있는 발이었다.

길고 굵은 꼬리에는 힘센 전사가 휘두르는 배틀 해머 수준의 위력이 있었다.

치치르아치치는 곧장 타랑카를 향해 걸어왔다.

"퓨자리온의 타랑카. 약정에 따라 데리러 왔다."

"사사이아족의 치치르아치치 님. 와주셔서 감사합니다."

"그래서, 몇 명이 오는가?"

"여기 있는 네 명입니다."

"가는 데 하루, 돌아오는 데 하루, 회담에 하루다. 사흘 치 식량을 준비해라."

"닷새분의 식량을 준비해 두었습니다. 다만, 물은 나눠주실 수 없겠습니까?"

"물은 있다. 준비는 끝난 모양이군. 그럼 출발한다."

치치르아치치의 안내에 따라 네 명은 제각기 비룡 곁으로 걸어갔다.

타랑카는 치치르아치치 본인의 비룡에 동승했다.

네 사람은 두툼한 겉옷을 입었고 손에는 장갑을 꼈다. 높은 하늘 위는 춥다며 타랑카가 지시한 것이다.

발드는 자신에게 배정된 비룡의 목에 올라 탔다. 그 뒤에 용인이 탔다.

그리고 가죽 띠를 둘러 발드와 자신을 묶었다.

치치르아치치가 오른손을 들고 용인의 말로 무어라 외쳤다.

10기의 비룡이 단번에 펄럭 날개를 펼쳤다.

10기의 비룡은 땅을 차고 날개를 펄럭이며 하늘로 뛰어올랐다. 부드러운 충격이 느껴지는가 싶더니 몸이 둥실 하늘로 떠올랐다.

펄럭펄럭 날갯짓을 하며 비룡은 날아올랐다.

올려다보아야 했던 궁정의 첨탑이 시선과 같은 높이에 있었다.

테라스 옆의 방 창문을 통해 쥴랑트가 이쪽을 보고 있었다.

——후후, 부러운가 보구나.

새가 나는 것은 당연한 일이다. 그러나 인간이 나는 것은 당연한 일이 아니다. 역사가 시작된 이후로 인간이 해본 적 없는 체험을, 발드 일행은 하고 있었다.

궁전 첨탑의 배 정도 되는 높이까지 올라갔을 때 비룡 무리는 오른쪽으로 크게 선회했다.

——오오! 오오!

집이, 사람이 마치 장난감 같았다. 하늘에서 보는 풍경은 이러한 것이었는가.

그리고 비룡은 더욱 높이 날아올랐고, 왕도 전체가 내려다보일 높이까지 올라갔다.

두 손바닥 위에 왕도를 쏙 얹어놓을 수 있을 것만 같았다.

높이 난다는 것은 이러한 것이었는가. 이렇게나 위대한 일이었는가.

발드는 가슴이 먹먹해지는 듯한 감명을 받으며 눈물이 터져 나올 듯한 기분이 되었다.

눈 아래 펼쳐진 것은 전혀 알지 못했던 광경이었다.

세상 만물을 내려다본다는 것이 이토록 쾌감 있는 일일 줄이야.

아아! 산이, 숲이, 강이, 먼 도시가, 마을이.

높은 곳에서 내려다보니 아득하기만 했던 산맥도 형태가 분명하게 보였다.

도시와 마을이 어찌 이어져 있는지 분명하게 보였다.

그리고 이 속도!

휙휙 비룡은 속도를 높여갔다.

그에 따라 눈 아래의 풍경은 춤을 추듯 바뀌어갔다.

이 얼마나 유쾌한가. 이 얼마나 상쾌한가.

불어오는 바람은 얼굴을 때리듯 격렬했고, 머리카락도 수염도 가닥가닥 이리저리 휘날리며 얼굴을 쳤다.

그것조차도 지금의 발드에게는 너무나도 즐거웠다.

눈을 크게 뜨고 있을 수 없어 실눈으로 사방의 풍경을 바라보았는데, 그것은 보아도 보아도 질리지 않는 절경이었다.

전방에 대(大)오바가 보였다.

——벌써 여기까지 온 것인가!

발드는 깜짝 놀랐다. 비룡의 속도는 상상을 초월했다.

——저건…… 로드반 성 아닌가!

시야 끝에 희미하게 보이는 자그마한 저것은 분명 로드반 성이었다.

그렇다는 것은 비룡은 곧장 동쪽으로 향하지 않고 살짝 북쪽으로 치우쳐 날고 있다는 뜻이다.

그리 생각한 후 곧이어 오바 강 상공에 다다랐다.

그 오바도 금세 지나, 10기의 비룡은 대륙 동부 변경에 도착했다.

그리고 앞쪽에 〈대장벽〉이 보이기 시작했다.

그 위를 지금 날아서 지났다.

이윽고 눈 아래에 펼쳐진 것은 거대하고 복잡한 밀림이었다. 나무들은 굵고 크고 가득하게 연이어 자라나 있었고, 그곳에는 마을도 길도 없었다. 이 영역에서는 마수도 인간을 미워하며 공격하는 일이 없이 평온하게 지내고 있으리라. 발드는 밀림의 광대함이 몹시도 부러웠다.

다시 한동안 날아가자 거대한 산이 보였고, 일행은 그곳에 내려섰다.

우뚝 솟은 산 정상 근처에 탁 트인 장소가 나왔고, 그곳에는 아름다운 호수가 있었다.

여기서 휴식을 취하기로 했다.

용인이 벨트를 풀어주기에 비룡에서 내리려 했는데, 몸이 잘 움직이지 않아 머리부터 땅으로 떨어질 뻔했다. 그것을 누군가가 잡아주었다. 커즈였다.

발드는 감사 인사를 하려 했지만 입이 잘 움직이지 않았다. 몸이 완전히 얼어서 굳었다.

타랑카가 재빠르게 마른 나뭇가지를 모아 불을 피웠다. 수프도 끓이고 있었다.

카라가 발드의 장갑을 벗기고 손을 주물러주었다. 뜨끈한 수프를 마시자 살 것 같았다. 모닥불을 쬐고 수프를 마시며 발드는 눈앞의 광경에 마음을 빼앗겼다.

투명하리만치 맑고 푸른 호수. 그 너머에는 4월이건만 정상에 눈이 쌓인 산들이 보였다.

호수에는 그 모습이 선명하게 비쳤다.

새파란 하늘을 새하얀 구름 몇 개가 가로질러 갔다.

그 구름은 손을 뻗으면 닿을 듯이 가까웠다.

그리고 눈앞의 호수에는 그 흘러가는 구름이 빠짐없이 새겨져 있었다.

　비룡들이 물을 마시기 위해 호수에 입을 대자 잔물결이 일었다.

　그 잔물결이 호수에 반사된 하얀 산 정상을 흔들었다.

　아름답다. 발드는 그리 생각했다.

　식사를 마치자 10기의 비룡은 다시 하늘로 날아올랐다.

　발드는 돌멩이를 데워 천으로 감싼 것을 허리에 둘렀다.

　잠시 날아가자 밀림이 끊긴 곳이 보였다.

　그 너머에 있는 것은 무엇일까? 반짝반짝 빛나는 저것은.

　이때 발드는 이전에 자리아에게 들었던 말을 떠올렸다.

　〈발드 로엔. 당신은 〈대장벽〉 너머에 무엇이 있는지 아나? 그래, 마수가 사는 숲이 펼쳐져 있지. 그럼 그 너머에는 무엇이 있을 것 같나? 상식으로는 짐작도 안 될 게야. 물이야. 소금물. 짠 물로 둘러싸여 있는 게야. 물 위에 이 대지가 떠 있다 해도 좋아.〉

　설마! 하지만, 그런 건가.

　저 광대하다는 말도 부족한 푸른 반짝임. 저것이 모두 물이라는 말인가.

　그러나, 그랬다.

　숲이 끝나고 아주 조금 모래로 된 땅이 있었다. 그리고 그 너머는 전부 물의 세계였다. 이렇게나 대량의 물이 있다는 사실을 믿을 수 없었다.

　그러나 이것이 세계의 진정한 모습이다. 자신들이 몰랐을 뿐이었다.

제 4 장
◆━━━◆
용인의 섬

여기는 마수도 인간도 없는 세계였다. 세계는 이토록 넓었던 것이다.

발드는 말할 수 없는 감격에 휩싸였다.

이제 이대로 목숨이 다한다 해도 좋다고, 그렇게 생각했을 정도였다.

그 정도의 감정을 발드는 느끼고 있었다.

날아도 날아도 물의 세계는 끝나지 않았다. 어디를 보아도 같은 풍경이었다.

태양신 코라마가 서쪽의 물로 몸을 감추어갈 무렵, 겨우 동쪽 물 위로 대지가 나타났다.

일행은 그 자그마한 대지의 서쪽 끝에 올라섰다.

앞은 파도가 밀려드는 모래터였고, 뒤에는 바위 턱이 겹겹이 쌓여 있었다. 바위 턱에는 물이 흘렀고, 그 중간쯤에 커다란 물웅덩이가 있었다.

"여기서 아침까지 지내라. 굴도 있고 물도 있다. 풀과 나무와 마른 나뭇가지도 있다."

그렇게 말한 치치르아치치에게 타랑카는 질문했다.

"치치르아치치 님. 이 물 위의 대지가 용인의 거처입니까?"

"그렇다. 이 섬(쿠쿠루 리)이 바로 용인의 나라인 이스테리아야. 우리가 사는 곳은 쿠쿠루 리의 동쪽에서 중앙까지다."

"쿠쿠루 리란 무엇입니까?"

"바다(유그) 속에 떠 있는 대지를 말한다."

"유그란, 이 광대한 물의 대지를 말하는 것입니까?"

"물의 대지라, 재미있는 표현이다. 그러나, 그 말대로다. 이런 말은 인간의 말인데, 너희는 모르는구나."

"치치르아치치 님. 용인에게는 용인의 말이 있을 테지요."

"물론이다."

"당신들은 평소 인간과 어울리지 않을 텐데, 어찌하여 그렇게 훌륭하게 인간의 말을 할 수 있는 것입니까?"

"그에 관한 건 내일 족장에게 물어라."

"알았습니다. 피곤할 텐데 죄송합니다. 다른 용인들에게도 노고에 감사한다고 전해주십시오. 치치르아치치 님에게 안겨 한 하늘 여행은 기분 좋았습니다."

"……너는 이상한 인간이구나."

치치르아치치는 그런 말을 남겨두고 동료를 데리고서 날아갔다.

카라가 수상쩍다는 눈빛으로 타랑카를 보았다.

"너, 그 용인 여자를 말로 꾈 셈이야?"

"그럴 셈은 없는데? 하지만 사이좋게 지내고 싶어."

──호오.

옛날 엘제라가 그런 말을 했었다.

〈발드여. 적과 사이좋게 지내고 싶다고 진심으로 생각하는 인간이 아니면 외교관은 될 수 없다. 상대의 입장에 서서, 상대의 사고를 생각하고, 상대의 이익을 자신의 이익처럼 여기는 인간이 아니라면 외교관은 맡을 수 없다.〉

과연 타랑카에게는 외교관의 재능이 있었는가.

태양신은 물에 가라앉았지만 어둡지는 않았다.

하늘 꼭대기에는 〈언니 달(스라)〉이 빛났고, 〈동생 달(사리에)〉도 은색 마차에 올라 모습을 드러냈다.

별의 신 자이엔은 한층 더 많은 별빛을 비추었다.

"식사할 준비를 하자. 나는 땔감을 주워 올 테니까 카라는 이 냄비에 물을 뜨고 수프 건더기를 준비해줄래?"

"그러고 보니 타랑카, 카라. 이 유그의 물은 소금물일 게다."

"뭐? 그렇구나. 그럼 소금을 절약할 수 있어서 좋겠네."

카라는 냄비로 유그의 물을 퍼서 그걸 손으로 떠 마셨다.

"우웨에에에엑. 짜. 소금이야. 게다가 뭐랄까, 맛없어. 틀렸어. 이 물로는 수프 못 끓여."

그렇게 말하며 바위 턱을 올라 맑은 물을 떴다.

커즈로 말할 것 같으면, 모래터 끝에 있는 바위 터에 올라 무언가를 보고 있었다. 그러더니 파도가 밀려오는 곳을 뒤적였다. 무언가를 발견한 모양이었다. 그것은 조개였다.

조개 두세 개를 주워 다시 바위 터로 돌아왔다.

그리고 곧 바위 터에서 나왔다.

검 끝에서 무언가가 펄떡펄떡 꿈틀거렸다.

물고기다!

바위 터로 물고기가 접근해 온다는 것을 눈치챈 커즈는 조갯살을 물에 풀고, 그것을 먹으러 온 물고기를 검으로 꿰뚫은 것이다. 참으로 훌륭한 기술이었다.

마검 〈반 플뢰르〉를 그런 식으로 써도 되는지는 조금 신경이 쓰였지만, 본인이 하는 일이니 괜찮은 것이리라.

그 후 커즈는 사람 수만큼의 물고기를 잡아 왔다.

바다(유그)의 물고기는 흙내가 없고 아주 맛있었다.

식사 후, 좀처럼 잠들지를 못했다.

별의 신의 빛을 받고, 바람의 신의 바람을 받아 찰랑이며 흔들리는 광대한 바다.

이 커다란 바다가 유그였던 것인가.

유그라는 것은 오래고 오래된 신의 이름이다. 명계의 신이다. 명계는 어둠 그 자체이며 동시에 새로운 생명의 요람이기도 하다. 죽은 자는 오바로 떠내려가 유그에서 잠든다. 그리고 새로운 생명이 되어 땅 위에 태어난다. 오랜 옛날에는 그렇게들 믿었다.

훗날에는 사자의 영혼은 영봉 퓨자로 모여 신들의 정원에 불려 간다는 신앙이 힘을 얻게 되었다. 또, 파타라포자라는 어둠의 신이 나타나 어두운 것, 무서운 것, 괴이한 것을 관장하게 되었다. 생명의 탄생은 풍요의 신 포란만의 영역으로 여겨지게 되었다. 그리하여 유그는 그 권능을 빼앗기고, 그저 오바의 물을 받아들일 뿐인 신이 되어 사람들에게서 잊혀갔다.

그러나 유그는 여기에 계셨다.

태고와 변함없이 사람의 세계를 감싸고서 지켜보고 있었다.

3

일행이 아침 식사를 마친 지 얼마 안 되어 치치르아치치가 세 기의 비룡을 거느리고서 나타났다.

네 사람을 태우고 날아올라 해안선을 따라 북쪽으로 이동했고, 어느 한 장소의 공중에서 정지했다.

"저길 봐라."

치치르아치치가 가리킨 방향에는 하나의 섬(쿠쿠루 리)이 있었다.

그것은 작디작은 섬이었다. 옅은 붉은빛을 띤 바위로 되어 있었고, 한 그루의 나무도 자라나 있지 않았다.

저것은 대체 무엇인가 하는 발드 일행의 의문에 답은 주어지지 않았고, 일행은 그곳에서 다시 이동을 시작했다.

이번에는 이스테리야의 중앙부를 향해 날았다.

섬의 중앙부는 거대한 바위산이었고, 그 중앙부가 뚝 잘려 있었다.

그 잘린 벽면에 많은 구멍이 뚫려 있었다.

구멍 안에서 비룡을 타고 날아오르는 용인이 있었다. 즉, 저 구멍이 용인들의 집인 것이다.

일행은 벽면의 최상부 구멍으로 들어갔다.

동굴 안을 나아가자 한 거대한 용인이 있었다.

원기둥꼴의 바위 위에 앉아 있었다. 그 오른쪽에는 바위를 깎아 만든 테이블이 있었고, 아마도 목제일 터인 거대한 잔 같은 것이 놓여 있었다. 옆에는 아름다운 문양이 새겨진 은항아리가 있었다.

"인간들. 나는 사사이아족의 족장 포포르바르포포다. 너희를 환영한다. 타랑카라는 인간은 누구인가."

"제가 퓨자리온의 타랑카입니다. 사사이아 족장 포포르바르포포 님. 환영에 감사드립니다. 우선 가르쳐 주셨으면 합니다. 당신의 동료는 어찌하여 영검과 그 사용자를 원한 것입니까?"

"너희는 영검이 어떠한 것인지를 아는가?"

"그것은 태고의 신령수가 깃든 무기라고 들었습니다. 사용하는 이와의 상성에 따라 무시무시한 힘을 발휘하는 무기라고요."

"흐음. 너희는 그 무시무시한 힘이라는 것이 그 검 자체에 있다고 여기는 모양이구나. 허나, 아니다. 영검의 진정한 가치는 열쇠라는 점에 있다."

"열쇠?"

"그렇다. 너희는 〈최초의 인간〉에 관해 아는가?"

"쟝 왕 말입니까? 인간이 별 저편에서 왔다는 건 알고 있습니다."

"우리 용인은 원래 이 땅의 모든 종족 위에 군림했다. 부족이 번영하는 것도 멸망하는 것도 우리의 의지 하나로 결정되었다. 우리는 죄를 범한 자에게는 벌을 내리고, 공을 세운 자에게는 상을 내렸다. 각별하게 강한 자, 아름다운 자에게는 우리의 몸에 들어와 그 일부가 된다고 하는 영예조차 주어졌다. 모든 것은 잘되어갔다."

몸에 들어와 그 일부가 된다는 것은 용인에게 먹힌다는 뜻이다. 그런 가축 같은 생활을 다른 종족이 기꺼이 받아들였으리라고는 생각할 수 없었다.

"그러던 때 인간이 나타났다. 맨 처음에 나타난 것은 단 한 명의 인간이었다. 〈최초의 인간〉은 훌륭한 놀잇감이었다. 우리는 〈최초의 인간〉을 곤경에 처하게 하고 제 편이 되었던 자들을 배신하게 했다. 그러나 〈최초의 인간〉은 좌절하지 않고 우리의 지배하에 있던 거의 모든 종족을 모았다. 그리고 우리에게 반항의 이빨을 드러내게 했다."

포포르바르포포는 돌을 깎아 만든 테이블 위에 있던 나무 그릇을 들더니 담겨 있던 것을 마셨다.

"이윽고 차례차례 인간이 나타났다. 녀석들은 하늘을 날고 우리를 불꽃의 창으로 몰아붙였다. 우리는 멸망할 각오를 했는데, 그리되지는 않았다. 인간들은 서로 싸우기 시작했다. 이윽고 〈최초의 인간〉이 이끄는 측이 승리를 거두었다."

치치르아치치가 꼼짝도 하지 않고 이야기를 듣고 있었다.

"긴 시간 후, 우리는 평지에 내려섰다. 인간들은 과거의 큰 힘을 잃었다. 우리는 인간을 모아서 하나의 도시를 만들었다. 모은 인간들은 우리에게 봉사하는 것 외에 아무것도 생각할 수 없도록 했다. 그리고 강력한 군대를 만들었다. 인간과 인간이 서로를 죽이도록."

포포르바르포포는 다시 나무 그릇에 담긴 것을 마셨다.

"우리는 그 군대로 다른 인간들을 공격했다. 그것이 실패였다. 〈최초의 인간〉은 아직 건재했던 것이다. 도시는 날아가버렸다. 〈최초의 인간〉은 우리에게 멸망하지 않기 위한 조건을 제시했다. 그것은 대륙을 떠나 이 섬으로 이주할 것. 인간이 사는 곳에는 발을 들이지 말 것. 그리고 〈사로잡힌 섬〉을 감시하는 것이었다."

"〈사로잡힌 섬〉이란 무엇입니까?"

타랑카의 질문에 답한 것은 족장이 아니라 그 딸이었다.

"오늘 아침 여기로 오는 도중에 보여줬지 않나? 이 섬 북쪽에 있는 자그마한 섬이다."

"거기에 무엇이 사로잡혀 있는 겁니까?"

"우리는 그것을 듣지 못한 채 그저 명령받았다. 그 섬에는 죄인을 가둬두었으니 아무도 그 섬에 다가가지 못하도록 감시하라고. 이윽고 수십 년이 지났고, 당연히 갇혀 있던 인간도 죽었으리라고 생각되었다. 그래도 우리는 약정을 지켜 섬에는 접근하지 않았다. 그런데 두 명의 선조가 금기를 어겼다. 우르드르우와 에키두르키에 두 사람이다."

"우르드르우란 사람의 마음을 조종하는 용인의 주술사였죠?"

"우르드르우와 에키두르키에는 섬에 발을 들였다. 그러나 갇혔던 존재는 아직 살아 있었다. 그건 인간 같은 게 아니라 본 적도 없는 무시무시하고 강대한 존재였다. 〈그것〉은 바로 우르드르우와 에키두르키에의 마음을 지배하고 무서운 힘을 주었다. 두 사람은 노쇠함을 모르게 된 데다, 강력한 주술을 쓸 수 있게 되었다. 둘은 〈그것〉의 손발이 되어 일했다. 이윽고 〈그것〉의 힘은 증대했고 〈그것〉은 우리의 〈주인〉이 되었다."

그 말을 들은 발드 일행은 순간 몸이 굳어졌다.

"괜찮다. 지금은 잠들어 있다. 그렇기에 너희를 불러들일 수 있었다."

"잠들었다고?"

"그렇다. 〈주인〉은 20년 정도 깨어 있다가 10년이나 15년 정도 잠든다. 6년 전, 〈주인〉은 잠들었다. 찾았다는 말을 남기고서. 앞으로 몇 년은 깨어나지 않을 것이다."

발드는 어떤 사실을 떠올리고 포포르바르포포에게 물었다.

"〈파타라포자의 달력〉이란 당신들의 〈주인〉이 깨고 잠드는 주기인 겐가?"

"호오, 희귀한 말을 아는구나. 그렇다. 그것은 우리 용인이 만든 말이다. 〈파타라포자의 달력〉에서는 〈주인〉이 잠들고 또 깨어날 때까지를 하룻밤이라고 부른다."

20년 깨어 있다가 10년에서 15년간 잠든다고 한다면, 30년 혹은 35년이 하룻밤이 된다. 마수를 모으는 데 〈파타라포자의 달력〉으로 두 밤이 걸렸다고 마누노의 여왕은 말했다. 그것은 60년 혹은 70년의 시간에 걸쳐 준비했다는 뜻이다.

"그럼, 당신들의 〈주인〉이란 암흑신 파타라포자인가?"

"〈주인〉은 옛날부터 인간 세계에 관여해왔다. 〈주인〉의 존재를 접한 인간들은 〈주인〉을 파타라포자라고 불렀다. 그래서 질문은, 어째서 우리가 영검과 그 사용자를 원하는가? 였지. 〈주인〉은 〈최초의 인간〉이 남긴 어떤 물건을 찾고 있다. 그것을 불러내 자유롭게 다루기 위한 열쇠가 영검이다."

"어째서 〈주인〉이란 존재는 〈최초의 인간〉의 유산을 원하는 겁니까?"

그렇게 물은 타랑카를 용인의 족장은 무시무시한 눈으로 보았다.

"어째서냐고? 물론 파괴하기 위해서다. 그 외를 생각할 수 있겠는가?"

"어째서 파괴해야만 하는 겁니까?"

"그것이 〈주인〉을 파멸시킬 유일한 힘이기 때문이다."

"네? 그럼 그 유산이란 무기인 겁니까?"

"그것이 〈주인〉을 파멸시킬 힘을 가지고 있다는 것은 틀림없다."

"어째서 그렇다는 것을 알고 있습니까?"

"그것 이외에는 〈주인〉이 혈안이 되어 유산을 계속 찾을 이유가 없기 때문이다."

그 논리는 이상하다. 포포르바르포포는 무언가를 숨기고 있다.

"그 유산이란 어디에 있습니까? 어찌 생겼습니까?"

"유산이 어디에 있고, 어떠한 물건인지는 모른다. 〈주인〉은 결코 우리에게 자세한 것을 가르쳐주지 않는다. 그러나 중계기가 있는 곳은 안다. 퓨자 안이다."

"퓨자 안?"

"그렇다. 퓨자 깊숙한 곳에 있는 중계기를 써서 영검을 통해 명령하면 유산을 불러낼 수 있다. 반란자들은 그 유산의 힘을 손에 넣어 〈주인〉을 파멸시키고 싶다고 생각했다. 그것이 마지막 기회니까."

"용인은 〈주인〉을 미워하는 겁니까?"

"미워하지 않을 리 없지 않은가? 녀석은 우리를 조종하고, 지배해왔다. 녀석의 마음에 들지 않는 행동을 한 자는 가차 없이 살해당했다. 〈최초의 인간〉이 죽어버린 지금이라면 우리는 자유롭게 살 수 있을 것만, 〈주인〉이 지금도 우리를 이 섬에 묶어두고 있다."

"그런 말을 해도 괜찮은 겁니까?"

"우리가 미워한다는 것쯤, 〈주인〉은 처음부터 알고 있다. 우리 마음에 떠오른 말을 읽어내고 그것이 진실인지 거짓인지 간파하는 힘을 가지고 있으니 말이다."

여기서 다시 발드가 질문했다.

"마지막 기회, 라는 건 무슨 뜻인가?"

포포르바르포포는 발드 쪽을 보지 않고 발드의 질문에 답했다.

"〈최초의 인간〉은 유산에 다다르기 위한 다양한 단서를 인간 세계에 남겼다. 아는가? 인간의 말이라는 것은 〈최초의 인간〉이 만들어낸 것이다. 이 땅의 다양한 종족의 말을 〈최초의 인간〉은 연구했고, 그것이 과거에는 하나의 말이었다고 결론내렸다. 그리고 다양한 종족의 말에서 공통 요소를 뽑아내어 새로운 말을 만들었다."

발드에게는 짚이는 바가 있었다. 게르카스트의 말도 재밍의 말도, 찬찬히 들으면 아는 말과 비슷한 경우가 종종 있었던 것이다.

"〈주인〉은 우리에게도 인간의 말을 배울 것을 강요했다. 우리는 〈주인〉의 손발이 되어 유산의 행방을 쫓았다. 인간 중에도 협력자가 나타났는데, 그중에서 가장 중요한 역할을 한 것이 루굴르고아 게스커스다. 이윽고 에키두르키에는 퓨자 안에 중계기가 있다는 사실을 알아냈다. 인간 루굴르고아는 영검과 그 사용자를 찾아냈고, 우르드르우가 그 마음을 지배했다. 유산을 불러내기 위한 수단이 모인 것이다. 그러나 유산을 불러내는 데 실패했다. 그것은 기묘한 일이었다. 아무튼 인간 루굴르고아가 도움이 된다는 사실을 안 〈주인〉은 힘을 주었다. 또 우르드르우를 빌려주고 〈적석(로로고그)〉까지 주었다. 〈최초의 인간〉이 〈대장벽〉 바깥쪽에 묻은 〈적석〉을 우리는 파냈다. 〈적석〉이 무엇인지 아는가?"

"알고 있네."

"몇 번이고 실패를 반복했고 이윽고 깨달았다. 저주의 힘으로 마음을 지배해버리면 사용자의 마음은 〈오염〉된다. 마음이 〈오염〉

된 사용자가 영검을 사용해도 유산은 불러낼 수 없다. 게다가 사용자의 마음이 〈오염〉되면 영검 또한 〈오염〉이 되고, 두 번 다시 유산을 부르지 못하게 된다. 여섯 자루째의 영검까지 힘을 잃었다. 〈주인〉은 인내하며 기다렸다. 일곱 자루째의 영검이 여러 사용자를 만나, 진정한 힘을 발휘하는 날을."

"뭐라?"

"에키두르키에게 마누노 여왕을 지배하게 하여 마수 무리를 인간의 나라로 보내려 한 것은, 슬슬 마지막 영검의 사용자가 나타나 마수를 상대로 그 힘을 발휘하지 않을까 하는 기대를 품었기 때문이었다. 그리고 마수의 진격이 시작되자마자 영검과 그 사용자가 나타났다. 잠들어야 할 시기에 들어선 〈주인〉은 그것을 지켜본 후에 잠들었다. 지금쯤 분명 유쾌한 꿈을 꾸고 있을 테지. 〈주인〉은 이번에야말로 실패하지 않는다. 그것을 좋게 여기지 않는 자들에게 있어서는, 이번이 마지막 기회다."

"발드 로엔을 죽여버리면 이번이 마지막 기회가 아니게 된다. 또한 발드 로엔의 마음을 조종하면 〈주인〉이라는 존재가 유산을 손에 넣는 것은 영원히 불가능해진다. 그 점을 생각하지 않았던 것은 아닐 테지."

"물론 생각했다. 하지만 발드 로엔을 죽이면 〈주인〉의 보복은 무시무시할 터다. 하물며 최후의 영검을 〈오염〉시켜버리면 우리는 완전히 멸망당할 것이다."

역시 우두머리는 거짓말을 하고 있다. 이자는 〈주인〉이 쟝 왕의 유산을 찾는 것은 파괴하기 위함이라고 말했다. 그러면서 〈주인〉

은 용인들이 최후의 고대 검을 〈오염〉시키는 것을 결코 용서하지 않으리라고 말했다. 모순되어 있다. 고대 검을 〈오염〉시켜버리면 더는 누구도 쟝 왕의 유산의 힘을 불러낼 수 없게 되기 때문이다. 그러니 무언가가 잘못되었다.

"잠들어 있는 사이에 〈주인〉을 죽이려는 생각은 해보지 않았던 겐가?"

"예전에 시험해본 적이 있다. 그러나 우리는 〈주인〉의 모습을 찾을 수가 없었다. 〈주인〉은 섬 깊숙한 곳에 숨었고, 찾아도 찾아도 찾지 못했다. 〈주인〉의 징벌은 가혹했다. 당시의 족장을 포함하여 우리의 절반이 죽었다. 게다가 그때, 〈주인〉은 우리에게 〈사로잡힌 섬〉에 접근하지 못하도록 저주를 걸었다."

"유산이라는 것의 모양과 색과 크기를 당신들은 모른다고 했네. 그러나 당신들은 그것을 찾으려 했지. 모양도, 색도, 크기도 모른 채 찾을 수가 없을 텐데?"

"그것은 명백하게 만들어진 것이며, 보기만 하면 그것이 그것이라고 알 수 있다고 한다."

"포포르바르포포 님. 유산의 힘을 불러내는 장치가 퓨자에 있다고 하세. 그곳에는 어떻게 도착할 텐가? 또 그 장치는 어찌 쓸 겐가?"

포포르바르포포는 그릇 안에 담긴 것을 전부 비웠다. 그리고 발드 쪽을 힐끔 보았다. 그 시선은 한순간이었지만 분명 고대 검으로 향했다가 되돌아갔다.

이 용인은 눈치챈 것이다. 발드가 누구이며, 허리에 찬 것이 무엇인지를. 알면서도 모르는 척하는 것이다.

"거기에 가는 데는 두 개의 길이 있다. 하나는 퓨자의 산허리에 있는 문으로 들어가는 길이다. 이곳은 하늘을 날면 아주 간단히 갈 수 있다. 하지만 그 문은 〈주인〉의 완전한 지배 아래에 있다. 이번에 한해서 〈주인〉은 잠들기 전에 이 문을 닫았다. 또 하나는 풍혈로 들어가 올라가는 길이다. 이 길은 〈시련의 동굴〉이라고 불린다. 그곳에는 〈최초의 인간〉이 배치한 〈적〉이 대기하고 있다. 모든 〈적〉을 쓰러뜨리고 나아가면 중계기에 다다른다. 그것은 공중에 뜨는 금색 구슬로, 영검의 힘을 해방하여 그 구슬을 부르면 유산의 힘을 끌어낼 수 있다."

"그럼 반란자들은 시련의 동굴을 제패한 게로군. 그리고 발드 로엔을 그곳에 데려가려 한 거야."

"제패하지 못했다. 도전하는 것조차 불가능했다. 입구에는 단서가 있는데, 세 명 이상 여섯 명까지가 아니면 안 된다고 쓰여 있다. 하지만 어떤 용사 여섯 명으로 도전해도 안쪽으로 가는 길은 열리지 않았다. 즉, 우리 용인에게는 도전할 자격이 주어지지 않은 것이다."

"반란자란 어떠한 자들인가."

"반란자는 〈주인〉에게 부려지는 상황을 참지 못하는 자들이다. 토토루노스토토는 이 마지막 기회에 어떻게 해서든 〈주인〉을 파멸시키고자 했다. 파르잠 왕국에 가서 영검과 그 사용자를 내놓으라 명령했을 때, 나는 그것을 알지 못했다. 하지만 영검과 사용자를 회수하러 갔을 때는, 눈치챘다. 나는 남은 자를 심문했다. 그리고 토토루노스토토가 일곱 번에 걸쳐 시련의 동굴에 도전하고 실패했다는 것, 속을 끓이며 영검과 그 사용자를 데리고서 시련의 동굴에 도전하려 한다는 것을 알았다. 나는 토토루노스토토를 잡아, 그 위계를 낮추고 근신시켰다."

그 말은 즉, 포포르바르포포는 진심으로 토토루노스토토를 벌할 마음은 없다는 뜻이다. 어디까지나 파타라포자의 체면을 세우기 위한 처벌인 것이다. 그도 그럴 터였다. 패기 넘치는 토토루노스토토는 차세대 용인들을 이끌어갈 귀중한 인재다. 죽이고 싶을 리가 없었다.

하지만 그렇다면 족장 포포르바르포포는 무엇을 노리고 있는 것일까.

타랑카가 질문을 계속해도 괜찮겠냐는 듯이 발드의 모습을 살폈지만 무언가 마음에 걸렸다.

──그런가!

이 이상 포포르바르포포에게 무언가를 말하게 해서는 안 된다.

그러나 딱 하나 질문이 남아 있었다.

"정령이 미치는 것은 어째서이며, 언제 시작되었는지 아는가?"

"뭐? 아, 정령 말인가. 어째서 미치느냐고? 모른다. 우리는 정령에게도, 정령이 깃든 짐승에게도 전혀 흥미가 없다."

"그럼 대화는 끝났네. 치치르아치치 님. 우리를 데리고 돌아가 주시게나."

"알았다. 일단 어젯밤과 같은 곳으로 보내주겠다. 귀환은 내일 아침이다."

비룡을 타고 발드 일행은 모래터로 돌아왔다.

4

"발드 님. 아직 묻고 싶은 것이 남아 있었습니다만."

"그 이상 족장에게 말하게 해선 아니 되었단다. 특히 시련의 동굴에 관해서는."

"모르겠습니다. 시련의 동굴에 관한 지식이야말로 우리가 원하던 것 아닙니까? 거기에 괴물을 쓰러뜨릴 수단이 있는 것이 아닙니까?"

"그래. 그리고 족장 포포르바르포포는 우리에게 그 수단을 찾게 하려고 했지."

"네?"

"잘 생각해보거라. 어째서 족장은 우리를 이 섬으로 불러들였는가. 어째서 우리의 질문에 그렇게나 간절하게 대답했는가. 용인은 인간 따위는 벌레만도 못하게 여긴다고 하건만. 그것은 우리에게 시련의 동굴에 관해 가르쳐주고, 우리에게 그 수수께끼를 풀어내게 하기 위함이겠지. 허나, 분명하게 그렇다고 말할 수는 없었던 게야. 그것은 금기를 범하는 일이니까."

"금기? ……그렇……군요. 〈주인〉이라는 존재는 자신이 잠들어 있는 사이에 시련의 동굴을 답파하는 자가 나타나는 것을 싫어했을 게 분명하다. 그래서 시련의 동굴을 아는 용인 족장에게 어떤 제한을 걸었다. 누군가에게 시련의 동굴로 가라고 명령하지 못하도록. 그런 거죠?"

"그렇단다. 만약 그곳에서 네가 시련의 동굴에 가겠다고 말했다면 어찌 되었을지."

"족장은 우리를 몰살했을지도 모르겠군요. 그래서 제가 그 이상 쓸데없는 말을 하기 전에, 발드 님은 회담을 마무리하셨던 거로군요."

"그래."

시련의 동굴이라는 곳에 가야만 한다.

그곳에는 덫이 있으리라.

족장 포포르바르포포의 이야기는 전부가 진실인 건 아니다. 무언가 꿍꿍이가 있다.

하지만 그럼에도 가야 할 곳과 조사해야 할 일이 분명해졌다.

게다가 이쪽에도 숨겨둔 수는 있다. 〈정령 빙의〉된 약사 자리아이다.

자리아의 지혜와 신기한 힘은 발드 일행을 이끌어주리라.

──지켜봐라, 용인의 족장.

발드는 새로운 모험에 가슴의 피가 끓어오르는 것을 느꼈다.

1

파르잠 왕궁으로 돌려보내진 발드는 쥴랑트 왕에게 보고를 마치고, 서둘러 퓨자리온으로 돌아갔다.

퀸터와 이민단은 아직 도착하지 않았다.

곧장 수해로 향하려 했지만 몇 가지 안건이 발드를 기다리고 있었다.

우선 기사 키즈멜트르와 기사 노아를 어찌할지였다. 두 사람은 일족과 가신을 이끌고서 작년 8월 말에 퓨자리온에 도착했다.

기사 키즈멜트르의 장남 트루가트르는 22세, 차남 헝가트르는 19세였다.

또 기사 노아의 장남인 달리는 20세, 차남 고어는 17세였다.

트루가트르와 달리는 하들 조르아르스 백작에게 기사 서임을 받았다.

그들은 커즈에게 검을 바치려 했지만, 커즈는 발드에게 검을 바치라 명했다. 발드는 로엔가 가주의 이름으로 그것을 받았다. 그리하면 발드가 죽은 다음, 네 사람이 바친 검은 커즈의 것이 된다.

기사 키즈멜트르와 기사 노아에 더해 두 사람의 장남인 기사 트루가트르와 기사 달리도 로엔가를 섬기게 되었다. 또한 차남 헝가트르와 차남 고어는 기사 수업을 계속하며, 역시 로엔가를 주인 가문으로 삼는 기사가 된다. 퓨자리온 영주인 올가자드가는 그에 걸맞은 재물을 로엔가에 지급했다.

또한 올해 다섯 명의 젊은이가 기사 수업을 시작할 예정이었는데, 거기에 다섯 명을 더 골라서 내년에 기사 수업을 개시한다. 그들은 올가자드가를 섬기게 될 예정이었다.

이 문제를 정리하자 다음 문제가 기다리고 있었다.

텐플에이드와 그 일행은 작년 9월 초 퓨자리온에 도착해 있었다.

발드의 편지를 읽은 드리아텟사는 발드가 불러들인 이 일행을 소홀히 대하지 않았다.

임시 가옥을 세워 살게 하고 농작업을 돕게 했다. 그리고 그 보수를 밀과 소금으로 지불했다. 밀과 소금을 모아두면 어디에 마을을 만들든 마음 든든하다.

발드가 돌아오자 아기스 마을을 어디에 만들지를 두고 상담이 시작되었다.

여러 가지로 검토한 결과 5각리 정도 서쪽에 있는 강의 서쪽이 선택되었다. 아기스 마을은 여기에서 서쪽으로 서쪽으로 발전해가게 된다.

그러는 사이에 퀸터가 이끄는 이주단이 도착했다. 이 사람들을 받아들이는 일도 모르는 척할 수 없었다.

이러한 일들을 정리하고 겨우 발드는 커즈, 타랑카, 퀸터, 그리고 자리아를 데리고 풍혈로 여행을 떠났다.

당연하다는 듯이 카라가 따라왔다. 어째선지 기사 너츠도 따라왔다.

마누노 여왕은 이번에는 발드 일행을 거절하지 않았다.

《풍혈에 도전하는 것인가.》

"그렇다네."

여왕은 부하 한 명에게 명령하여 풍혈까지 발드 일행을 안내하게 했다.

풍혈에 들어섰다. 안쪽 공기는 몹시 차가웠다. 천장에는 바위가 고드름처럼 매달려 있었고, 지상에서는 바위기둥이 솟아 있었다. 빠져나오는 바람을 온몸으로 받으면서 발드 일행은 나아갔다. 입구는 밝았지만 안쪽으로 나아가자 어두워졌다. 횃불을 밝히고 나아갔다.

전방에 흐릿하게 빛나는 것이 있었다.

백휘석을 깎아낸 듯한 대좌가 여섯 개 있었고, 그 위쪽은 거울처럼 연마되어 있었다. 체격이 큰 인간이 앉을 수 있을 정도의 넓이였다. 대좌 안쪽은 막혀 있었다. 막혀 있는 그 바위벽에 매끈매끈하게 연마된 석판이 박혀 있었다.

석판에는 고풍스러운 문자가 새겨져 있었는데, 발드는 읽을 수 없었지만 자리아는 읽을 수 있었다.

"〈시련의 동굴에 도전하는 자여. 그대들은 세 사람 이상이어야만 한다. 그리고 여섯 명보다 많아서는 안 된다. 대좌 위에서 기다려라. 그리고 안쪽으로 걸어가, 한 명씩 투기장에 오르면 된다. 그리하면 적은 그대들 앞에 있을 것이다. 그대들 모두가 적을 물리치면 큰 보상이 주어지리라〉라고 쓰여 있구먼."

자리아는 가만히 석판을 노려보며 입을 열었다.

"이거 〈세 사람(트리) 이상〉이란 부분과 〈여섯 명(다르바)보다 많아서는〉이라는 부분이 실마리인 게로군. 뒤쪽의 〈여섯 명(다르바)〉이라는 건 인원수를 말하는 게 틀림없네. 문제는 앞쪽의 〈세 사람(트리)〉이라는 부분일 테지. 카라, 알겠느냐?"

카라는 자리아의 일을 돕는, 제자와 같은 입장이었다.

"어? 글쎄. 으음……. 아, 그렇구나! 〈트리〉라는 건 인원수를 셀 때도 쓰지만 원래 〈인간〉을 뜻하잖아? 그래서 용인은 안 됐던 거야. 인간이 세 명 이상 여섯 명까지 대좌에 앉지 않으면, 장치가 움직이지 않는 거지."

"호오호옷. 그럼 시험해볼까? 다들. 대좌에 앉게나."

발드, 커즈, 타랑카, 퀸터, 카라, 너츠 여섯 명이 대좌에 앉았다.

잠시 기다렸지만 아무런 일도 일어나지 않았다.

"틀린 걸까? 그럼, 뭐지? 트리. 트리……."

"카라. 분명 트리라는 말은 인간을 가리키며 쓰인단다. 그러나 그것은 최근의 일이야. 오래전에는 인간 이외의 종족도 모두 트리였지. 그 증거로 용인을 뜻하는 말은 〈나다 트리〉, 즉 도마뱀(나다)인 사람을 부르고, 게르카스트는 〈리에 트리〉 녹색 사람이라고 부르며, 마누노는 〈오르타 트리〉, 물의 사람이라고 부르지 않느냐. 그렇다면 어찌 되겠느냐?"

"으음. 인간, 아인, 사람. 모든 종족이 〈트리〉. ……아, 혹시 할머니. 〈세 사람(트리) 이상〉이라는 건 세 종족 이상이라는 거야?"

"그게 정답이란다. 셋 이상의 종족을 포함한 여섯 명까지의 동료를 모을 것. 그것이 조건일 게야. 그것은 모든 종족이 서로 손을 잡기를 바랐던 쟝 왕의 사상과도 일치하지. 발드. 처음부터 다시일세. 당신은 아인 중에도 아는 자가 많으니, 어떻게든 될 테지?"

최강의 여섯 명. 그것이 세계의 운명을 정한다.

발드는 눈을 감고 마음속으로 그 여섯 명을 그려보았다. 그리고 눈을 부릅뜨고서 말했다.

"커즈, 엥그달을 데려와다오. 합류할 곳은 퓨자리온이다."

커즈가 고개를 끄덕였다.

"타랑카, 너는 메이지아령으로 가라. 고든 자르코스를 데려오는 게다. 대형 배틀 해머와 중장갑을 가져오게 하거라."

"네!"

"퀸터, 네가 가야 할 곳은 텟사라 씨족의 거류지다. 내 이름을 대고 재밍 용사 이에미테와 만나 상황을 설명하고 데려오거라."

"네."

"나머지 한 명은 나로군."

이 자리아의 한마디에 퀸터, 타랑카, 카라, 너츠 네 사람은 이의를 제기했다.

"안 돼! 할머니. 검 실력이라면 내가."

"판단력과 방어력과 지구력은 내 쪽이."

"내, 내 쪽이 젊거든!"

"경험과 전술에서는 지지 않습니다."

네 사람의 말에 자리아는 코웃음을 쳤다.

"흥. 뭘 모르는구나. 너, 이리 와보려무나."

자리아는 카라를 끌어당겼다. 그리고 왼팔의 소매를 걷었다.

수해를 지나던 도중에 오니무츠데를 미처 피하지 못한 탓에 붉게 데이고 짓무른 듯한 상처가 나 있었다.

자리아는 그 상처에 오른손 손바닥을 대고 눈을 감고서 어떤 주문을 중얼거렸다.

자리아의 손바닥이 희미한 붉은빛을 발했다.

카라의 상처는 순식간에 치유되었고 본래의 피부로 돌아갔다.

"후우. 이건 지쳐서 잘 안 하는데 말이다. 알았겠지? 애송이들. 여섯 명째로 필요한 건 마술사다. 어떤 상처든 순식간에 치료해버리는 치료 마술사야말로 도움이 될 테지."

"이이이, 이, 이건! 치유의 비술? 성구(聖具)와 의식 없이 이게 가능하다니. 게다가 효과도 강력해. 그래, 정령인가? 할머니 안에 들어간 정령의 힘인 거지?"

일행은 일단 퓨자리온으로 돌아갔다.

이윽고 엥그달이, 이에미테가, 고든이 나타났다.

이에미테는 피넨 노인의 집에 머무르게 되었다. 쌓인 이야기가 많은 모양이었다.

엥그달은 동료를 데리고 올 줄 알았는데, 혼자였다.

"이건 비밀 모험이다. 내 무훈은 운게드 트리 발드의 가슴에 새겨라."

카무라의 요리로 그들을 대접하고, 원기를 채웠다.

또 모의 전투를 실시해 동굴 안에서의 진퇴와 공방에 관해서 연구했다.

그리고 대륙력 4279년 8월 25일. 그들은 풍혈 앞에 섰다.

이때 발드는 67세. 고든은 47세였다.

2

"자, 여기 상처에 바르는 약. 베인 상처나 찰과상이 생기면, 대수롭지 않은 상처라도 바로 발라둬. 가능한 한 할머니한테 부담을 주지 않도록 해."

카라가 커즈에게 약을 건네며 당부했다.

"그럼, 풍혈로 들어간다."

발드, 고든, 커즈, 엥그달, 이에미테, 그리고 자리아가 풍혈로 들어갔다.

퀸터, 카라, 너츠, 고든의 종자, 그리고 한 명의 마누노가 밖에서 대기했다.

"저쪽에 도착한 순간에 적에게 공격당한다, 라는 상황이 될 수도 있네. 마음의 준비만큼은 해두도록 하게."

자리아의 말에 일동은 고개를 끄덕였고, 각각 돌 대좌에 앉았다.

돌 대좌의 녹색 빛이 점점 더 밝아졌고, 빛의 기둥이 솟아올랐다.

빛이 잦아들었을 때, 발드는 지금까지와 전혀 다른 곳에 있었다.

천장이 아주 높은 곳이었다. 위쪽은 어둠에 녹아들어 보이지 않았다.

광장 앞에 동굴이 있었고, 동굴 안은 노란색 빛으로 가득했다.

발드는 엥그달에게 횃불을 끄라고 명령했다. 이제 횃불은 필요하지 않았다.

"잠깐 기다려주지 않겠나? 이 모습인 채로는 발목을 잡을 뿐이니까. 잠시 모습을 바꾸겠네."

자리아는 그리 말하더니 눈을 감고 주문을 외기 시작했다. 늙은 몸에서 수증기 같은 것이 피어오르고 모습이 일렁일렁 흔들리기 시작했다.

잠시 후, 그곳에는 아름답고 젊은 여자가 있었다.

머리카락은 길고 검었다. 눈은 길쭉했고 강한 의지가 담겨 있었다. 피부는 희고 입술은 붉었다.

코는 오뚝했다. 헐렁한 의상 아래에는 탄력 있는 몸이 있었다.

이 여자다. 언젠가 악마의 열매를 태워버리던 때의 자리아의 모습이다.

"인간이라는 건, 신기한 일을 다 할 수 있구나."

이에미테의 말이었다.

여섯 명은 이에미테, 커즈, 고든, 엥그달, 자리아, 발드 순으로 나아갔다.

"뭔가가 온다. 아마도, 여섯 개체."

이에미테의 말에 전원이 경계 태세를 취한 순간 데굴데굴 와르르하는 소리가 들려왔고, 이윽고 상대가 보였다.

바위다. 검붉고 울퉁불퉁하고 돌기가 있는 둥근 바위 여섯 개가 굴러왔다.

여섯 개의 바윗덩이는 이에미테와 커즈 앞에서 쥐었던 주먹을 펼치듯이 활짝 열렸다.

복수(複數)의 관절을 가진 여덟 개의 날카로운 발톱이 안에서 나타나 이에미테와 커즈를 덮쳤다.

커즈는 마검을 휘둘렀다. 놀랍게도 마검 〈반 플뢰르〉로도 그 발톱을 베어내는 것은 불가능했다. 그러나 조금이나마 적의 기세를 죽일 수 있었다.

이에미테는 마수(키젤)의 뼈로 만든 검을 적의 펼쳐진 발톱 중앙에 찔러 넣었다. 펼쳐졌던 적의 발톱은 체격이 작은 이에미테의 온몸을 뒤덮을 정도의 크기였던지라 한순간 아슬아슬해 보이는 공격이었지만, 이에미테의 공격 속도와 이동 속도는 상식을 넘어섰고, 이 공격도 충분한 여유를 가지고 펼쳐졌다.

"고든은 앞으로! 이에미테, 커즈는 뒤로! 엥그달은 고든을 엄호!"

고든 자르코스가 앞으로 나섰고, 중앙의 적에게 거대한 배틀 해머를 휘둘렀다. 적의 몸통이 콰직하고 뭉개졌다.

고든의 오른쪽을 지나치며 이에미테가, 왼쪽을 지나치며 커즈가 후퇴했다. 그 뒤를 각각 하나씩의 적이 쫓았다.

고든은 양옆을 빠져나가는 적에게는 시선도 주지 않고, 그 뒤에서 닥쳐드는 세 개체의 적을 향해 갔다.

우선 발톱을 크게 펼치며 달려드는 한가운데의 하나를 때려 부수었다.

양옆의 두 개가 고든을 향해 발톱을 세웠지만, 튼튼한 금속 갑옷이 그것을 막았다.

고든은 당황하지도 않고 오른쪽 하나를 때려 부수었다.

왼쪽의 적은 고든의 윈 다리에 매달려 있었다.

고든은 배틀 해머를 바꿔 들더니, 자루 부분을 적의 몸 틈새에 찔러 넣고 홱 비틀어 자신의 몸에서 떼어냈다.

적이 다시 덤벼드는 타이밍에 맞추어 고쳐 쥔 배틀 해머를 쳐 내렸다.

듣기 좋은 소리가 나며 적은 콰직하고 뭉개졌다.

고든의 오른쪽을 빠져나간 적의 미끈한 입에는 엥그달의 곡도가 찔러 넣어져 있었다.

왼쪽을 빠져나간 적은 커즈가 상대하고 있었다.

고든은 엥그달이 싸우고 있는 적에게 배틀 해머를 휘둘렀다.

그리고 커즈가 싸우고 있던 적에게도 마지막 일격을 날렸다.

"기다리게 했군, 커즈."

살짝 고개를 끄덕이고 커즈는 마검을 검집에 넣었다.

일행은 진격을 재개했다.

꽤 나아간 곳에서 탁 트인 광대한 공간이 나왔다.

거대한 둥근 방의 중앙에 직경 200보 정도 되는 원형 대좌가 있었다.

대좌 앞에 붉게 빛나는 석판이 있었다.

"〈그대들 중, 단 한 명이 투기장으로 올라가라〉라고 쓰여 있군."

"호오. 백부님. 여기는 우선 제가 상황을 보기로 하죠."

고든은 발드가 허락하기를 기다렸다가 앞으로 나아갔다.

첫 번째 계단에 고든이 발을 올린 순간이었다.

백 개의 북을 동시에 울린 듯한 커다란 소리가 들리고, 불꽃이 흩날리며, 원형의 대좌 안쪽에서 무언가가 출현했다.

우레를 본뜬 투구 장식.

휘황찬란한 황금 갑옷.

장식 끈으로 묶은 전투화.

묵직한 체격과 바위를 이어 붙인 듯한 골격.

패기로 가득하며 투쟁심이 넘쳐나는 두 눈.

그리고 양손에는 각각 짧지만 무게감이 느껴지는 전투 망치가 쥐어져 있었고, 그 전투 망치에서는 빠직빠직하고 번개가 뿜어져 나왔다.

그 키는 20보 정도나 되어 보였다. 즉, 고든의 열 배는 되는 키였다.

"……뇌, 뇌신 폴 보."

자리아가 저도 모르게 중얼거렸다.

그랬다.

그 거인은 신화에 등장하는 뇌신 폴 보와 똑 닮은 모습을 하고 있었다.

발드는 놀라며 눈을 부릅떴다.

여기는, 그러한 곳인가. 저쪽에 있는 것은 신인가. 저것이 겉모습의 몇 분의 1 정도의 힘만 가지고 있어도, 여섯 명이 한꺼번에 덤벼봤자 전혀 미치지 못한다.

발드의 그런 걱정을 뒤로한 채 고든은 태연하게 계단을 올랐다. 올라서서 투기장에 발을 들인 순간, 고든의 발아래에서 빛의 기둥이 솟아 나왔다.

빛이 잦아들었을 때, 그곳에는 거인이 된 고든 자르코스가 있었다. 지금 고든의 키는 맞선 뇌신 폴 보와 비슷할 정도였다.

이 이상한 사태를 고든은 너무나도 간단히 받아들였다.

"으하하핫, 하. 유쾌하군, 유쾌해————!"

큰 소리로 웃으며 적을 향해 달려갔다.

쿠웅, 쿠웅.

구름에 닿을 정도로 거인이 된 고든은 고작 여덟 걸음 만에 뇌신을 사정거리 안에 넣었다.

거대화한 배틀 해머를 양손으로 꽉 잡고 휘둘러 올렸다가 뇌신의 왼쪽 어깻죽지를 향해 휘둘러 내렸다.

고든의 일격은 전성기의 발드라도 받아내지 못할 정도의 위력이었다.

심지어 거인이 된 그 일격은 설령 신이라고 해도 완벽하게 받아내지는 못할 터였다.

그런 발드의 예상을 뇌신은 간단히 뒤집었다.

되는 대로 왼손을 휘둘러 올리더니 손에 든 전투 망치로 고든의 공격을 받아내보인 것이다. 어마어마한 소리가 울렸고, 몇 줄기의 천둥과 번개가 이리저리 날아다녔다.

뇌신은 무시무시하게도 한 손으로 고든의 공격을 버텨냈다.

그리고 오른손의 전투 망치를 고든의 왼쪽 옆구리에다 때려 넣었다.

뇌광이 흩어져 나가고 격렬한 파쇄음이 울렸다.

고든의 갑옷이 크게 찌그러졌고 상처가 났다. 타는 냄새가 감돌았다.

고든은 동요하는 기색도 없이, 다시 한 번 양손으로 배틀 해머를 휘둘러 올리더니 첫 공격보다 더한 기세로 뇌신을 향해 휘둘러 내렸다.

그러나 이 강한 공격도 뇌신이 왼손에 든 전투 망치에 막혔다.

그리고 또다시 뇌신의 오른손에 들린 전투 망치는 고든의 왼쪽 옆구리를 때렸다.

고든의 갑옷에 균열이 갔다. 몸에도 상당한 대미지를 입었을 터이다.

그러나 여전히 개의치 않고 고든은 세 번째로 거대한 배틀 해머를 휘둘러 올렸다.

뇌신의 얼굴에 분노한 빛이 떠올랐다.

그 분노에 호응한 것처럼 뇌신이 오른손에 든 전투 망치가 금색 빛을 발했다.

뇌신 폴 보는 태양신 코라마의 숙부에 해당한다고 한다. 평소에는 태양신의 뒤로 물러나 태양신의 아들 신과 딸 신들의 활약을 조용히 지켜본다. 그러나 한 번 분노하면 그 일격은 산을 부수고 땅을 찢는다. 폴 보는 신들 중에서도 최강이라 할 수 있는 한 명이었다.

그 뇌신의 분노에 찬 일격이, 고든의 왼쪽 옆구리를 세 번 포착했다.

갑옷의 금이 크게 벌어졌고, 뇌신의 전투 망치는 고든의 맨몸을 파고들었다.

그러나 디디고 선 고든의 두 다리는 흔들리지 않았다.

　크게 휘둘러 올려진 고든의 배틀 해머는 첫 번째 공격과 두 번째 공격을 버텨내고 그 기세 그대로 뇌신을 향해 휘둘러졌다.

　뇌신은 그것을 왼손의 전투 망치로 받아냈지만 완전히 막아내지 못하고 밀려났고, 고든의 혼신의 공격은 그대로 뇌신의 머리를 후려쳤다.

　시간이 멈춘 것만 같았다.

　이윽고 뇌신은 비틀하고 휘청거리더니 뒤로 쓰러졌다.

　어디선가 종소리가 세 번 울렸다.

　투기장이 눈부시게 빛나는가 싶더니 뇌신의 모습도 고든의 모습도 사라졌다.

　아니, 그렇지 않았다. 고든 자르코스는 원래의 크기로 돌아와 투기장에 무릎을 꿇고 있었다.

　자리아가 계단을 올라가 투기장에 섰고 고든에게 다가갔다.

　고든은 입에서 피를 토해내고 있었다. 옆구리 쪽의 출혈도 심각했다.

　"갑옷을 벗겨!"

　자리아의 지시에 따라 발드와 커즈는 고든의 갑옷 상반신을 벗겼다.

　안에 받쳐 입은 미늘 갑옷만 남긴 채 눕혀진 고든의 가슴 중앙에 자리아는 오른손을 올리고, 상처 입은 왼쪽 옆구리에는 왼손을 대고서 주문을 중얼거렸다.

　잠시 지나자 자리아의 양손에 붉은빛이 깃들었다.

주문은 여전히 계속되었다.

고든은 토해내던 피를 멈추었고 괴로워하던 표정이 편해져갔다.

주문은 여전히 계속되었다.

이윽고 상처는 치료되었다.

다만 표면의 베인 상처와 화상으로 짓무른 상처는 다 치료되지 못한 채 남아 있었다.

"잠시 쉬게 해주게."

그리 말하고 자리아는 그대로 자리에 누웠다.

그 대신에 고든 자르코스가 벌떡 일어났다.

"갑옷이 망가져버렸군. 할 수 없지. 망가지지 않은 부분만 걸치기로 할까요."

잠시 기다리자 자리아가 일어났다.

"기다리게 했군. 저 문으로 들어오라는 거겠지?"

투기장 안쪽에 조금 전까지는 없었던 구멍이 나 있었다.

고든이 뇌신에게 승리하고 생긴 것이리라. 즉, 승리하지 못하면 앞으로 나아가지 못한다는 의미다.

일행은 다시 대열을 짜고 그 구멍으로 들어갔다.

3

이번 동굴은 녹색 빛을 발하고 있었다.

"뭔가 온다. 아주 많은 적이다."

이에미테가 그렇게 말한지라, 일동은 전투태세를 취하면서 대기했다.

전방에서 무언가가 온다. 꿈틀꿈틀 다가온다.

온다. 온다.

이윽고 적은 구불구불한 동굴에 모습을 드러냈다.

그것은 손바닥만 한 징그러운 생물이었다.

몸의 가장자리를 따라 짧은 무수한 촉수 같은 것이 나 있었고, 그것을 꿈틀거리며 기어서 전진했다. 녹색 빛을 받고 있는 탓도 있겠지만 몸의 색도 기분 나빴다.

다가온 적을 커즈가 베어냈다.

그러자 적은 간단히 두 동강이 났고, 잠시 경련하다 움직임을 멈추었다.

이에미테도 뼈 검으로 적을 찔러 죽였다.

대수롭지 않은 적이라며 안심하려던 차에 그것이 일어났다.

뭉개진 고깃덩어리 같은 징그러운 적들이 전진을 멈추고 부들부들 떨더니, 스윽 지면으로 스며들어 사라졌던 것이다.

──하나, 있다. 녀석들은 어딘가에 숨어 있어. 어디냐?

그 답은 바로 알 수 있었다.

갑자기 엥그달이 뒤를 돌아 폭이 넓은 곡도의 배로 자리아의 머리 위를 후려쳤다.

철썩하는 소리가 나고, 자리아의 머리 위로 떨어지려 하던 고깃덩어리가 뭉개져 날아갔다.

발드는 무심코 동굴 천장을 보았다. 사라진 고깃덩어리가 배어 나와 있었다.

고깃덩어리 놈들은 투둑투둑, 투둑투둑하고 일행의 머리 위로 떨어졌다.

엥그달의 몸에는 이미 수십의 고깃덩어리가 달라붙어 있었다.

달라붙은 곳에서 고깃덩어리는 정체를 알 수 없는 액체를 뿜어냈고, 그 액체는 엥그달의 단단한 몸을 녹였다. 엥그달은 당황하는 일 없이 고깃덩어리를 몸에서 떼어내서는 벽에 내팽개쳤다. 벽에 내팽개쳐진 고깃덩어리는 뭉개져 죽었다. 하지만 죽으면서 튄 액체에도 용해액이 포함되어 있었다.

고든의 몸에도 고깃덩어리는 달라붙어 있었다. 투구와 갑옷에 달라붙은 고깃덩어리는 별문제 없이 떼어져 바닥에 던져졌고, 짓밟혔다. 그러나 안에 받쳐 입은 미늘 갑옷이 노출되어 있는 부분에서는 용해액이 틈새로 스며들어 치익치익 고든의 살을 태웠다.

커즈와 이에미테는 떨어지는 고깃덩어리를 피하며 공중을 베어 갈랐다.

떨어지는 고깃덩어리를 전부 처리하자 커즈와 이에미테는 고든와 엥그달의 엄호에 들어갔다. 고깃덩어리를 전부 죽일 때까지 시간은 얼마 걸리지 않았다.

엥그달은 몸 여기저기가 녹아 심각한 상태였다.

그래도 게르카스트의 강인한 외피였기에 이 정도에 그친 것이었다. 갑옷도 걸치지 않은 인간이 같은 상황에 처했다면 분명 살아남지 못했으리라.

자리아는 엥그달을 동굴 바닥에 눕히더니 치료를 했다.

엥그달의 상처는 치유되었다.

흔적도 없이, 까지는 아니었다. 표면에는 녹아 문드러진 흉터가 남았다.

그 후 자리아는 고든의 치료도 시작했다.

"오오! 훌륭한걸. 자리아 할멈, 고마워."

"지금은 할멈이 아냐. 누님이라고 불러."

"자리아. 실로 훌륭한 힘일세. 〈정령 빙의〉가 된 자는 모두 치유의 힘을 가지게 되는 겐가?"

"어떤 힘이 생길지는 사람에 따라 다른 모양이야. 나는 우수한 약사이자 주술사였으니까 이런 힘을 가진 게 아닌가 싶어."

다시 투기장으로 나왔다.

"〈아직 투기장에 오르지 않았던 자 한 명이 올라가라〉라고 쓰여 있어."

발드는 커즈를 보았다. 커즈는 고개를 끄덕이더니 투기장으로 향하는 계단을 올라갔다.

굉음이 울리고 주변은 달 없는 밤만큼이나 어두워졌다. 투기장은 초원으로 변했다.

누군가가 투기장 저편 끝에 서 있었다.

눈이 어둠에 익숙해질수록 그 모습은 분명히 보였다.

사람이다. 젊은 남자다. 실오라기 하나 걸치지 않은 알몸이었다.

이 얼마나 아름다운 남자란 말인가.

호리호리한 몸에는 군살이 하나도 없었다. 수염 없는 매끈한 얼굴. 짧게 정돈된 머리카락. 축 늘어뜨린 양손의 손가락까지 낭창낭창해 아름다웠다.

방이 밝아지기 시작했다. 이미 남자의 모습은 없었다.

대신 그곳에는 한 마리의 커다란 늑대가 있었다.

다시금 자리아가 조용히 중얼거렸다.

"반신반수의 영웅, 스칼라⋯⋯."

스칼라는 인간 남자였다. 그 아름다움에 달의 신 사리에가 구혼했다.

스칼라에게는 연인이 있었기에 그는 그 구혼을 거절했다. 격노한 사리에는 스칼라를 추한 짐승의 모습으로 바꾸었다. 사리에가 하늘을 지배하는 밤 동안에만 짐승은 남자의 모습으로 돌아갔다.

사리에는 그렇게 남자를 자신의 것으로 삼았다.

그것을 탐탁지 않게 여기는 자가 있었다. 사리에를 연모하던 짐승의 신 도그였다. 짐승의 신 도그는 몇 번이나 남자를 죽이려 했다.

사리에는 태양신 코라마의 불꽃 전차를 끄는 여덟 마리의 늑대 중 가장 강한 한 마리를 훔쳐 죽인 뒤, 그 모피를 남자에게 입히고 그 피를 남자에게 마시게 했으며 그 고기를 남자에게 먹게 했다. 염랑(炎狼)의 영력을 얻은 남자는 수신 도그가 얼씬도 할 수 없을 만큼 강해졌다.

그러나 도난당한 늑대의 모피를 남자가 몸에 걸치고 있다는 사실을 태양신 코라마가 눈치챘다. 코라마는 남자에게 죽음의 저주를 걸고, 정해진 기한까지 일곱 개의 모험을 성공시키지 못하면 죽게 되리라고 선언했다. 남자는 일곱 개의 모험을 성공시키고 민중의 영웅이 되는 동시에 강대한 힘을 가지게 되었다.

밤에는 아름다운 남자. 낮에는 불사 불패의 늠름한 늑대. 그것이

반신반수의 영웅 스칼라였다.

커즈와 늑대는 동시에 앞으로 달려 나갔다.

어마어마한 속도였다. 이내 둘은 투기장 중앙에서 서로를 사정 거리에 넣었다.

커즈는 늑대의 발톱을 피하면서 새빨간 빛을 발하는 마검으로 늑대의 목을 베었다.

마검 〈반 플뢰르〉는 분명 늑대의 목을 포착했다. 그러나 베지 못 했다.

〈염랑의 영력을 띤 모피는 무엇으로도 베어 가를 수 없다.〉

발드는 신화의 한 구절을 떠올렸다.

늑대는 커즈의 목덜미를 물어뜯으려 했다.

커즈는 그것을 피했지만, 늑대의 송곳니는 어깻죽지를 찢었다.

그렇게 고속의 공방이 시작되었다.

커즈는 늑대의 공격을 피하면서 몸 여기저기를 베어냈다. 하지 만 커즈의 공격은 강인한 모피에 허무하게 튕겨 나갈 뿐이었다. 반 면 늑대의 공격은 조금씩 커즈의 상처를 늘려갔다.

이윽고 커즈는 온몸이 피투성이가 되었다.

풀에 발이 걸린 커즈가 비틀거렸다.

그 틈을 놓치지 않고 늑대는 커즈의 숨통에 이빨을 세웠다.

그렇게 보였던 것은 착각이었다. 마검 〈반 플뢰르〉는 늑대의 목 에 깊숙하게 박혀 있었다. 비틀거린 것은 상대를 불러들이기 위한 동작이었다.

모피는 상처 낼 수 없다고 해도 입안은 그렇지 않았다. 마검은 목을 통과해 내장에까지 닿았을 터다. 〈반 플뢰르〉에 꿰뚫린 채로 늘대는 입에서 피를 뿜어냈다.

그러나 늘대의 생명력은 쉽게 다하지 않았다. 그러한 상태가 되어서도 늘대는 계속해서 커즈를 발톱으로 공격했다.

커즈는 물러서지 않고 쑥, 쑥, 검을 계속 찔러 넣었다.

끔찍한 신음을 내지르며 늘대는 발버둥 쳤다.

이윽고 늘대는 움직임을 멈추고, 인간의 모습으로 돌아가 쓰러졌다.

종이 세 번 울리더니 투기장은 원래의 바위 대좌로 돌아갔다. 이어 그 안쪽에 새로운 동굴이 생겼다.

자리아는 커즈를 치료했다. 가죽 갑옷은 너덜너덜했고, 아름다운 몸도 상처투성이가 되었다. 그러나 커즈의 눈빛에는 조금의 망설임도 없었다.

일행은 앞으로 나아갔다.

4

이번 동굴은 푸른빛으로 가득했다.

소형 방패 개구리(로 워글) 같은 적이 습격해 왔다.

몸통은 인간의 얼굴 정도밖에 안 됐지만, 이상하게 큰 다리가 달려 있어 터무니없을 만큼 높이 도약했다. 활짝 열린 입에서는 길고 날카로운 혀가 뻗어 나왔는데, 거기에 찔리면 몸이 마비된다. 그런 적이 백 넘게 한꺼번에 덤벼든 것이다.

우선 고든이 마비되었다. 다음으로 자리아가 마비되었다. 그리고 발드가, 엥그달이 마비되었다. 커즈조차도 조금 전 싸움의 대미지가 남아 있었는지, 결국 적의 공격을 다 피하지 못했다.

마지막으로 남은 이에미테가 적을 쓰러뜨린 덕분에 겨우 이겼다.

자리아가 마비에서 자력으로 회복해 전원을 치료했다.

그리고 조금 더 나아간 곳에서 발드는 식사와 휴식을 취하기로 했다.

보존식은 카무라가 준비해준 것이다. 육포와 딱딱한 빵과 말린 과일이었다. 시련의 동굴에서의 모험은 며칠이 걸릴지 알 수 없었지만, 식량과 물 없이 사람은 살아갈 수 없다. 그 외에 에갈소시아 잎 분말을 모두가 나눠 받았다.

이 잎 분말은 가볍고 작아서 짐이 되지 않았고, 물에 조금 섞기만 해도 먹을 수 있었다. 게다가 영양가가 높고, 몸의 상태를 바로 잡아주는 효과도 있었다. 카무라 회심의 작품이었다.

발드는 일찌감치 이 잎 분말에 손을 댔다. 아마도 이 동굴에서의 모험은 며칠이나 계속되지 않을 터였다. 만약 계속된다면 이쪽의 체력이 버티지 못한다. 그러니 조금이라도 몸 상태를 끌어올리는 쪽을 택한 것이다.

잎 분말은 제법 맛이 좋았다. 지친 몸이 기운을 되찾았다.

잠시 휴식을 취한 일행은 진격을 재개했다.

발드는 위화감을 느꼈다. 동굴에 나타난 적과 투기장에 나타나는 적에 관해서였다.

투기장에 나타난 두 적은 하나같이 강적이었고, 그 싸우는 모습은 당당했고 가슴 설레었다. 그러나 동굴에 나타나는 적에게서는 음습한 사악함이 느껴졌다. 싸움에서는 아무런 기쁨도 느낄 수 없었다.

이 차이는 대체 무얼 의미하는 것일까.

다음 투기장에 도착했다.

"〈아직 투기장에 오르지 않았던 자 한 명이 올라가라〉라. 아까랑 같군. 저기, 발드. 이번에는 내가 가게 해주겠나? 좀 생각하는 게 있어서 말이야."

발드는 자리아를 전투 요원으로는 여기지 않았던지라, 그 요청에 놀랐다. 그러나 무언가 생각하는 바가 있으리라 여기고 고개를 끄덕였다.

이번에는 투기장이 늪지로 바뀌었다. 늪과 그것을 둘러싼 키 큰 풀밭이었다.

그러나 적의 모습은 보이지 않았다.

자리아는 하늘을 올려다보았다.

그곳에 적이 있었다.

여자다.

얇은 옷을 두르고, 길고 밝은 갈색 머리카락을 흩날리며 미소 짓는 아름다운 여자였다.

여자의 옷과 머리를 나부끼게 하는 바람은 어디서 불어오는 것일까.

여자 자신이었다. 사방팔방으로 휘몰아치는 바람은 여자 자신에게서 비롯되었다.

바람의 신 소시에라.

때로는 다정한 성장의 파수꾼이며, 때로는 무자비한 파괴의 여신. 지친 인간에게 소시에라기 보내는 바람은 그자의 괴로운 기억을 가져가고 망각을 전한다. 온갖 것들을 베어 가르는 영력을 가졌지만, 그 몸은 베는 것도 찌르는 것도 불가능하다.

그 소시에라가 허공에 떠 있었다. 대체 이 상대와 어찌 싸우라는 것인가.

자리아는 늪지 가까이 나아가 지팡이를 꽂았다.

여신은 후우 숨을 불었다.

그 숨은 바람의 칼날이 되어 자리아의 왼팔 어깻죽지를 스쳤다.

자리아의 왼팔이 어깻죽지에서 베여 풀썩 땅에 떨어졌다.

자리아는 오른손으로 왼팔을 줍더니 베인 곳에 대고 무언가 주문을 중얼거렸다.

잘렸을 터인 왼팔은 원래대로 돌아갔다.

자리아는 여전히 눈을 감고 주문을 중얼거렸다.

지팡이가 붉게 빛나기 시작했고, 자리아 자신의 몸도 부드럽게 빛났다.

여신이 또다시 후우 숨을 내쉬었다.

바람의 칼날이 자리아의 목을 향해 닥쳐들었다.

그러나 바람의 칼날은 지팡이에 막혀 엉뚱한 방향으로 빗나갔다.

여신의 얼굴에서 미소가 사라졌다.

자리아는 여전히 주문을 중얼거리고 있었다.

여신은 양손을 펼치고 부추기는 몸짓을 했다.

왼쪽 소매에서 다섯 개의, 오른쪽 소매에서 다섯 개의 바람의 칼날이 생겨나 자리아에게 닥쳐들었다.

열 개의 바람의 칼날은 전부 지팡이에 의해 방향을 틀었지만, 그중 몇 개가 자리아의 팔을 스치며 베어 갈랐다. 방향이 틀어져 날아간 바람의 칼날은 주변의 풀을 베어냈다.

여전히 자리아의 주문은 계속되었다.

여신이 양손 손가락을 크게 벌리며 뻗었고, 그 열 개의 손가락에서 잇따라 바람의 칼날이 날아갔다.

그 대부분은 지팡이에 튕겨 나갔지만, 몇 개는 자리아의 몸을 베었다.

이제 자리아의 얼굴도 몸도 피투성이였다. 그러나 눈을 감은 채 주문을 외우고 있었다.

지팡이가 결국 버티지 못하게 되었다. 콰직하는 소리를 내면서 부러져 날아가고 만 것이다.

여신이 바람의 칼날을 날리는 것을 그만두고 싱긋 웃었다.

그리고 양손을 앞으로 뻗은 채 하나로 겹쳤다.

온다. 마지막 일격이라 할 만한 공격이 온다.

그때 자리아는 눈을 번뜩이며 부릅떴고 무언가를 외쳤다.

그러자 자리아의 주변에서 바람의 소용돌이가 일어났다. 지금까지 여신의 공격이 베어냈던 풀이 허공에 나선을 그렸다. 풀의 소용돌이는 격렬한 기세로 상공으로 뻗어 올라 여신이 있는 곳까지 다다랐다.

자리아는 품에서 무언가를 꺼내 마주쳤다.

불꽃이 튀었다. 불꽃은 소용돌이치는 풀에 옮겨붙었고, 순식간에 여신을 감싸며 불타올랐다.

타오르는 풀 조각은 매개에 지나지 않았다. 그것을 재료로 삼아 수천 배의 불길을 일으킨 것이다.

비명이 울려 퍼졌다.

업화는 순식간에 잦아들었지만, 허공에는 이제 여신의 모습이 없었다.

종이 세 번 울려 퍼졌다.

"역시 그렇군."

"뭐가 역시란 겐가?"

"고든에게는 폴 보. 커즈에게는 스칼라. 그리고 내게는 소시에라. 각자에게 어울리는 상대 아닌가? 그래. 지나치게 어울리지. 이 투기장의 적은 이쪽에게 적절한 적이 나오도록 되어 있는 모양이야."

"적절한 적이라고?"

"그래. 이 투기장에 나온 적은 미리 정해져 있지 않아. 올라온 상대에게 어울리는 적이 그때 준비되는 거지. 그나저나 세 사람이나 신이 상태로 선택되다니. 그것도 하필이면 대신(大神)급의 신이야. 아주 높게 평가해준 모양인데?"

긴 휴식 후, 자리아는 자리에서 일어났다.

자신을 치료하지는 않았다. 피는 멈추었지만 얼굴의 상처도 남은 채였다.

다음 동굴의 색은 보랏빛이었는데, 나타난 적은 부리가 달린 박쥐 같은 적이었다.

커즈와 이에미테가 무시무시한 시력과 공격 속도를 선보이며 모조리 쳐냈지만, 고든과 엥그달이 몇 번인가 공격을 받고 말았다.

그러자 두 사람이 쓰러져 경련을 시작했다. 이 튼튼한 두 사람이 말이다.

독이다. 그것도 매우 강력한 독이다.

자리아는 정령의 힘을 펼쳐 두 사람을 치유했다.

누가 보아도 자리아가 몹시 소모했다는 것은 명백했다.

다음 투기장에 도전하는 것은 이에미테였다.

이에미테가 투기장에 오르자 대좌 위에는 자그마한 나무가 무성하게 자라났고, 장난감 같은 숲이 나타났다.

슬쩍 움직이는 것이 있어 시선을 주니 손바닥만 한 크기의 작디작은 짐승이 있었다. 원숭이를 닮은 얼굴에는 기괴한 문양이 새겨져 있었고, 오른손에는 창을, 왼손에는 곤봉을 들고 있었다.

투기장에 오른 이에미테로 말할 것 같으면, 역시 자그맣게 줄어들어 버렸다.

오른손에는 창, 왼손에는 곤봉, 얼굴에는 문양이라고 하면 숲의 신 우바누 도도였다. 그러나 우바누 도도는 사람의 모습을 한 신일 터였다. 지금 눈앞에 나타난 신은 재밍의 모습을 하고 있었다. 이건 대체 어찌 된 일인가.

발드는 용인의 섬에서 족장 포포르바르포포에게 들었던 이야기를 떠올렸다.

〈인간이 말이라는 것은 〈최초의 인간〉이 만들어낸 것이다. 〈최초의 인간〉은 이 땅의 다양한 종족의 말을 연구하고, 그것이 과거에는 하나의 말이었다는 결론을 내렸다. 그리고 다양한 종족이 말에서 공통 요소를 뽑아내 새로운 말을 만들었던 것이다.〉

이름을 부른다고 하는 것은 언어로써 부른다는 뜻이다. 신들의 이름도 언어였다.

언어가 〈처음부터의 사람들〉의 것이었다고 한다면, 신들도 또한 〈처음부터의 사람들〉의 것이 아니었을까? 인간이 그 말을 제 것으로 삼았을 때, 신들도 제 것으로 삼았다. 그래서 〈처음부터의 사람들〉과 상대할 때에 신은 원래의 모습을 되찾는다. 그러한 것이 아닐까?

이에미테는 적의 가슴께로 화살을 쏘았다. 그러나 전혀 타격을 주지 못했다.

적은 무서울 정도로 빠르게 움직여 창과 곤봉으로 공격을 해 왔다. 적의 공격 횟수가 너무 많아 이에미테는 파고들 틈이 없었다.

이윽고 이에미테는 숲속으로 모습을 감추고 말았다.

숲의 신은 여기저기에서 이에미테를 찾았다. 찾아도 찾아도 발견할 수 없었고, 적이 안달이 났을 때 뒤쪽 수풀에서 이에미테가 뛰쳐나왔다.

그 손에는 활이 들려 있었고, 화살이 매겨져 있었다.

이에미테는 숲의 신의 목 바로 뒤에 화살을 겨누고 쏘았다.

화살은 숲의 신의 목을 뚫고 나왔다.

종이 세 번 울리며 이에미테의 승리를 알렸다.

다음 동굴은 복숭앗빛이었다.

나타난 적은 공중을 구불텅구불텅 헤엄치는 물고기 같으면서 뱀

같기도 한 괴물이었다.

이것은 상대하기 곤란한 적이었다. 검으로 베어도 배틀 해머로 쳐도 스륵 빠져나가 버렸다.

그러면서 적의 뾰족하고 날카로운 이빨은 이쪽의 살을 물어뜯었다. 게다가 갑옷을 통과해 살을 물었다.

커즈와 이에미테는 피해버리는지라 문제가 없었지만, 고든과 발드, 그리고 자리아는 잔뜩 다치고 말았다.

결정적인 수가 된 것은 엥그달의 단단한 피부였다. 제아무리 하늘을 나는 물고기라도 엥그달의 갑옷 같은 피부는 간단히 물어뜯지 못했다. 그리고 물어뜯으려 드는 순간에는 공격이 통했다.

그래서 엥그달은 미끼가 되었다. 엥그달을 물고 있는 하늘을 나는 물고기를 커즈와 이에미테가 베어버렸다. 알고 보니 별 볼 일 없는 적이었다. 그러나 파악할 때까지의 피해는 심각했다.

자리아는 발드와 고든에게 치유의 기술을 썼다.

그 후 자리아는 일어설 수 없게 되었다. 잠시 쉬자고 발드가 제안했지만 자리아는 서둘러 나아가는 편이 좋다고 했다. 결국 엥그달이 자리아를 업고 나아갔다.

다음 투기장에 오른 것은 엥그달이었다

엥그달이 계단을 밟고 서자 빛이 튀며 굉음이 울리고 적이 나타났다.

웅장한 체격을 가진 신이었다. 오른손에는 거대한 곡도를, 왼손에는 두꺼운 둥근 방패를 들고 있었다.

양손은 아주 길었다. 그 얼굴도, 알몸에 새겨진 문양도 틀림없는 게르카스트였다.

다만 그 다리는 바위로 되어 있었고, 몸에서 사락사락 모래가 흘러나와 쏟아지고 있었다.

"대지의 신 켓차리로군."

그랬다. 켓차리다. 그런데 어째서 게르카스트의 모습을 하고 있는 것일까?

역시 신들은 〈처음부터의 사람들〉의 것이었다. 그러나 인간과 만난 신은 인간의 신이 되었다. 다만 인간이 원래의 세계에서 데려온 신도 있을지 모른다.

대지의 신은 엥그달보다 체격이 더 컸고, 아주 젊었다.

대지의 신은 둥근 방패로 엥그달의 가슴을 때렸다. 엥그달은 살짝 몸을 흔들며 버텼다.

대지의 신의 오른손이 빠르게 휘둘러졌다. 비스듬하게 위에서 베어 내렸다.

엥그달은 상체를 살짝 왼쪽으로 틀며 퀴탄으로 곡도를 튕겨냈다.

대지의 신의 얼굴에 잠시 놀란 기색이 어렸다. 그리고는 싱긋 웃었다.

갑자기 대지의 신의 맹공이 시작되었다.

왼손의 방패로 엥그달의 움직임을 견제하면서 종횡무진으로 쉴 새 없이 곡도를 휘둘렀다. 위에서, 아래에서, 오른쪽에서, 왼쪽에서, 변화무쌍한 공격이었다. 엥그달은 이 공격을 전부 막아냈다.

발드는 눈을 크게 뜨고 이 공방을 지켜보았다.

이 얼마나 훌륭한가. 그리고 그 몸은 얼마나 유연한가.

언뜻 힘뿐인 듯 보이는 엥그달은 무척이나 교묘한 기술의 소유
자였다.

숨 쉴 틈 없는 공방이 이어졌다. 엥그달은 방어로 일관했다.

대지의 신은 끝나지 않을 듯이 이어지는 공방에 인내심이 바닥
났고, 검을 크게 빼어 필살의 일격을 엥그달에게 날리려 했다.

그때 엥그달은 처음으로 공격에 나섰다. 그때까지는 오른손만으
로 다루던 퀴탄을 양손으로 들고 맹렬하게 대지의 신에게 덤벼들
었다.

대지의 신의 일격은 엥그달의 왼쪽 어깨를 절반 가까이 베어 갈
랐다.

엥그달의 양손에 의한 참격은 둥근 방패를 찢고, 그리고 대지의
신의 얼굴을 포착했다.

퀴탄에 얼굴을 가격당한 채로 대지의 신은 싱긋 웃었다.

그리고 쓰러져 사라졌다.

종이 세 번 울렸고 엥그달의 승리를 알렸다.

자리아가 달려와 어깨를 치료했다. 피는 멈췄지만 상처는 완전
히는 낫지 않았다.

치료를 마치자 자리아는 힘이 다하여 정신을 잃었다.

일동은 자리아가 의식을 되찾기를 기다렸다가 다음 동굴로 나아
갔다.

다음 동굴은 갈색으로 빛났다.

적이 나타나지 않는 것을 의아하게 여기며 다음 투기장 방으로
들어선 순간, 공격을 받았다.

이번 적은 매우 성가신 상대였다.

날개가 돋은 지네 같은 적으로, 높은 곳을 날아다니며 독 가루를 뿌렸다.

모두 곧바로 동굴로 대피했고, 하늘을 나는 적은 이에미테가 활로 전부 쏘아 떨어뜨렸다.

그러나 그만 이에미테가 독 가루를 잔뜩 들이마시고 말았다.

자리아의 치료로 이에미테는 목숨을 건졌지만, 자리아는 완전히 뻗어버리고 말았다.

일행은 여섯 번째 투기장 앞에서 두 번째 식사를 하고, 자리아를 간병했다. 간병이라고 해도 물을 마시게 하고, 약초와 잎 가루를 준 것 말고는 그저 안정을 취하게 하며 상태를 살폈을 뿐이었다.

이윽고 자리아가 정신을 차렸다.

자, 드디어 발드의 차례였다.

어떤 상대인지는 모르지만, 늙고 쇠한 기사에게 걸맞은 상대일 터다.

발드가 투기장 계단에 발을 올리자 굉음이 울리고 섬광이 떨어지며 적이 나타났다.

그 상대를 보고 발드는 말을 잃었다.

5

커다란 체구. 대지의 인장을 새긴 은색 갑옷.

장대하고 중후한 곧은 검. 오른쪽의 전투화는 검은색, 왼쪽 전투

화는 흰색이었다.

태양의 인장을 새겨 넣은 방패를 왼손에 들고, 검은 준마를 타고 있었다.

전쟁의 신, 마다 벨리.

수많은 무신의 정점에 선 대신이다.

조용히 멈춰 선 그 모습에서 감도는 무위는 상상할 수도 없는 정도였다.

지금까지 만난 어떤 적과도 격이 다른 상대였다.

──아니, 이건 아니지. 어찌 생각해도 상대가 이상하지 않은가? 적절하지 않아. 이런 늙은이를 상대로 하필이면 전쟁의 신이라니.

문득 뒤를 돌아보니 고든도 커즈도 엥그달도 이에미테도 기뻐 보이는 얼굴을 하고 있었다.

──흐음, 그렇게 내 불행이 기분 좋을 리 없을 텐데.

다시 무신 쪽을 향해 섰다.

──생각해보면 이 정도의 정수와 싸울 수 있는 행운은 웬만한 기사가 얻을 수 있는 게 아니지. 내 모든 걸 걸고 도전해서 산산이 부서져 흩어지기에 걸맞은 상대다. 나는 어찌 초조해하는 것인가. 이 적을 쓰러뜨리고 다음으로 나아가야 한다고, 해야 할 일이 있다고 여기기에 초조한 게지. 다음으로 나아간다고 해서 사실은 무언가를 얻을 수 있을지 어떨지는 알 수 없건만. 좋은 싸움을 하고, 긍지 있는 죽음을 맞는다. 그 이상의 일이 있겠는가.

이때 발드는 어째서 모두가 기뻐 보이는 얼굴을 하고 있었는지,

그 이유를 깨달았다.

모두 그랬던 것이다. 제각기 호적수를 만나 좋은 싸움을 할 수 있었다.

이겼기에 기쁜 것이 아니다. 지고의 싸움을 할 수 있었기에 기쁜 것이다.

그래서 발드가 최고의 적수를 만난 은혜를 축복해준 것이다.

──살 수 없다고 한다면 죽으면 된다. 다만 마지막 순간에, 나는 인생 최고의 기술을 펼치겠다.

발드는 전쟁의 신을 바라보았다. 이어서 전쟁의 신이 타고 있는 검은 거대한 말을 바라보았다.

저것이 바로 신마(神馬) 오르도스탠.

전쟁의 신 마다 벨리는 숲의 신 우바누 도도와 그 아내인 이사루사의 아들이며, 소년이던 시절의 이름은 키드였다고 한다. 소년 키드는 뇌신 폴 보르를 이길 수 있는 힘을 기르고자 〈대지의 검〉을 차고 여행에 나섰다.

여행 도중에 만난 특히 강한 적 중 하나가 늪의 신 엔모였다.

사투 끝에 승리한 소년 키드의 불굴의 정신을 기려 늪의 신은 자신의 애마를 선물했다.

그것이 신마 오르도스탠이다.

일설에 따르면 오르도스탠은 늪의 신 엔모 자신이 변신한 모습이라고도 한다.

이후 소년 키드는 오르도스탠을 애마로 삼아 모험을 계속한다.

오르도스탠은 몇 번이나 소년 키드를 궁지에서 구했다.

그리고 드디어 키드는 다섯 기둥의 대신에게 승리하고 무신의 반열에 오르게 된다.

또한 신들을 이끌고서 마신들과의 대전에서 승리하여 전쟁의 신 마다 벨리가 된다.

그 싸움들을 함께해온 것이 바로 신마 오르도스탠이다. 애마에 올라탄 전쟁의 신의 모습을 보고 발드는 갑자기 쓸쓸함을 느꼈다.

전쟁의 신은 애마와 함께지만 발드는 혼자였다.

그다음 순간, 그렇지 않다고 스스로에게 말해주었다.

폴포가 혼을 담아 만든 가죽 갑옷이 있다. 고대 검이 있다. 고대 검에는 아이드라의 기도가, 스타보로스의 영혼이, 검장 젠닷타의 기술이 담겨 있다.

발드는 고대 검을 뽑아 들고, 외쳤다.

"스타보로스여, 나와 함께 있으라!"

그러자 신기한 일이 일어났다.

고대 검에서 밝은 청록색 빛 가루가 넘쳐 나왔다.

빛의 가루는 땅으로 흘러 떨어져 점점 커졌고, 이윽고 하나의 형태를 갖추었다.

스타보로스였다.

젊은 날의 힘이 넘치던 스타보로스가 그곳에 있었다.

죽었을 터인 스타보로스가 나타난 것을 발드는 이상하게 여기지 않았다.

여기는 어디인가.

신들이 계시는 대(大)퓨자의 깊숙한 곳에 숨겨진 장소가 아닌가.

이곳만큼 신들의 은총이 짙은 곳은 없다 해도 좋다. 이상한 일이 일어나지 않는 편이 이상했다.

고대 검에서 흘러나온 청록색 빛은 계속해서 발드의 몸을 감쌌고 가죽 갑옷으로 빨려 들어갔다. 근육이 힘을 되찾아갔다. 젊은 날의 무적이던 육체가 되살아나는 듯했다.

발드는 스타보로스에 올라탔다.

투기장의 반대편에서는 흑마를 탄 전쟁의 신이 조용히 기다리고 있었다.

——신마 오르도스탠이 뭐 어떻단 말인가. 나에게는 명마 스타보로스가 있다!

발드는 고대 검을 드높게 휘둘러 올리고, 싸움을 알리는 우렁찬 외침을 내질렀다.

고대 검의 은총을 받아 기운을 되찾은 몸이 팽팽하게 단단해져 갔다.

연마한 무예가 되살아났다. 지금 발드는 그야말로 생애 최고의 상태였다.

투기장 반대쪽에서는 전쟁의 신이 그 온몸에서 투기를 뿜어내고 있었다.

전쟁의 신과 노기사는 동시에 달려 나갔다.

금세 눈앞에서 서로를 거리에 두었다.

전쟁의 신도 발드보다 컸고, 신마도 스타보로스보다 컸기 때문에 전쟁의 신의 얼굴 위치는 발드보다 머리 두 개 정도는 높은 곳에 있었다.

전쟁의 신은 왼손의 방패를 왼쪽 위 앞으로 들고, 오른손의 검을 오른쪽으로 비스듬하게 위에서 휘둘러 내렸다.

그 순간, 스타보로스가 기적적으로 발을 쭉 뻗었다.

덕분에 발드는 전쟁의 신의 검을 빠져나가 자신의 거리로 뛰어들 수 있었다.

뒤를 쫓듯이 닥쳐드는 전쟁의 신의 검을 왼팔로 받아냈다. 그곳에는 마수의 뼈가 덧대어져 있었다.

방패를 든 기사의 강타는 반드시 왼쪽 위에서 시작된다. 좌측에 방패가 있어 그곳으로는 검을 휘두를 수 없기 때문이다.

그러나 발드는 왼손에 방패를 들고 있지 않았다.

전쟁의 신의 몸 왼쪽은 방패에 가려져 있었지만, 오른쪽은 가려져 있지 않았다.

발드는 전쟁의 신의 텅 빈 얼굴에 고대 검을 때려 넣었다.

한순간의 교차를 거쳐 두 기는 스쳐 지나갔고, 말의 걸음을 늦추며 동시에 돌아보았다.

왼팔에 덧대어진 마수의 뼈는 전부 잘렸다.

그 아래 있는 자신의 뼈도 아마 무사하지는 않을 터다. 부러졌거나 금이 갔으리라.

한편 전쟁의 신의 오른쪽 측두부는 무참했다. 투구는 찌그러지고 균열이 가 있었고, 그 아래의 두개골에도 구멍이 뚫려 붉은 피가 흘러 떨어졌다.

"훌륭하군."

전쟁의 신은 웃음을 지으며 한마디를 중얼거렸다.

이윽고 얼음이 산산조각 나는 듯한 소리가 나며 전쟁의 신은 빛의 가루가 되어 흩어져 사라졌다.

종이 세 번 울렸다.

발드는 스타보로스에서 내려 머리를 쓰다듬어 주었다.

스타보로스가 발드의 얼굴 여기저기를 핥는 그 감촉도 오랜만이었다.

"스타보로스야, 잘해주었다. 고맙구나."

스타보로스의 모습은 투명해져갔고, 점점 그 모습은 공기 속으로 녹아들었다.

마지막으로 스타보로스는 자그마한 울음소리를 남기고서 허공으로 사라졌다.

"스타보로스야, 고마웠다."

동료들이 발드 곁으로 모여들었다.

자리아는 엥그달의 팔에 안긴 채, 손바닥을 발드에게 가져다 대려 했다.

발드는 오른손으로 자리아의 손을 부드럽게 감쌌다.

"괜찮네. 이제 싸움은 끝났어. 쉬게나."

"그런가."

그렇게 말하고 자리아는 눈을 감았다.

투기장의 안쪽에는 여섯 개의 입구가 열려 있었다.

"내가 먼저 들어가보겠다."

이에미테가 가장 오른쪽 입구로 들어갔다. 그 순간, 입구는 사라졌다.

"아앗. 으음. 그러니까 이건, 한 사람씩 다른 입구로 들어가야만 하는 건가요? 상당히 재미있는 취향이로군요. 그럼 제가 다음으로 가보겠습니다."

고든이 오른쪽에서 두 번째 입구로 들어가자 입구는 사라졌다.

커즈가 세 번째 입구로 들어갔다.

엥그달은 자리아를 조심스럽게 바닥에 눕히고 네 번째 입구로 사라졌다.

자리아가 힘겹게 눈을 떴다.

"가봐, 발드 로엔. 저 구멍 너머에 당신이 원하는 게 있어. 나는 잠시 쉰 다음에 가겠어."

"신세를 졌네. 고마워."

발드는 다섯 번째 입구를 통과했다.

갑자기 밝은 곳으로 나왔다. 직사각형의 작고, 하얗고 폭신폭신한 몹시 기묘한 방이었다.

먼저 입구로 들어간 자들도 각기 똑같은 곳에 있는 것일까?

그러나 자리아가 그 입구를 통과하는 일은 없었다.

자리아는 원래대로라면 이미 옛날에 죽었을 터인 나이다. 지금까지 살 수 있었던 것은 몸에 깃든 정령의 힘 덕분이다. 그 정령의 힘을 자리아는 다 써버리고 말았다. 자리아 안의 정령은 너무나도 약해져 당장에라도 사라지려 하고 있었다. 정령이 사라지면 자리아의 목숨도 없다.

그 사실을 도중에 깨닫기는 했지만 이미 돌이킬 수는 없었다.

자리아는 모든 것을 각오하고서 이 모험에 참가했고 힘을 썼다.

발드는 잠시 눈을 감고서 약사 자리아의 명복을 빌었다.

그 후 문으로 다가가 손잡이에 손을 댔지만 밀어도 당겨도 옆으로 힘을 주어도 꿈쩍도 하지 않았다. 그대로 잠시 기다렸지만 아무런 일도 일어나지 않았다.

문을 몇 번인가 세게 두드려봤다. 그러나 아무런 반응도 없었다.

──흐음. 이상하군그래. 여기까지 불러들여놓고, 이건 대체 어찌 된 일인고.

그런 생각을 하는 사이에 몸이 빛에 감싸였고, 발드는 다른 곳에 있었다.

6

"어째서 당신은 꿈을 꾸지 않는 겁니까? 마스터의 이야기에 따르면 꿈을 꾸는 방에 들어온 인간에게는 전원 꿈을 보여줄 수 있다고 했습니다만."

말을 걸어온 것은 하얀 옷을 입고 머리를 매끈매끈하게 민 남자였다.

그곳은 넓은 방이었다. 벽도 바닥도 반들반들했다. 벽을 따라 기묘한 기계가 늘어서 있었고, 역시 하얀 옷을 입고 머리를 민 남자들이 기계를 바라보거나 만지거나 하며 바쁘게 움직이고 있었다.

"마스터란 게 뭔가?"

"주인이나 최고 책임자라는 의미입니다. 뭐, 어찌 됐든 답파를 축하드립니다. 저는 스테실. 이곳의 기술 주임입니다. 꿈을 꾸지 않는데, 꿈을 꾸는 방에 계신들 어찌할 수 없어서 이쪽으로 안내했습니다."

발드는 질문을 더 하려 했지만 벽 쪽의 남자들이 잇따라 목소리를 높였다.

"두 번째, 의식 소실! 쓰러졌습니다. 감정은 평정을 유지한 채입니다."

"첫 번째, 의식 소실! 마찬가지로 감정은 평정을 유지한 채 쓰러졌습니다."

"네 번째, 의식 소실! 쓰러짐, 감정 평정."

"세 번째! 의식 소실. 쓰러짐! 입에서 피를 토하고 있습니다!"

발드는 달려갔다.

자신의 이름을 스테실이라고 밝힌 남자도 함께 달려갔다.

벽에는 커다란 액자 같은 것이 붙어 있었고, 그 안에 그림이 비치고 있었다.

──커즈? 어째서 쓰러진 게냐? 게다가 저 피는?

스테실이 큰소리로 외쳤다.

"구조대! 곧장 셋이 꿈을 꾸는 방 3번으로 향해라. 답파자 한 명이 혀를 문 모양이다. 회수하여 치료해라! 어찌 된 거야. 모처럼의 답파자인데."

──혀를 물었다고? 어째서 커즈가 자살하려 한 것이냐?

그 옆의 액자는 엥그달을 비추고 있었다.

다른 액자는 이에미테를 비추었다.

고든을 비추는 액자도 있었다.

모두 잠든 듯 누워 있었다.

커즈를 비춘 액자 속에 세 명의 남자가 나타났다. 하얀 옷을 입고, 하얀 모자를 쓰고, 하얀 복면을 하고 있었다. 그 남자들은 바퀴가 달린 침대에 커즈를 눕혀 이동했다.

"어찌 된 것인가? 이 그림은 대체 뭔가? 커즈에게 무슨 일이 일어난 겐가?"

"모릅니다. 마스터의 이야기에 따르면 생명의 위험은 없을 터입니다만."

"그 마스터란 누구인가?"

그때, 천장에서 몹시 귀에 거슬리는 거친 목소리가 울렸다.

"스테실. 발드 로엔 님을 내가 있는 곳으로 안내하게."

"네, 마스터. 발드 로엔 님이라는 건, 당신이지요?"

"그렇다네."

"이쪽으로 와주십시오."

스테실의 안내에 따라 걸음을 옮겼다.

거대한 문 앞에서 스테실은 걸음을 멈추었다.

"들어가십시오."

소리도 없이 문이 옆으로 미끄러지며 열렸고, 발드는 방 안으로 발을 들였다.

기묘한 기계가 잔뜩 있었고, 훌륭한 세간이 놓여 있었다.

구석진 곳에 거대한 의자가 있었고, 그곳에 앉은 한 명의 용인이 보였다.

어마어마하게 나이를 먹은 거대한 용인이었다.

"잘 왔다. 인간 발드. 그 기묘한 힘을 쓰는 인간이 네 이름을 불렀을 때, 네가 발드 로엔이라는 걸 알았다. 어디선가 들었던 이름이라고 생각했는데, 설마 영검의 사용자가 이런 곳에 스스로 찾아올 거라고는 생각지 못해서 네 정체를 깨닫는 게 늦었다. 투기장에서의 싸움을 보고 묘한 힘을 쓰는 녀석이라고는 생각했는데, 그건 영검의 힘이었던 거로군. 네가 영검의 사용자인 그 발드란 걸 알았다면 회랑의 적 같은 건 보내지 않았을 텐데. 하지만 어찌 되었든, 투기장의 적과는 싸워야만 했지. 그건 이쪽의 제어를 넘어선 일이거든. 아무튼 훌륭했어. 〈시련의 동굴〉 답파자에게는 포상이 주어지지. 무구든 약이든 지식이든. 너는 무얼 바라지?"

"커즈와 모두에게 무슨 짓을 했지? 용인 에키두르키에."

"호오. 나를 아는 건가? 우르드르우에게 들었나? 인간 루굴르고아에게 들었나? 아니, 아닐 테지. 너는 용인의 섬에 갔었군. 우두머리와 만났을 테지."

에키두르키에는 〈주인〉에게 힘을 받은 두 용인 중 하나다. 또 한 명의 용인 우르드르우는 고리올라 황국의 황궁에서 토벌되었다. 남은 한 명이 이 에키두르키에다.

이 녀석이었던 것이다. 용인 에키두르키에야말로 용인 족장의 비장의 수였던 것이다.

족장 포포르바르포포는 에키두르키에가 시련의 동굴의 마스터로서 이 퓨자 깊숙한 곳에 있다는 사실을 알았다. 혹은 추측하여 확신했다.

발드가 시련의 동굴로 들어가, 과연 답파할 수 있을지 어떨지는 가능성이 낮은 내기였으리라.

하지만 그것은 용인들에게는 전혀 위험하지 않으면서 배당이 큰 내기였다. 발드 일행들이 시련의 동굴을 훌륭하게 답파한다면 그곳에는 특별한 힘을 가진 용인 에키두르키에가 기다리고 있을 터이니, 그 과실을 슬쩍 제 것으로 삼으려는 속셈이다.

"〈주인〉은 나를 이곳에 밀어 넣고 출입구를 막았다. 이런 일은 처음이다. 만에 하나라도 나와 네가 만나는 일이 없도록 나를 이곳에 가둔 것이지. 하지만 네가 이곳에 와주었다. 그런 너에게 나는 환영을 보냈다. 어리석은 데도 정도가 있지. 네 마음을 〈오염〉시켜버리면 모든 건 끝나는데 말이야. 하지만 너는 마음을 〈오염〉시키지 않았다. 가르쳐다오. 어떻게 환영을 막았지?"

"내 동료들에게 무슨 짓을 한 게냐?"

"별것 아니다. 가장 신뢰하는 자가 공격해 온다고 하는 꿈을 꾸게 했지. 꿈에서 깨어난 후에도 미움과 분노는 남는다. 서로 신뢰했던 자들이 서로를 죽이려 드는 거야. 그건 아주 유쾌한 구경거리일 거라고 생각했지. 하지만 그렇게는 되지 않았어. 전원 평정을 유지한 채로 의식을 잃었다. 아마도 간단히 살해당하고 말았을 테지. 그중 한 명은 너무나도 강한 마음의 저항이 있어서 방법을 바꾸었다. 무조건 몸을 지배하여 신뢰하는 상대를 베어버리게 했지. 그랬더니 자결을 꾀하더군. 이해할 수 없는 녀석이야."

이 무슨 비열함이며 악랄함인가. 답파자들이 서로 죽이는 모습을 보며 즐긴다. 그저 그것을 위해 이 〈망할 도마뱀〉은 일행에게 악몽을 보여준 것이다.

고든이, 엥그달이, 이에미테가 가장 신뢰하는 자란 누구인가? 혹시 발드일까?

그것은 알 수 없지만 커즈가 가장 신뢰하는 자라면 역시 발드이 리라.

자신의 팔다리를 누군가에게 조종당해 커즈는 발드를 베어들었다. 그때 커즈는 망설이지 않고 혀를 베어 물었다. 발드를 죽일 정도라면 자신이 죽겠다, 커즈는 그리 생각한 것이다.

이 무슨 남자인가.

그러나 커즈 로엔이란 바로 그런 남자였다.

"자, 내 질문에 답해라. 라고 말하고 싶은 참이지만, 그건 〈야나의 팔찌〉로군. 그걸 가지고 있을 줄이야. 하지만 덕분에 도움이 되었어. 발드 로엔. 따라와라."

그렇게 말하고 용인 에키두르키에는 방을 나섰다. 발드는 그 뒤를 쫓았다.

에키두르키에는 매우 번들번들한 금속 회랑을 걸어갔다.

발드를 돌아보지도 않았다. 따라오리라고 믿어 의심치 않은 것이다.

얼마 걷지 않아 에키두르키에는 멈춰 섰다.

무언가 묘한 주문 같은 것을 중얼거리자 벽의 일부가 위아래로 갈라져 열렸다.

방의 중앙에 금색의 동그란 빛 구슬이 떠 있었다.

"저 빛나는 구슬이 중계 장치다. 저기를 향해 영검을 들고 부르는 거다."

"〈최초의 인간〉의 유산이란, 어떤 크기에 어떤 모양을 하고 있으며, 어디에 있는 것인가?"

"모양도 크기도, 어디에 있는지도 나는 모른다. 어디에 있는지는 〈주인〉도 모른다. 그렇기에 영검이 필요하다. 영검에는 신령수라 불린 것이 봉인되어 있다. 유산에는 일곱 마리 신령수의 정신 파장이 등록되어 있다. 영검의 사용자가 중계 장치를 통해 명령하면, 유산은 온다."

"형태도 크기도 모른다는 것치고는 유산에 관해 자세히 아는군."

"〈주인〉에게서 알아냈다. 몇 백 년에 걸쳐 조금씩 말이지."

"이 검을 저 빛의 구슬을 향해 들고서 와라, 라고 명령하면 유산이 여기에 온다는 겐가?"

"그렇다. 우두머리에게서 들었을 테지? 그 검은 유산을 불러내 명령을 내릴 수 있는 열쇠다. 자, 불러라."

"여기로 부르면, 당신도 그걸 쓸 수 있는 건가?"

"음? 아아. 그건 우두머리에게 듣지 못한 건가? 유산에 내리는 명령은…… 영검을 가진 자가 우선시된다. 너는 죽을 때까지 유산을 자유롭게 사용해도 된다. 다만 부르면 가장 먼저 〈주인〉을 죽이는 것을 잊지 마라. 그리고 네가 죽으면 유산은 우리 용인의 것이다."

에키두르키에는 지금 매우 중요한 정보를 흘렸다.

유산에 내린 명령은 영검을 가진 자가 우선시된다고 했다. 그 말은 고대 검을 가지지 않은 자라도 유산이 눈앞에 있으면 쓸 수 있다는 뜻이다. 그렇다면 유산을 불러내고 나면 용인 에키두르키에는 발드를 죽이면 된다. 그렇게 하면 유산은 용인들의 것이 된다.

혹은 〈야나의 팔찌〉를 빼앗아 마음을 지배해도 되리라.

그렇다고 해도 알 수 없었다.

에키두르키에는 발드를 잘 속이고 싶을 터다. 그런데 발드의 동료에게 악몽을 보여주고 서로를 죽이게 할 셈이었다고 태연하게 자백하는 무신경함. 고대 검을 가지지 않은 자라도 유산을 쓸 수 있다는 사실을 간단히 자백하는 대책 없음.

그러나 원래 이런 것일지도 모른다.

용인에게 있어 타 종족 따위는 노예나 먹이에 지나지 않는다. 〈주인〉에게는 일방적인 복종을 요구받는다. 이 용인은 그러한 관계밖에 모르는 것이다. 교섭과 거래는 의식에 없는 것이다.

"왜 그러지? 발드 로엔. 어서 유산을 불러라."

"유산이라는 것에는 분명 〈주인〉이라는 녀석을 쓰러뜨릴 힘이 있는가?"

"마쥬누베크 도시를 단 일격으로 없애버린 〈코라마의 분노의 화살〉에 관해 들어본 적이 있을 테지? 그게 바로 유산이다."

——〈코라마의 분노의 화살〉이라고?!

옛날, 태양신 코라마는 마신들과의 마지막 전쟁에 대비해 많은 신들의 도움을 받아 〈코라마의 분노의 화살〉이라 불리는 무기를 만들었다. 우주 저편에서 불러온 빛줄기로 마신들을 그 거처인 대지까지 통째로 없애버리는 무시무시한 무기다.

그러나 예언의 신 오드가 〈코라마의 분노의 화살〉을 사용하면 신들도 멸망해버릴 거라 예언한 것과, 신들 쪽에 마다 벨리라는 강대한 아군이 나타나면서 결국 〈코라마의 분노의 화살〉은 쓰이는 일 없이 무기고 깊숙한 곳에 보관되었다.

그 〈코라마의 분노의 화살〉이 사용된 적이 있었다.

태양신 코라마의 아내, 질투심이 깊은 조나가 코라마가 아름다운 네레와 정을 나눈 사실을 알고 화를 참지 못해 〈코라마의 분노의 화살〉을 가지고 나왔던 것이다. 조나는 네레가 사는 대지를 향해서 〈코라마의 분노의 화살〉을 쏘았다. 발사되던 순간, 코라마는 무기의 방향을 바꾸었다. 먼 하늘로 날아간 〈코라마의 분노의 화살〉은 수많은 별들을 지워버렸다. 네레를 추한 뱀의 모습으로 바꾼다는 조건으로, 조나는 화를 가라앉혔다고 한다.

그러나 그것은 신화 속 이야기다. 실제 역사에서는 쟝 왕이 용인의 도시를 없애는 데 쓴 무기가 바로 〈코라마의 분노의 화살〉이었던 것이다.

"마쥬누베크는 우리가 인간에게 만들게 한 도시다. 〈최초의 인간〉은 일격으로 마쥬누베크를 날려버렸다. 오랜 후에 〈주인〉은 〈와자카 분지〉를 조사했고, 그것이 무엇에 의해 일어난 것인지를 알았다. 〈주인〉은 매우 흥분하며 우리에게 그 탐색을 명령했다. 그것은 성보다도 커다란 쇳덩어리였다고 한다. 온 대륙을 뒤졌지만, 그런 것은 발견되지 않았다. 마쥬누베크를 일격에 소멸시킬 정도의 힘이 있으면 〈주인〉을 〈사로잡힌 섬〉째로 날려버리는 일쯤은 간단할 테지. 우리는 그 유산의 힘을 얻어 〈주인〉을 없애는 것만을 기대하며, 굴욕을 견디며 살아왔다. 자, 유산을 불러라!"

여기는 〈사로잡힌 섬〉에서 멀리 떨어진 곳이다. 여기에 유산을 불러낸다고 해도, 날개가 없는 발드로서는 이곳에서 〈사로잡힌 섬〉

의 괴물을 어찌하지 못한다.

그렇다는 건 즉, 역시 용인은 한순간도 유산의 강대한 힘을 인간에게 넘길 마음 같은 건 없다는 뜻이다. 용인 에키두르키에는 유산이 불려오자마자 발드를 죽일 셈이다.

"스테실 님과 여기서 일하는 인간들은 어디서 데려온 것인가?"

"그건 인간이 아니다. 기계로 만들어진 꼭두각시다. 내가 이곳을 발견하고, 〈주인〉의 지시에 따라 마스터 등록을 한 이후 3백 년 동안 계속해서 일하고 있다. 원래 〈최초의 인간〉이 만든 것으로, 2천 년 가까이 일하고 있지."

──꼭두각시 인형이라고?! 살아 있는 인간으로만 보였는데.

그나저나 3백 년이나 되는 시간 동안 이곳의 마스터라는 것을 해왔다면 도전자의 조건도 당연히 알고 있었을 터인데, 에키두르키에는 그것을 우두머리에게 알리지 않았다. 아마도 그럴 필요가 있다고는 꿈에도 생각하지 않았기 때문일 테지만.

──그것이 너희의 패인이다.

발드는 조용히 고대 검을 뽑아 들었다.

"스타보로스여."

발드의 부름에 응하며 고대 검이 청록색 인광에 감싸였다.

"오오! 그것이 영검의 힘인가. 흐으으음. 이 정도였을 줄이야!"

발드는 허공에 뜬 빛 구슬을 향해서 고대 검을 들고 팔을 쭉 뻗었다.

"불러라! 불러! 이곳으로 오라고, 유산을 부르는 거다!"

용인 에키두르키에는 흥분하며 그렇게 명령했다. 발드가 그리하지 않을 이유가 없다는 듯이. 그리고 무방비한 옆얼굴을 발드에게 내보인 채 그저 빛 구슬을 바라보았다.

무리도 아니다. 오랫동안 고대한 일이 지금 이루어지는 것이다.

발드는 용인 족장의 말을 떠올렸다.

〈에키두르키에에게 마누노 여왕을 지배하게 하여 마수 무리를 인간의 나라로 보내려 한 것은, 슬슬 마지막 영검의 사용자가 나타나 마수를 상대로 그 힘을 발휘하지 않을까 하는 기대를 품었기 때문이었다.〉

──이 녀석이다! 이 에키두르키에가 바로 마수 대군으로 로드반 성을 습격하게 한 장본인이었던 것이다.

발드는 고대 검을 높게 휘둘러 올리고, 그리고 휘둘러 내리며 오른쪽으로 몸을 회전시켰다. 인광이 에키두르키에의 옆구리에 박혀 그 거대한 몸을 가르고 올라갔다. 그리고 얼굴을 아래에서 위로 베어 가르며 머리끝으로 빠져나왔다.

에키두르키에가 발드 쪽으로 고개를 돌렸다. 이해되지 않는다는 얼굴로 발드를 내려다보고 있었다.

에키두르키에의 몸에 빛의 파열선이 내달렸다.

그리고 빛이 터져 나왔다.

에키두르키에의 몸에서 폭발하듯 온갖 색의 빛이 넘쳐 나왔다. 그리고 사방팔방의 공간을 향해서 날아갔고, 그대로 사라졌다.

발드는 보았다. 그 빛 하나하나에 얼굴과 팔다리와 날개가 있는 것을.

정령(무리크)이다.

에키두르키에는 수십, 수백이라는 정령을 먹었던 것이다. 그것이 바로 장대한 수명과 마누노 여왕조차 지배하는 주술의 힘의 비밀이었다.

정령이 튀어 나간 후의 에키두르키에는 빈껍데기처럼 공허했다.

스르륵, 파열선에서 몸이 어긋나며 떨어졌고, 쇳덩어리를 바위에 내려치는 듯한 소리가 났다.

남은 몸도 비틀 흔들리며 무너져 내렸다.

무너진 시신은 파삭파삭 소리를 내면서 잘게 부서졌고, 마지막에는 모래더미가 그곳에 남았다.

"마스터의 사망을 확인. 마스터의 사망을 확인. 지금부터 시설의 설정은 초기화됩니다. 지금부터 시설의 설정은 초기화됩니다. 담당자를 제외한 모두는 배출됩니다. 담당자를 제외한 모두는 배출됩니다."

갑자기 발드의 의식이 끊겼다.

7

"발드 님! 발드 님!"

퀸터에게 몇 번이고 몇 번이고 이름을 불린 끝에 흐릿하게 눈을 떴다.

풍혈이다. 풍혈의 대좌 앞이다.

고든이 있다. 커즈가 있다. 엥그달이 있다. 이에미테가 있다. 그리고 자리아가 있다.

발드는 몸을 일으켜 자리아가 있는 곳으로 갔다.

늙은 약사의 모습으로 돌아가 있었다. 그러나 안색은 나쁘지 않았다. 여기저기에 치료한 흔적이 있었다.

──스테실인가.

정령의 힘을 잃은 자리아에게 스테실은 무언가 신기한 방법으로 생명력을 부어주었던 것이다.

그리고 보니 발드 자신의 왼손도 거의 통증이 없었다. 살펴보니 질 좋은 붕대가 감겨 있고 기묘한 띠로 고정되어 있었다. 훌륭한 의료 기술이었다.

──고든도, 엥그달도, 이에미테도, 커즈도, 모두 치료가 되어 있군. 고마운 일이야.

"커, 커즈! 당신, 혀를, 혀를 잘린 거야?! 세상에 그런 짓을!"

카라가 소리치며 커즈의 가슴에 매달려 울었다.

커즈는 카라를 떨쳐내지 못하고 손으로 등을 감싸며 다정하게 달래주었다.

방해하지 않고 내버려두기로 했다.

그들의 의술로도 잘린 커즈의 혀를 원래대로 되돌리는 일은 불가능했던 것일까? 아니면 시간만 있었다면 잃은 혀를 되돌리는 것도 가능했을까?

약사 자리아가 정신을 차렸다.

"여어, 발드. 또 만났군."

"그래."

발드는 고든과 엥그달과 이에미테에게 물었다.

"나와 헤어진 다음에, 각자 무슨 일이 있었던 겐가?"

고든과 엥그달과 이에미테는 낯선 방으로 보내져 습격을 받았다고 한다. 습격자는 발드였다. 베여서 죽었고 눈을 떴더니 여기에 있었다고 한다. 커즈도 작게 고개를 끄덕였다. 마찬가지였다는 뜻이다.

발드는 자신의 체험을 이야기해 주었다.

잠시의 침묵 후 퀸터가 입을 열었다.

"발드 님. 발드 님은 파르잠 왕국과 고리올라 황국 두 대국에서 큰 명성과 인망을 가지고 계십니다. 또, 큰 빚도 있습니다. 두 나라에 청하여 〈코라마의 분노의 화살〉을 찾으면 어떻겠습니까? 지금, 사신(邪神) 파타라포자는 잠들어 있습니다. 그사이에 〈코라마의 분노의 화살〉을 찾아내 사신을 쓰러뜨리는 겁니다."

순간 발드는 좋은 방법이라고 생각했지만, 금세 안 된다고 판단했다. 그래서는 〈코라마의 분노의 화살〉에 관한 것이 온 대륙에 알려지고 만다.

그것은 장래에 화근을 남기는 일이다. 분명히 비참하게 쓰일 것이다.

게다가 〈코라마의 분노의 화살〉을 찾아냈다고 해서 〈사로잡힌 섬〉까지 갈 방법이 없다.

"〈코라마의 분노의 화살〉은, 가능한 한 알려지지 않는 편이 좋을 게다. 대국에 의뢰하여 찾는 일은 하지 않을 셈이다. 모두 일절 입 밖에 내지 않도록 해주겠나?"

엥그달은 크게 고개를 끄덕였다.

"그럼 파타라포자와 싸울 때는 나를 불러라."

"나도다."

이에미테도 말했다.

그리고 일행은 귀로에 올랐다.

마누노 여왕이 양손 가득할 정도의 보석을 주었다.

용인 에키두르키에는 마누노의 여왕에게 있어 밉고도 미운 원수였다. 그런 그를 쓰러뜨린 발드는 마누노 여왕에게 큰 감사를 받았던 것이다.

발드는 그 보석을 일행에게 나누어주었다.

일행은 퓨자리온으로 귀환했다.

귀환한 다음 날 밤의 식사에 수프가 나왔다. 에갈소시아를 쓴 하얀 수프다.

차가운 수프였다. 따뜻한 방 안에서 뜨끈한 고기를 먹은 다음에 먹는 차가운 수프는 실로 맛있었다. 하얀 수프는 소(몰로그)의 젖(브이유)과 삿포로 만들었다고 한다. 변경의 소박한 식재료가 카무라의 손이 닿으면 비할 데 없이 고급스러운 맛을 냈다.

그건 좋은 일이지만, 문제는 어떻게 이 수프를 차게 했는가였다.

무려 카무라는 대량의 일손을 동원하여 지하실을 만들고, 석벽으로 뒤덮어 보냉 창고로 삼았다. 그리고 동쪽 산의 동굴을 이용하여 얼음 창고를 만들고, 겨울 동안에 생긴 얼음을 저장해 두었다가 정기적으로 얼음을 보냉 창고로 운반하게 하고 있다고 한다. 이 무슨 호사인가.

하지만 그것은 드리아텟사가 명령한 일이었다.

"카무라. 외국의 어떠한 사절이 보아도 부끄럽지 않을 법한, 아니, 눈을 크게 뜨고 경탄할 법한 식문화의 꽃을 퓨자리온에 피우세요. 식재료도, 조리법도, 담음새도, 대접하는 그 방식도 전례에 사로잡히지 말고 당신이 최고라 생각하는 방식을 추구하세요. 퓨자리온은 새로운 전통을 창출하고 발신하는 곳이 되는 겁니다. 돈은 아끼지 않을 겁니다."

바로 지금, 퓨자리온은 식문화의 꽃을 피워가고 있었다.

"퓨자리온은 밥이 맛있는 곳이다."

그런 말을 남기고 엥그달과 이에미테는 떠났다.

타랑카에게는 엥그달을 배웅한 다음, 줄랑트 왕에게 사건의 전말을 보고하도록 명령했다.

이에미테는 퀸터에게 배웅하게 했다.

기사 너츠도 파르잠 왕국으로 돌아갔다.

고든은 종자를 먼저 돌려보내고 두 달 정도 퓨자리온에 머물다 아쉬워하며 메이지아령으로 돌아갔다.

이때를 마지막으로 더는 고든의 얼굴을 보지 못했다.

제10부·악령의 왕

1

시련의 동굴에서 펼쳐졌던 모험은 노쇠한 발드에게는 큰 부담이었다. 퓨자리온으로 돌아온 후, 몸에서 힘이 빠지고 구역질과 어지럼증이 나서 드러눕게 되었다.

약사 자리아도 퓨자리온에 돌아온 뒤 쓰러지듯이 잠들었다. 일주일 정도 만에 일어날 수 있게 되었지만, 환자를 돌보는 일은 카라에게 맡기고 온종일 에갈소시아 밭 근처에서 멍하니 지내는 일이 많았다.

자리아의 집 옆에는 피넨 노인의 집이 있었고, 제자이자 양자인 트리카와 허드렛일을 도와주는 여성 한 명과 살고 있었다. 제자는 모두 여섯 명이었고 하나같이 매일 찾아왔지만, 제자들의 지도는 트리카가 맡고 있었다. 피넨 노인은 트리카가 활약하는 모습을 뿌듯하게 지켜보았다.

그 피넨 노인은 해가 저물어가는 10월 22일에 사망했다. 전날까지 환자를 돌보았고 저녁도 평범하게 먹었는데, 아침에 상태를 살피니 숨이 끊어져 있었다고 한다.

해를 넘기고 3월 4일, 봄이 찾아오는 것을 기다리지 못하고 약사 자리아가 떠났다.

기운을 차리면 커즈의 혀를 고쳐주겠다고 말했는데, 결국 그것은 실현되지 못했다.

유언에 따라 퓨자리온이 내려다보이는 언덕에 매장했다.

시신을 나른 퀸터, 세트, 유그르, 누바, 미야는 그녀의 손자라 해도 좋았다. 가장 앞에 섰던 줄챠가도 또한 마찬가지였다.

"당신이 남긴 에갈소시아는 사람들을 지키고 오랫동안 풍요로움을 줄 테지요."

성서의 구절을 왼 크리 사제는 그렇게 말하며 자리아의 영혼에 감사를 드렸다.

자리아가 죽고 한 달이 지난 4월 4일, 줄챠가와 드리아텟사 사이에서 장녀가 태어났다.

통칭, 실키. 정식 이름은 실키에바르실링.

실키의 생일은 두 노인의 죽음으로 가라앉았던 퓨자리온의 민심을 위로해주었다.

발드의 몸 상태는 자리아의 죽음 후 악화되어갔다.

이 무렵부터 비몽사몽 졸고 있을 때면 부르는 목소리가 들려오게 되었다.

《발드 로엔.》

《발드 로엔.》

부르는 것은 누구일까. 암흑신 파타라포자가 눈을 뜬 것일까? 아니, 그렇지 않으리라. 아마도 파타라포자도 아직 꿈결 속에 있고,

꿈속에서 발드를 부르는 것일 터다. 그런 어렴풋한 목소리였다.

가을이 되어 선선해진 바람이 불어올 무렵, 발드는 일어나 움직일 수 있게 되었다.

옷을 입어보니 헐렁헐렁했다.

10월에 들어서자 검을 휘두를 수 있을 정도로 회복되었다.

10월 5일, 기사 키즈멜트르의 차남 헝가트르의 기사 서임식이 열렸다.

그날 밤의 축하 연회에서 발드는 오랜만에 술을 마셨다.

새해가 밝았다. 4281년이 되었다.

시련의 동굴에서 했던 모험으로부터 2년이 흘렀고, 발드는 69세가 되었다.

지금 도시의 중심에는 거대한 영주관이 세워져 있다.

영주관은 몇 개의 건물로 이루어졌고, 곡물 창고, 목재 창고, 광물 창고 등도 지어졌다.

발드는 갑자기 주방을 방문해보았다.

나이가 느껴지지 않는 빠릿빠릿한 움직임으로 카무라가 기운차게 일하고 있었다. 보조 요리사와 허드렛일꾼들도 바쁘게 움직이고 있다.

그건 좋았지만 신경 쓰이는 두 인물이 있었다. 척 보기에도 기품 있었고, 게다가 상당히 나이가 든 요리사가 보였던 것이다.

"파파렌가와 보들레스가에서 수업을 받으러 온 요리사랍니다."

아플라반이 조카의 얼굴을 보러 왔다가 카무라의 요리를 맛보고 매우 감탄하며 꼭 자신의 집에도 도입하고 싶다고 생각했던 것이다. 보들레스가도 동조하여 함께 요리사를 보내왔다.

"저 사람들은 이미 뛰어난 기술을 가지고 있어서 그다지 가르치는 보람이 없습니다. 오래 붙들어둘 수도 없으니, 별 소용없을 테지요. 저자들이 돌아갈 때는 말해줄 셈입니다. 다음에 수업을 받을 자를 보낼 셈이라면, 최소 10년은 배울 수 있는 젊은 요리사를 보내라고요."

발드는 크게 웃었다.

3월에 들어선 어느 날, 카라가 발드를 찾아왔다.

용건도 말하지 않고 어찌할 바를 몰라 하더니, 결국에는 이렇게 말했다.

"저기 있지. 나, 커즈랑 결혼하기로 했어."

카라는 그 말만을 남기고 도망치듯이 사라졌다.

그 말의 의미를 이해하기까지 상당히 시간이 걸렸다.

"그게 정말이냐?"

뒤를 돌아보며 그리 묻자, 커즈는 잠자코 고개를 끄덕였다.

3월 20일에 결혼식을 올렸다.

"어떻게 저 무뚝뚝한 녀석을 꾄 게냐?"

"응? 아니 그게, 하들 조르아르스 백작이 말했잖아. 아내를 맞이해서 아이를 낳으십시오. 남자아이를, 하고. 그 말에 커즈는 알았다고 대답했잖아. 그래서 커즈한테 말했지. 내가 당신 아이를 낳아줄 수도 있다고."

대단한 정면 돌파다.

하지만 아주 장하다. 역시 아내를 두고 아이를 가진다는 것은 좋은 일이다. 그것은 행복하기만 한 일은 아닐 테고, 많은 고민과 다툼도 가져올 터다. 그 인생의 맛을 커즈에게 맛보여주고 싶었다. 사람들과 어울리는 데 적극적이고, 희로애락의 감정이 풍부한 카라는 커즈와 좋은 짝이 될 것 같았다.

텐플에이드는 한 달에 한 번 퓨자리온의 영주관을 찾아왔다.

"그것참, 정말로 좋은 땅을 받았습니다. 이것은 꿈만 같은 이야기입니다만, 장래에는 더욱 서쪽으로 도시를 넓히고, 종국에는 오바 강가에 항구를 만들까 생각하고 있습니다."

항구를 만들어 대체 어디와 교역을 할 셈일까. 강 너머는 사막뿐이다.

"대형 범선을 만들어 린츠와 파델리아와 교역하는 겁니다. 대량으로 운반하고 대량으로 판다. 우리는 교역으로 나라를 세우고 싶습니다."

대담한 꿈이다. 그러나 꿈은 대담한 편이 좋다.

4282년 4월, 줄챠가와 드리아텟사의 차남 트릴이 태어났다. 정식 이름은 트릴에스라실링이었다.

이 해, 퓨자리온은 영주가 사는 도시 구역 외에, 타테스, 모루스, 코구스, 에가루스, 호리에스 다섯 개의 마을로 나뉘어졌다.

이중 에가루스의 징세권이 로엔가에게 주어졌다.

발드는 기사 키즈멜트르를 로엔가의 가재(家宰)로 삼았다.

이해 10월, 기사 노아의 차남 고어 팩토가 기사 서임을 받았다.

해는 4283년이 되었고, 다시 4284년이 되었다.

발드는 72세가 되었다.

건강도 완전히 회복되어 마지막 여행을 떠날 마음을 굳히고 있었는데, 이때 모루스 마을에서 불상사가 일어났다. 촌장이 큰돈을 탕진했다는 사실이 발각되었던 것이다. 악의로 벌어진 일이라기보다 관리 능력 부족이 불러온 사태였다.

아무튼 퓨자리온의 각 마을 인구는 변경으로 치면 대도시에 필적한다. 게다가 그 규모는 방대해져 가기만 했다. 시골 촌장의 경영 감각으로는 해나갈 수 없는 것도 당연했다.

올가자드가는 비축해놓은 것을 토해내 겨우겨우 급한 상황은 모면했다.

같은 전철을 밟지 않기 위해서는 역시 제대로 된 통치자가 필요하다는 이야기가 되었고, 지금까지 촌장만 두었던 마을에도 기사를 대리 행정관으로서 파견하게 되었다.

이 해 발드는 여행을 떠나지 못했다.

새해가 밝아 4285년. 시련의 동굴 모험으로부터 6년이 흘렀고, 발드는 73세가 되었다. 몸은 여위었고 머리카락은 새하얗게 셌다.

이 무렵 발드는 자주 생각했다.

파타라포자에 관해서.

어찌하여 그 신을 수호신으로 삼은 것인지를.

파타라포자를 수호신으로 고른 것은, 인기 없는 신이며 대부분의 신관은 그 교의 같은 건 모르기 때문이었다. 즉 장황하게 교의에 관한 설법을 듣지 않아도 되기 때문이었다.

그러나 그 깊은 곳에 다른 뜻이 있었다.

발드는 반항했던 것이다. 기사가 진실과 선과 정의를 내걸고, 홈

치지 않으면 먹고살 수 없는 자, 속이지 않으면 살아갈 수 없는 자를 단죄하는 것에.

기사가 지향하는 바는 고결해야만 한다. 그러나 현실을 살아간다는 것은 어찌할 도리도 없는 더러움 속에서 살아간다는 것이다. 기사 자신도 그 더러움에서 완전히 벗어난다는 것은 있을 수 없다.

발드는 마음 깊숙한 곳에서 기원했다. 저 높은 곳에서 사람을 재판하는 기사가 아니라, 악을 범하지 않고는 살아갈 수 없는 인간의 약함을 용서하고 거기서 선한 길을 이끌어내는 기사이고 싶다고.

그래서 암흑신 파타라포자를 수호신으로 골랐다.

파타라포자는 온갖 악덕의 신이다.

파타라포자는 악덕으로 뒤범벅된 더럽혀진 인간을 어둠의 장막으로 다정하게 감싸준다. 살아 있는 모습을 온전히 인정받고 용서받아, 인간은 밤의 평안 속에서 잠든다. 죄인에게도 평등한 평안을 주는 신이 바로 파타라포자였다.

발드가 수호신으로 삼은 파타라포자란 그러한 신이었다. 그렇다면 〈사로잡힌 섬〉에서 곧 눈을 뜨려 하는 괴물은 파타라포자 신이 아니다. 적어도 발드가 수호신으로 삼은 파타라포자는 아니다.

그렇다면 〈사로잡힌 섬〉의 괴물은 누구인가.

그것은 자신의 욕망을 위하여 온갖 목숨을 짓밟고 노예로 삼은 자다.

마검 한 자루를 찾기 위해 마누노를 사역하여 8백의 마수(키젤)를 만들게 하고, 죄도 없는 트라이를 전멸시키고, 로드반 성에서 용사들의 피를 흘리게 한 자다.

그 무도하고 무자비한 괴물과 발드는 멀지 않은 장래에 대면하리라. 그 강대한 괴물이 바라는 이상, 그것은 피할 수 없다.

그러나 현재 발드의 심신은 완전히 무뎌져 있었다. 이대로는 대면할 수 없다.

——여행이다. 여행을 떠나야만 해.

발드는 이번에야말로 결심했다.

생애 마지막 모험이 될 터인 괴물과의 대면을 준비하기 위해, 여행에 나서 본래의 자신을 되찾아야 했다.

2

대륙력 4285년 4월, 발드는 커즈와 세트를 데리고서 출발했다.

커즈만 데리고 갈 셈이었는데, 드리아텟사가 세트를 데려가라고 강권했다. 세트는 올해 19세. 곧 기사 서임을 받는다. 그 수업의 마무리로 발드와의 여행이라는 다시없을 기회를 주고 싶다고 했다.

목적지는 파르잠 왕국의 왕도다.

왕자 발드랑트의 성장한 모습을 확인하러 간다. 동생도 태어났으리라.

지금의 발드에게는 가죽 갑옷조차도 무거웠다. 가벼운 차림을 하고서 고대 검과 〈야나의 팔찌〉만을 착용하고 있었다.

야영을 고통스럽게 느꼈다. 지금의 발드는 푹신한 침대가 아니면 편히 잘 수 없었다. 겨우 잠들었다고 해도 새벽녘의 찬바람이 관절에 스며 잠이 깼다. 발드는 자신이 한심스러워 한숨을 내쉬었다.

잠들기 어려운 밤이면 다시 그 〈발드 로엔〉이라고 부르는 목소리가 들려왔다. 기분 탓인지도 모르지만, 이전보다 명료하게 들리는 느낌이었다.

식당이 딸린 숙소(간츠)에서 묵으면 묵는 대로 문제가 있었다. 음식이 맛없었다.

지금 발드 일행은 야드바르기 대영주령의 코코치라는 마을에 있었다. 오늘 저녁 식사는 수프와 빵과 모즈스 찜과 포도주였는데, 일단 이 수프부터가 맛이 없었다. 아니, 그 이전에 이것은 정말로 수프가 맞는 것일까? 마른 채소가 조금 떠 있지만, 국물에서는 아무런 맛도 나지 않았고, 썩은 물을 데워 소금 한 줌을 뿌렸을 뿐인 게 아닌가 싶을 만큼 맛이 없었다.

빵도 정말 밀가루로 만든 빵인가 의심스러웠다. 퍼석퍼석하고 찰기가 없었다. 먹으려고 하자마자 부서지고 말았다. 할 수 없어 수프에 적셨더니, 그대로 수프에 녹아버렸다. 게다가 아래 가라앉아 허옇고 기분 나쁜 덩어리가 되어 있었다. 그 허옇고 질척한 것을 입에 넣었는데, 무심코 뱉어버리고 말 뻔했다.

심지어 모즈스 고기는 어찌하면 이렇게까지 싱겁고 밍밍한 맛이 날 수 있는지, 오히려 감탄스러울 지경이었다. 맹세만 아니었다면 남기고 싶을 정도로 맛이 없었다.

발드는 기사의 맹세를 할 때, 지켜야 할 덕목은 〈식덕〉이라고 선언했다. 어디서 무얼 먹든 낭비하지 않고, 맛보고 맛있게 먹을 수 있기를 바라는 기원을 담아서. 선배 기사들에게는 〈먹보 기사〉라며 놀림을 받았던지라 덕목에 관해서는 말하지 않도록 해왔는데,

그래도 발드는 맹세를 지키고 차려진 요리를 남기지 않았다. 지금은 그 맹세가 원망스러웠다. 이것도 카무라의 요리에 익숙해진 탓이다.

　——젠장, 카무라 놈.

비참한 심정을 곱씹는 발드의 뒤에서 마른 남자가, 간츠의 손님들에게 발드 로엔이 미메라는 마을에서 도적을 쫓아버린 이야기를 들려주고 있었다. 사람들은 크게 흥이 올랐다.

"다들 들어봐. 놀라지 말라고. 실은 오늘 밤 이 가게에 발드 로엔 경이 계신다!"

발드는 한순간 자신의 얼굴을 아는 자인가 생각했지만, 마른 남자가 발드 로엔 경이라고 말하며 소개한 것은 자신과 닮은 구석조차 없는 뚱뚱한 남자였다. 일단 검은 가지고 있었다. 가죽 갑옷에 번쩍이는 장식을 달고 있었지만, 척 보기에도 싸구려였고 방어력도 낮아 보였다.

그래도 손님들은 발드의 무용담을 계속해서 듣고 싶어 했고, 뚱뚱한 남자와 마른 남자는 요리와 술을 대접받았다. 놀랍게도 군데군데 이름이 틀리기는 했지만 두 사람이 하는 발드의 여행 이야기는 대부분 사실을 따르고 있었다.

그날 밤늦게, 사태는 의외의 전개를 보였다.

가짜 발드는 영주관으로 초대되었는데, 그곳에서 영주가 죽은 탓에 살인 용의로 체포되었다는 것이다.

발드는 한동안 이 도시에 머물면서 사태의 추이를 지켜보기로 했다.

세트는 뛰어난 정보 수집 능력을 보여주었다.

사건이 일어난 다음 날 아침에는 늦은 아침 식사를 하는 발드에게 최초 보고를 했을 정도였다.

"영주 대리는 인접 영지의 영주를 불러 발드 로엔 경의 공개 재판을 열겠다고 발표했습니다. 영주 대리는 죽은 영주의 처남입니다. 안주인 쪽은 이미 사망했습니다. 영주에게는 나이 어린 자식이 있고, 지금 클래스크에서 기사 수업을 받고 있습니다. 내년쯤에는 돌아오지 않을까 하는 소문이었습니다."

공개 재판이란 중요한 안건에 대하여 그 처벌이 옳다는 것을 주지시키기 위해 인민에게 널리 공개하여 실시하는 재판이다. 대부분은 사전에 짠 대본대로 진행되며, 위정자의 판단을 인민에게 이해시키기 위한 방식이었다. 악랄한 죄인을 엄격하게 재판하여 인민의 울분을 풀어준다는 목적도 있다. 즉, 일종의 오락이기도 했다.

저녁때가 되자 간츠는 그 사건의 소문으로 시끌벅적했다.

"발드 님이 영주를 죽이셨대."

"요즘 세금이 엄청나게 올랐으니까. 아마도 그것 때문일 거야. 노기사님은 영주님에게 세금을 내리라느니 하는 담판을 지으려 하신 거지."

"오호라. 그래서 열 받은 영주가 덤벼든 걸 받아치신 건가. 그럴 듯한 이야긴데."

구석에서 혼자 가라앉아 있는 남자가 있었다. 발드의 무용담을 이야기하던 마른 남자였다.

"이보게, 기운 내게나. 자, 한잔하지."

"나, 나는 어떻게 하면 좋을지."

"자자, 일단은 마시게."

남자는 발드가 따라준 술을 마셨다. 상당히 불안했던 것이리라. 잇따라 빠르게 술잔을 기울이더니, 만취하고 말았다.

"이래서는 이야기도 못 하겠군. 어이, 이보게! 내일도 여기 오게나. 알겠나?"

"네, 네에······."

세트는 밤늦게 돌아왔다.

"원래 이 도시는 경기도 좋고 위쪽의 일 처리에도 부족함이 없어 살기 좋은 도시였다고 합니다. 그런데 몇 년 전부터 갑작스럽게 세금이 늘었습니다. 그래서 영주의 평판은 최근 들어 나빠졌다고 합니다. 다만, 세금의 기묘한 징수가 늘어난 것은 영주 대리가 실권을 휘두르게 된 다음부터입니다. 공개 재판은 사흘 후에 영주관 앞 광장에서 열린다고 합니다."

다음 날, 발드는 마른 남자에게 사정을 들을 수 있었다.

마른 남자와 발드 역의 남자는 린츠에서 알게 되었다. 두 사람 모두 소문으로 들은 발드 로엔 경을 존경했고 대화도 잘 맞았다. 린츠에서 발드의 이야기를 묻고 다닌 다음, 두 사람은 메이지아령으로 와서 고든 자르코스에게 발드의 이야기를 들었다고 한다.

어느 날, 묵고 있던 간츠에서 술기운에 발드의 모험담을 떠들었다. 손님들은 기뻐했고 두 사람은 요리와 술을 대접받은 데다 돈까지 받았다.

이건 장사가 되겠다고 두 사람은 생각했다.

뚱뚱한 남자 쪽은 기사의 핏줄을 조금이나마 이었기 때문에 발드 역을 맡아 이야기를 들려주었다. 그 시점에서는 본인인 척을 했던 것이 아니라, 발드 로엔 역을 연기해 보였던 것이라고 한다.

두 사람은 투오림령에도 가서 이야기를 들려주었다.

클래스크에서 연출을 위해 갑옷에 장식을 달았다.

그리고 코코치에 와서 발드 본인을 사칭했다. 그편이 손님들이 좋아해주리라 여겼기 때문이다. 그러나 그것이 예상치 못한 비극으로 이어졌다.

"천벌을 받은 거야. 역시 사칭을 하면 안 됐어."

"그러게나 말일세. 사칭은 그만두는 편이 좋을 것 같네."

세트가 돌아왔다.

"주인님. 재미있는 이야기를 들었습니다."

주인님이라고 부른 것은 발드의 이름을 말하지 않기 위해서였다.

"영주가 사망한 것을 확인한 사람은 이 마을의 약사입니다만, 그 약사는 치명상이 된 상처와 로엔 경이 가진 검의 크기가 맞지 않는다고, 몰래 말을 흘리고 있는 모양입니다. 그리고 영주관의 하녀로, 당일 밤에 영주 대리를 담당했던 여자아이가 다음 날부터 무단으로 일을 쉬고 있습니다."

다음 날, 발드는 세트를 약사와 그 여자아이에게 보냈다.

그 결과로 얻은 정보는 사건의 진상을 추리하는 데 충분한 것이었다.

발드는 커즈에게 어떤 명령을 내렸다.

그리고 그날 밤, 이야기꾼인 마른 남자에게 발드는 말했다.

"자네, 일생일대의 이야기를 한번 해보지 않겠나?"

3

"정의와 진실의 신 얀엘로의 이름 아래 선언한다! 이 공개 재판
자리에서는 어떤 거짓과 비밀도 허락되지 않는다. 맹세를 깬 자는
폴 보의 벼락을 맞을 것이다! 자, 그럼 루마나 영주 올더 경의 입회
아래 심리를 개시한다. 첫 번째 증인, 앞으로."

"저는 영주님의 저택에서 집사 일을 하는 야웨스라고 합니다. 나
흘 전의 일입니다. 영주님과 영주 대리님은 술을 드시고 계셨습니
다. 그때, 발드 로엔 경이 그날 밤 이 도시에 오셨다는 소식이 전달
되었습니다. 영주님은 크게 기뻐하시며 곧바로 모셔오라 명하셨습니
다. 발드 님을 맞이하여 환담이 시작되었습니다. 그 후 큰 소리
가 났고, 영주님의 방으로 가보니 영주님과 발드 님이 제각기 손에
검을 들고서 쓰러져 계셨습니다. 그곳에는 영주 대리님도 계셨고,
제게 약사를 불러오라고 명령하셨습니다."

"그래. 내 보충하지. 영주님과 발드 님의 주연은 이어졌고, 나는
먼저 쉬기로 했다. 그러다 다투는 기척이 느껴져 가운을 걸치고서
달려가 보니, 영주님이 피를 흘리며 쓰러져 계셨다. 발드 님의 오
른손에 쥐어진 검은 피투성이였다. 나는 사정을 눈치채고 뒤편에서
꽃병을 던져 발드 님을 기절시켰다. 그 순간 집사가 나타났고, 약사
를 불러오도록 명령했다. 그 후의 일은 약사가 증언할 것이다."

"네, 네. 약사 에이시스입니다. 달려가 진찰해보니, 영주님은 이

미 숨을 거둔 상태셨습니다. 심장을 한 번 찔린 것이 사인이라 여겨집니다. 발드 님은 정신을 잃고 계셨지만, 목숨에 지장은 없었습니다."

"약사 에이시스. 영주님의 손에는 검이 쥐어져 있었나?"

"네, 네."

"그 검에 피는 묻어 있었나?"

"아닙니다. 묻어 있지 않았습니다."

"발드 님의 손에도 검이 쥐어져 있었을 테지? 그 검에 피는 묻어 있었나?"

"검 끝에 잔뜩 묻어 있었습니다. 하지만……."

"그만 됐다. 이상의 증언으로 영주님을 죽인 것은 이 발드 로엔 경이라 자칭하는 남자라고 판단된다. 그럼, 당사자의 반론을 듣지. 재갈을 풀어라."

"나, 나는. 나는, 죽이지 않았어! 영주님과 이야기를 하고 있는데, 갑자기 머리를 쿵 맞았다고. 정신을 차리고 보니 검을 쥐고 있었고, 영주님이 죽어 있었다."

"아니, 너다. 알겠나? 네 머리를 때린 건 나고, 그때 영주님은 이미 쓰러져 있었다."

"거, 거짓말이야!"

"거짓말이라고? 네놈이야말로 거짓말투성이가 아니냐. 그럼 묻지. 발드 로엔이라 자칭하는 남자여. 네 귀족 서임의 인도자는 누구냐? 그때, 어느 신 아래에서 맹세를 했는가. 그리고 무엇에 충성을 바쳤는가. 자! 네가 발드 로엔이라면 대답해봐라!"

"그, 그건……."

"답할 수 있을 리가 없지. 가짜니까. 아마도 가짜라는 것을 들켜 살해한 것일 테지. 자! 이상의 심리로 영주님 살해 범인은 명백해졌다. 하지만 오늘 재판을 공개하기로 한 이유는 단지 이것만을 위한 것이 아니다. 앞으로 영주 자리를 어찌할 것인가가 문제다. 전 영주의 아드님은 클래스크에서 기사 수업 중이다. 그 기사 수업을 중단시킬 수는 없다. 그렇기에 내가 임시 영주에 오르는 것이 좋으리라 본다. 물론, 아드님이 기사가 되어 돌아와 적당한 경험을 쌓고 나면 영주의 자리는 넘기겠다. 이 점에 관하여 이 도시의 인민 앞에서, 이웃 영지의 영주이신 올더 경에게 승인을 받고자 한다!"

과연. 그런 꿍꿍이가 있어 공개 재판을 연 것인가.

웃음거리인 재판이다.

당사자인 영주 대리가 심리를 맡아 이끌고, 재정까지 내린 것이다. 제 형편에 좋도록 재판을 조작했다. 이곳에 모여든 민중의 대부분이 심리 내용에 의아함을 느끼고 있을 터다. 그러나 불만과 비판을 내뱉는다면 험한 꼴을 당하리라.

영주 대리는 지금 영주가 되려 하고 있었다. 이 도시에서 사는 이상, 그 권력에서는 벗어날 수 없다. 자의적이고 우격다짐이지만 변경의 독립령에서 권력자가 행하는 재판이란 이런 법이다.

다만 이런 방식을 취하면 민중의 신뢰를 잃는다. 민중의 신뢰를 잃은 곳은 서서히 부패해간다. 이 남자는 그런 장래 따위는 신경도 쓰지 않으리라.

"올더 경. 이견이 있으십니까?"

"……아니. 없다."

다소 떨떠름한 기색으로 이웃 영주가 대답했다.

"그럼 여기 모인 자들에게 묻겠다! 이 판결에 이의가 있는 자는 나와라."

목소리를 내는 사람은 없었다.

"없군. 그럼……."

"이의 있소!"

뒤집힐 듯 새된 목소리를 내며 이야기꾼 남자가 손을 들었다.

"너는 뭐냐? 이곳 사람이 아니군. 그럼 재판에 참견할 권리는."

"있다고! 공개 재판은 하늘 아래 만민에게 옳고 그름을 묻는 거 잖아! 설령 지나가던 여행자라도 정의를 말할 자격은 있어! 진실의 신의 이름 아래서 말이야."

꽤 괜찮은 시작이었다.

"애초에, 뭐야? 아까부터 듣자 듣자 하니까. 발드 님의 인도자라 고? 그야 파크라의 엘제라 테루시아 님인 게 당연하잖아. 맹세한 신이라고? 파타라포자 신인 게 당연하잖아. 충성을 바친 상대라 고? 이봐, 이봐, 이봐! 발드 로엔 경이라고 하면 〈인민의 기사(가르데가시 구에라)〉. 충성을 바친 상대는 인민이지. 그런 건 애들도 안다고. 갑자기 묻는 바람에 당황하셔서 말문이 막혔을 뿐이잖아. 애초에 그분이 가짜라고 해도, 그게 어떻게 영주님을 죽인 게 되는 건데?"

말을 시작하면 기세를 타는 타입인 모양이었다. 떨리던 다리도 멈추었다.

"이봐, 당신들! 이 재판, 이상하다고는 생각하지 않아? 무엇보다 제일 중요한 증인을 부르지 않았잖아!"

"뭐라? 제일 중요한 증인이라고? 그게 누구냐?"

"아가씨. 나와!"

발드 뒤에 숨어 있던 소녀가 모습을 드러냈다.

소녀의 존재를 깨달은 영주 대리가 눈을 부릅떴다.

"이 아가씨는 영주관 하녀야. 아가씨. 그날 밤 무슨 일이 있었는지, 말해봐."

"저, 저기. 영주님의 저택에서 하녀 일을 하는 코릴입니다. 그날 밤, 큰 소동이 벌어져서 약사님도 오셨고, 약사님이 돌아가신 다음에 영주 대리님이 방으로 돌아오셨습니다. 가운을 벗은 그 아래옷은, 피투성이가 되어 있어서. 그, 그 피투성이가 된 옷을 저에게 건네시고 다른 사람들 모르게 처분해두라고. 그 일에 관해서는 절대 비밀이라고, 말하면 주, 죽인다고 그랬습니다. 그리고 영주 대리님은 품에서 단도를 꺼내서 책상 서랍에 넣었습니다."

"아가씨, 잘 얘기해줬어. 그럼, 또 한 사람. 이야기를 들어야 하는 사람이 있지. 약사 선생!"

"뭔가?"

"선생, 아까 무슨 말을 하려다 못 했지? 발드 님의 검이 뭐 어쨌다는 건가?"

"으음. 발드 님의 검은 그 상처를 만들기에는 너무 컸다. 좀 더 가는 검으로 찌른 상처였지."

"그런가. 그 찌른 검이란 건, 이 정도의 두께가 아닌가?"

이야기꾼은 품에서 단검을 꺼내고 검집에서 뽑았다.

"그래. 그만큼 가늘면 납득이 되지."

"고마워, 선생. 자, 여러분! 이 단검은 어디 있었는지 아는가? 놀랍게도 영주 대리님의 책상 속에서 꺼낸 거라네!"

여기에선 어째서 영주 대리님의 책상 속에 있던 물건을 네가 가지고 있는 것이냐 하는 지적이 나왔으면 싶네만, 하고 발드는 생각했다. 그러나 모여 있던 사람들은 이제 그런 사소한 일은 신경 쓰지 않는 모양이었다. 참고로 단검을 훔친 것은 커즈였다.

"네 네놈! 설마 내가 범인이라는 말이냐? 내게 영주님을, 매형을 죽여야만 할 이유가 어디에 있다는 말이야!"

"잘 물어보셨습니다, 라고 해야겠군. 여기에서 마지막 증인 등장이오!"

이야기꾼이 의기양양하게 두 번 박수를 쳤다.

커즈가 자신의 앞에 있던 남자의 후드를 벗겼다.

남자는 커즈에게 떠밀리듯이 앞으로 걸어 나왔다.

커즈에게 상당히 험한 꼴을 당한 것이리라. 아주 얌전했다.

영주 대리의 얼굴이 새파래졌다.

"너, 너는."

"이분은 징세관님일세. 영주 대리님은 세금을 사사로이 써버렸다. 그 구멍을 메우기 위해 징세관님과 한패가 돼서 있지도 않은 세금을 멋대로 거두겠다, 라는 계획을 세웠지. 하지만 내년이 돼서 영주 아드님이 기사가 되어 돌아와 영주 자리에 오르면 어찌 될까? 못된 짓이 들통나버린다. 그렇다면 차라리 내가 영주가 되어

버리자, 하고 생각한 거야."

"여, 영주 대리님. 틀렸습니다. 장부를 빼앗겼습니다."

"제, 젠장! 위사대! 저 가짜 놈들을 체포하라! 아, 아니. 죽여라!"

위사 스무 명 중 절반이 영주 대리의 명령에 따랐다.

이야기꾼 남자는 조금 전까지의 위세 좋아 보이던 모습은 어디로 갔는지, 히익 하고 비명을 지르며 양손으로 머리를 감싸고 몸을 웅크렸다.

그러나 무슨 걱정이 필요할까. 이쪽에는 키즈 로엔이 있다.

덮쳐드는 위사들의 모든 검을 커즈는 눈으로 좇을 수 없는 속도로 베어냈다.

열 명의 위사들을 순식간에 제압한 빠른 속도와, 검으로 검을 베어낸다고 하는 전대미문의 실력에 모두가 할 말을 잃었다.

침묵을 깬 것은 연배 있는 위사의 목소리였다. 위사장이리라.

"영주 대리님을 붙잡아라."

그 명령에 따라 두 명의 위사가 영주 대리를 제압했다.

영주 대리는 발버둥 쳤지만, 금세 얌전해졌다.

위사장은 이웃 영주에게 고개를 숙였다.

"올더 경. 위사장인 건쿠르드 얀이라고 합니다. 이렇게 보기 추한 모습을 보여드려 죄송합니다. 곧바로 클래스크로 연락을 보내겠습니다. 이번 사건에 관해서는 새 영주가 취임한 후, 그 판단 아래서 다시 심리를 하게 될 겁니다."

"그래. 건쿠르드 님. 그리 하는 게 좋겠군. 그거라면 나도 납득할 수 있네."

"고맙습니다. 별실에 식사가 준비되어 있습니다."

여기서 이야기꾼이 끼어들었다.

"올더 나리! 당신께 한 가지 부탁이 있사옵니다."

"그래, 자네. 아주 대단한 활약이었네. 훌륭했어. 부탁이란 게 뭔가?"

"네. 이 아가씨는 가족도 없이 혼자서 일해 먹고사는 처지입니다만, 이번 일로 영주 대리에게 원망을 사버렸습니다. 영주 대리의 손이 닿은 녀석들도 잔뜩 있을 겁니다. 이 아가씨를 당분간 올더 나리께서 맡아주실 수는 없겠사옵니까?"

"그래! 참으로 세심하군. 좋고말고. 아가씨, 이 도시에 친구나 친척도 있을 테니 쭉 그러라고는 하지 않겠네. 새 영주가 정해지고 이번 일이 일단락 날 때까지라도 내가 있는 곳으로 오지 않겠나? 건쿠르드 님, 그래도 괜찮겠소?"

"네. 그건 저희도 미처 신경 쓰지 못했습니다. 죄송합니다. 자네, 그걸로 괜찮겠나?"

"네, 네! 부, 부탁드립니다!"

대화를 들으며 발드 일행은 조용히 물러났다.

4

참으로 지독한 재판이었다. 증거도 이유도 터무니없었다.

그러나 그것이 통용되는 것이 변경의 독립령이라는 곳이다.

그럼 커다란 나라가 되면 부정과 무도함은 사라지는가 하면, 그렇지도 않았다. 나라가 커지면 부패도 빨라진다.

대체 공평한 재판이라는 것이 가능하기는 할까.

누가 보아도 명백하게 이상한 일이 벌어지고 있을 때, 그 잘못된 점을 바로잡기 위한 방도는 없는 것일까.

"법을 만들고 위도 아래도 그것에 따른다, 라는 것이 공정의 기초일지도 모르겠습니다."

세트가 조용히 중얼거렸다.

제2장 ——— 사 랑 의 도 피

— 산새와 참마 조림 —

1

발드는 아연실색했다.

도시가 없었다.

야드바르기 대영주령 남반부의 도시가 희미한 흔적만을 남긴 채 사라지고 없었다.

도시는 숲에 삼켜져 있었다.

변경의 자연은 혹독하다. 그곳에서 마을과 도시를 만들어 유지하는 것은 자연과의 싸움이었다.

겨우 훌륭한 도시가 만들어져도 그것으로 자연에 승리한 것이 되지는 않는다. 언제 어느 때고 나무와 짐승과 벌레들에 의해 도시가 삼켜질 수도 있다.

결국 야영을 계속하는 여행이 되었다.

발드의 몸은 삐걱거렸고 비명을 질렀다.

새벽의 한기에 떨며 잠에서 깨어난 발드는 한숨을 내쉬었다.

몸이 약해지면 마음도 약해진다. 이런 상태로는 파타라포자와 맞설 수 없다.

매일같이 밤이면 그 부르는 목소리가 들린다.

괴물과 만나는 것은 피할 수 없다. 그러나 만나 어찌하면 좋을 것일까. 제대로 싸울 수 있는 상대가 아니다. 생각에 생각을 거듭했지만, 싸우는 것은 무리였다. 힘으로 대항할 수 있을 만한 상대가 아닌 것이다.

이 무슨 무력감인가. 괴물에 관해 생각하고 있으려니 대지에 내팽개쳐진 팔다리가 그대로 지면으로 녹아들어 사라진 듯한 기분이 되었다.

그런 자신을 질타하면서 발드는 생각을 이어갔다.

──두려워하지 마라, 발드 로엔. 큰 것일수록 약점도 크다.

그 괴물의 약점이란 무엇인가.

그 괴물은 발드를 간단히 죽이는 것도, 마음을 조종하는 것도 불가능하다. 그것이 약점이다.

괴물은 발드를 설득하려 할 터다.

그 부분에 교섭의 여지가 있었다.

그러나 교섭이라고 해도 무엇을 교섭하면 좋을 것인가.

정보다. 정보를 끌어내야 한다.

그러나 발드 자신은 살해당할 테니, 누군가를 데려가야만 했다.

누구를 데려갈까. 데려간 자를 어떻게 생환시킬까.

발드는 필사적으로 생각을 정리하며 흔들흔들 유에이탄의 등에서 흔들리고 있었다.

커즈도 세트도 그런 발드를 방해하지 않도록 조심했다.

이윽고 투둑투둑 빗방울이 떨어지기 시작했다.

빗발은 점점 강해졌고, 세 사람과 세 마리의 말은 푹 젖고 말았다.

"저기 저택이 보입니다. 이곳의 영주가 사는 곳이 아닐까요? 하룻밤 묵어갈 수 있을지 부탁해 보겠습니다."

발드는 그다지 귀족의 저택에 묵기를 청해본 적이 없었다. 거북스러운 것이 싫기 때문이었다.

그러나 반나절 동안 비를 맞은 발드는 완전히 초췌해졌다.

"계십니까! 계십니까! 우리는 퓨자리온의 기사 발드 로엔 경과 그 일행입니다. 비가 내려 곤란한 상황입니다. 하룻밤 묵을 곳을 빌려주길 부탁드립니다. 계십니까! 계십니까!"

이윽고 문이 살짝 열렸다. 틈새로 보인 상대는 불을 밝힌 촛대를 들고 있었다.

노인이었다. 빈틈없는 시종의 복장을 갖춰 입고 있었다.

"퓨자리온의 기사 발드 로엔 경이라고 하셨소?"

"그렇소."

"파크라의 기사 발드 로엔 경이 아니라요?"

"내 주인은 본래 파크라의 기사십니다. 지금은 변경 북부 퓨자리온의 올가자드가의 사신이십니다."

문을 활짝 열고서 시종은 말했다.

"들어오십시오."

시종은 세 사람을 2층으로 안내했다. 감사하게도 바로 따뜻한 물을 가져다주었다.

저택의 주인은 쿠르트 아렌다스라는 기사였다.

받은 옷으로 갈아입고 개운해진 발드 일행은 식당으로 안내되었고, 포도주와 찜 요리를 융숭하게 대접받았다.

"주인님은 이미 잠자리에 들 준비를 마치신지라, 오늘 밤은 이대로 실례하고 내일 제대로 인사드리고 싶다고 말씀하셨습니다."

물론 지친 발드 일행이 괜히 신경 쓰지 않도록 하기 위함이었다.

발드는 깊이 잠들었다. 이날 밤은 부르는 소리를 듣지 않았다.

2

세트는 일찌감치 자신의 식사를 마친 뒤, 발드의 방으로 와서 주변을 살폈다.

당주에게서 하룻밤 더 묵어달라는 전언이 있었다. 저녁 식사 자리를 빌어 인사하고 싶다고 했다.

발드는 승낙했다.

만찬 자리에 참석한 저택 측 사람은 당주 쿠르트 아렌다스 경 외에 세 사람이 더 있었다.

한 명은 쿠르트의 아내인 스라사이에나였다. 남편 쿠르트는 족히 일흔은 넘은 노령이었건만, 스라사이에나는 아직 스무 살 정도도 안 되어 보였다.

화려한 생김새의 미인이었다.

눈도 입도 크고, 턱도 모양이 딱 잡힌 생김새였다.

그곳에 있는 것만으로 화사한 광채를 발하는 여성이었다.

그런데 만찬의 주요리는 무려 그 안주인이 직접 만든 것이라고 한다.

"제 아내는 요리하는 걸 좋아한답니다. 그것참, 입에 맞으실지 모르겠습니다."

안주인이 직접 만든 요리는 전부 아주 맛있었다.

게다가, 무어라 하면 좋을까. 따뜻하고 부드러웠다. 예를 들면 산새와 참마 조림. 푹 끓여 부드러웠다. 간이 제대로 배어 있으면서도 지나치게 강하지 않았다. 자극적이지도 않았다. 매우 부드럽고 몸에 부담이 되지 않는 느낌이었다.

특출난 솜씨인 것은 아니지만, 실로 좋은 맛이었다. 마음이 담긴 요리였다. 안주인의 화려한 생김새와 이 요리 사이의 차이는 어찌 된 것일까.

아니, 그렇지 않다.

얼굴 생김이란 어찌할 수 없는 것이다. 안주인의 외모와 이 요리의 맛 중 어느 쪽을 믿을지 정해야 한다면, 그것은 요리의 맛이어야만 할 것이다. 이 요리에서 느껴지는 다정함과 배려가 바로 이 안주인의 본질이다.

외모에 현혹되어서는 안 된다. 이 안주인은 사실 매우 가정적이고 다정하며 다소곳한 성품의 소유주인 것이 틀림없다.

함께 자리한 다른 두 사람은 아렌다스가를 섬기는 기사들이었다.

당가 워즈라는 기사는 체격이 크고 그야말로 무인다운 분위기를 띠고 있었다.

세마 이다르라는 기사는 마르고 몸가짐이 기품 있었다.

쿠르트는 파크라 시절의 발드에 관한 소문을 들은 적이 있다고 한다.

제 2 장
사랑의 도피

쿠르트의 배려로 커즈만이 아니라 세트도 동석을 허락받았다. 세트는 여행 중에 있었던 일 등을 재미있게 이야기했고, 식사 분위기를 밝게 만들었다.

그건 좋았지만, 발드는 한 가지 신경 쓰이는 점이 있었다. 기사당가가 안주인을 보는 눈초리였다. 짐승이 사냥감을 보는 듯한 열기가 담겨 있었다.

다음 날 아침, 하늘은 화창하게 맑았다.

기사 당가가 찾아왔다.

"로엔 경. 지금부터 병사들의 훈련이 시작됩니다. 괜찮다면 함께 자리해 주시겠습니까?"

발드 일행은 기사 당가의 안내에 따라 훈련장으로 향했다.

제법 훌륭한 훈련장이다. 스무 명 정도의 기사가 훈련을 받고 있었다.

"로엔 경, 어떻습니까? 보기만 하는 건 지루하실 테죠?"

발드는 세트에게 신호를 보냈다.

"이 젊은이는 곧 기사 서임을 받을 겁니다. 부디 한 수 가르쳐 주십시오."

기사 당가는 커즈 쪽을 보고 조금 아쉽다는 표정을 보였다. 커즈의 기량을 보고 싶었던 것이리라.

"코르겐, 세트 님께 한 수 배우거라. 아직 젊은 분이지만 곧 기사 서임을 받으실 분이다. 사양 말고 덤벼라."

코르겐이라고 불린 병사는 20대 중반 정도일까? 연습 중에 좋은 움직임을 보였었다.

코르겐과 세트는 서로에게 인사를 한 후 검을 들고 자세를 잡았다. 연습이라고 말했지만, 시합 형식이었다.

처음엔 두 사람 모두 상대를 탐색하듯이 싸웠지만, 세트가 전혀 공격해 올 기미를 보이지 않자 코르겐은 기다림에 지치고 말았다. 그리고 코르겐이 깊게 파고들었을 때, 세트는 그 공격을 받아내고 코르겐의 가슴에 가벼운 타격을 날렸다.

"한 판! 세트 님."

심판 역할을 맡은 연배가 있어 보이는 병사가 판정을 내렸다.

두 판째도, 세트는 먼저 공격에 나서려 하지 않았다.

코르겐은 조바심을 내며 깊게 파고들어 세트의 목덜미를 치려 했다.

세트는 능숙하게 검을 맞대고 상대의 힘을 옆으로 흘리면서 그 품으로 뛰어들었다.

세트의 검은 코르겐의 얼굴 앞에서 딱 멈추었다.

"한 판! 승자, 세트 님!"

아무래도 3판 승부였던 모양인지, 세트가 두 판을 따자 승리가 선언되었다.

"오오! 나이에 맞지 않는 차분한 싸움 방식으로군요. 코르겐으로는 부족했을 테지요? 실례를 범했습니다. 라크트! 네가 세트 님의 상대를 해드려라. 이자라면 세트 님도 좋은 연습을 하실 수 있을 겁니다."

세트와 라크트의 시합이 시작되었다.

라크트는 30대 전후의 덩치 큰 남자로, 그야말로 역전의 병사라는 풍모였다.

　이번에도 세트는 대기 전법으로 나섰지만, 상대는 간단히 낚일 만한 병사가 아니었다. 조금씩 간격을 좁히며 탐색하듯이 검을 날렸다.

　세트는 침착한 발놀림으로 상대의 움직임에 맞추어 검에 검을 맞대고 비스듬하게 튕겨냈다.

　그러한 공방이 몇 번이고 이어진 후, 갑자기 라크트는 정면에서 빠르게 휘둘러 내리는 참격을 날렸다. 힘으로 쓰러뜨릴 수 있는 상대라 판단한 것이다.

　그래서 세트가 정면에서 휘두른 공격에 맞춰 검을 맞대어 막아냈을 때, 라크트의 얼굴에는 놀란 기색이 떠올랐다. 그리고 그대로 세트의 검은 라크트의 검을 비스듬하게 튕겨냈고, 라크트의 머리를 쳤다.

　이 일격은 상당한 충격이었는지 라크트는 무릎을 꿇었다.

　"한 판! 승자, 세트 님."

　심판은 이 일격으로 세트의 승리를 선언했다.

　"이거 놀랍군요. 강검도 쓸 수 있다니. 그럼 다음은 드라이젠이 상대하죠."

　벽 쪽에서 한 명의 병사가 다가왔다. 보통 키에 보통 체구로 세트와 체격이 거의 비슷했다. 그러나 병사들 중에서도 두드러지는 무위를 가진 자였다. 조금 전 연습 때는 병사들을 지도하고 있었다. 기사 당가의 심복인지도 모른다.

　검을 서로에게 겨누고 시합이 시작되었을 때, 발드는 수준이 다르다고 생각했다. 검술도 경험도 그리고 마음가짐도, 세트와는 전혀 비교가 되지 않았다.

하지만 세트는 상당히 선전했다.

앞선 두 대결과는 완전히 다르게 눈이 어지러울 정도의 발놀림으로 좌우 위치를 바꿔가며 드라이젠의 틈을 노렸다. 드라이젠의 공격이 날아들자, 그것을 완전히 피하지는 못했지만 세트도 드라이젠에게 일격을 날렸다.

심판도 몇 번인가 판정을 내리려던 것을 멈추고 시합을 속행시켰다.

대미지는 세트 쪽이 큰 것이 명백했지만, 세트는 포기하려 하지 않고 드라이젠에게 덤벼들었다. 그러나, 결국 옆구리에 통렬한 일격을 받았다.

"졌습니다!"

세트의 패배 선언을 받아들이고 심판은 드라이젠의 승리를 선언했다.

기사 당가는 놀란 시선으로 세트를 보고 있었다.

"그것참, 이거 놀랍군. 세트 님, 대단한 실력이었소. 용서하시오. 실은 체격이 그리 크지 않은 데다 표정도 얌전해 보여 얕보았소. 그러나 그대는 새끼 표범이었구려. 참 좋은 구경을 했소. 그 투지는 참으로 좋았소!"

기사 당가는 세트를 크게 칭찬했다.

무뚝뚝한 기사였지만 바탕은 괜찮은 남자인 듯했다.

3

마구간에서 말들의 상태를 살피던 때, 달려 들어온 두 사람과 마주쳤다.

기사 셰마와 안주인인 스라사이에나였다.

두 사람 모두 여장을 꾸린 채 손을 맞잡고 있었고, 안주인은 후드를 깊게 눌러썼다.

"사랑의 도피입니다. 부디 못 본 척해주십시오!"

기사 셰마의 말을 들은 그 순간 발드의 마음속에서 무슨 일이 일어났는지는 말로 설명할 수 없었다.

발드는 오른손을 주먹 쥐어 왼쪽 가슴에 대고, 오른쪽 무릎을 꿇고, 금지된 연인들에게 깊게 고개를 숙이며 선언했다.

"알겠소. 나는 두 사람의 사랑의 수호 기사가 되겠소이다. 마음 가는 대로 떠나시오."

그 반응에는 기사 셰마와 스라사이에나도 놀랐다.

기사는 주인에게 검을 바친다. 또 귀부인에게도 검을 바친다.

그 외, 사랑의 성취에 도움을 주기 위해 일시적으로 검을 바치는 일이 있으며, 그것을 사랑이 수호 기사라고 한다. 그 사랑에 감동하여 목숨을 바쳐서라도 도움을 주고 싶다고 생각했을 때, 맹세를 한다.

기사 셰마는 의외로 빠른 결단을 내렸다.

"감사히 받아들이겠습니다. 고맙습니다!"

그리고 말에 안주인을 태우고 그 뒤에 앉아 빠르게 달려 나갔다.

발드는 훈련장으로 돌아왔다.

"어라? 돌아오셨습니까? 땀을 흘릴 기분이 되신 겁니까?"

그리 말하며 기사 당가는 무언가 살피는 듯한 눈빛이 되었다.

하나밖에 없는 출입구를 가로막듯이, 발드와 커즈와 세트가 서 있었다. 그 모습을 수상하게 여긴 것이리라.

그때, 연습장 저편에서 뛰어온 자가 있었다.

"크, 큰일입니다! 주인마님이, 주인마님이 기사 세마 이다르 님과 함께 행방을 감추셨습니다!"

"뭐라?!"

기사 당가는 무시무시한 형상으로 연습장을 뛰쳐나가려 했다.

그 길을 발드가 막아섰다.

"로엔 경. 그곳에서 비켜주십시오. 발칙한 자를 응징하고 주인마님을 다시 모셔와야만 합니다."

"당가 님, 미안하네. 나는 안주인과 기사 세마에게 사랑의 수호 기사로서 맹세를 했다네. 두 사람이 안전한 곳으로 도망칠 때까지 이곳을 지나가게 할 수는 없어."

"뭐라?! 웃기지 마라! 당신들이 무얼 안다는 말인가? 아무런 관계도 없지 않은가? 어서 비켜라. 비키지 않으면 벤다!"

커즈 로엔이 슥 앞으로 나섰다.

세트도 발드를 감싸는 듯한 위치로 나아갔다.

기사 당가는 으득으득 이를 악물면서 커즈를 노려보았다.

검에 손을 올리고 당장에라도 뽑을 듯했다.

스무 명 정도 되는 병사들도 호령만 있으면 돌격하겠다는 모습이었다.

기사 당가가 숨을 들이쉬고 명령을 내리려 했을 때, 발드는 눈을 크게 부릅뜨고 기사 당가와 부하들의 움직임을 묶어두었다. 늙어서 힘은 쇠했다 해도, 이 정도의 상대를 위압하는 것은 쉬운 일이었다.

기세가 꺾인 기사 당가는 움직이려야 움직일 수 없었다.

서로를 노려보며 얼마나 시간이 흘렀을까.

입구에서 의외의 인물이 모습을 드러냈다.

"이미 두 사람은 도망쳤을 게다. 이다르가의 영지는 가깝지. 그곳 영주관으로 도망쳐 들어갔다면 이제 어쩔 수 없는 일이야."

영주 쿠르트 아렌다스 경의 목소리는 매우 차분했다.

4

아렌다스 경은 기사 당가와 병사들에게 따로 명령이 있을 때까지 평소 그대로 있으라는 말을 남기고, 발드 일행을 응접실로 안내했다.

차를 마시며 발드 일행에게 사건의 전말을 이야기했다.

셰마와 스라사이에나는 서로를 좋아했고, 양가에서도 두 사람의 관계를 인정했다.

그런데 셰마가 기사 수업을 위해 다른 가문에 가 있는 동안 아렌다스가에 기사 당가가 찾아왔다. 그 기사 당가는 스라사이에나에게 첫눈에 반했다.

반했다는 사실을 주변에 알렸다면 좋았을 테지만, 기사 당가는 갑자기 스라사이에나의 집으로 찾아가 구혼했다. 가문의 차이로 그 구혼은 거절하기 어려웠다.

기사 당가는 아렌다스가의 필두 기사였기에 더욱 그러했다.

그때, 영주 쿠르트가 놀라운 일을 벌였다. 스라사이에나를 아내로 맞아들인 것이다.

가신이 청혼한 상대를 가로채다니, 이것은 심한 처사였다.

그러나 영주의 권위로 기사 당가를 침묵하게 했다.

기사가 되어 영지로 돌아온 세마는 몹시 놀랐지만, 이제 어찌할 도리도 없었다.

그러나 기사 세마는 스라사이에나를 포기할 수 없었다.

스라사이에나도 그것은 마찬가지였다.

그리고 오늘 드디어 두 사람은 손을 맞잡고 도망쳤던 것이다.

"아내로는 맞았지만 침소로 부른 적은 없었습니다. 그 사실이 기사 세마에게 결단을 내리게 했는지도 모르겠습니다."

발드로서는 이해할 수 없는 점이 있었다. 기사 당가가 구혼을 했다고 해도, 사정을 이야기하여 구혼을 거두게 하는 것은 불가능했을까? 그편이 나중에 남을 상처가 적다.

또, 이대로라면 기사 세마는 주군의 아내를 빼앗은 남자라는 죄를 짊어지고 살아가야만 한다. 어째서 그런 입장에 기사 세마를 몰아넣었는가.

발드에게 아렌다스 경은 한 장의 서류를 보여주었다.

신관이 아렌다스 경의 이혼을 인정한 서류였다. 다만 날짜가 적혀 있지 않았다.

"오늘 날짜를 쓰기만 하면 됩니다. 그렇게 하면 기사 세마는 주군의 아내를 빼앗은 것이 아니게 됩니다."

더더욱 알 수 없게 되었다. 이런 성가신 일을 할 정도라면, 일찌 감치 이혼 서류를 아내에게 전달하고 기사 세마에게도 알리는 것이 좋지 않았을까?

——아니, 그래서는 안 되지.

그렇게 되면 기사 세마는 그저 받기만 하는 것이 아닌가. 자신의 사랑을 성취하기 위해서 그저 주어진 것을 받기만 해도 되는가? 그것을 사랑의 성취라 할 수 있는가.

안 된다. 그래서는 안 되는 것이다.

목숨을 걸고서 사랑한다고 전해야만 하는 것이다. 그 정도의 마음을 담아 고백해야만 스라사이에나도 그 사랑에 몸을 맡길 수 있다. 그리해야만 사랑은 성취되는 것이다.

애초에 이 사건은 기사 세마가 제대로 했다면 일어나지 않았을 일이었다.

이 정도의 시련도 통과하지 않고 아내를 빼앗긴다면 아렌다스 경도 납득할 수 없으리라.

발드는 매우 유쾌한 기분이 들었고 이 노귀족이 좋아졌다.

그리고 깨달았다.

——나도 어쩌면, 그리해야 했던 것일까.

발드가 자리를 비운 사이에 아이드라는 코엔델라가로 시집을 가기로 정해졌다.

그러나 발드가 파크라로 귀환한 후에도 아이드라가 길을 떠날 때까지는 잠시 시간이 있었다.

　빼앗아야 했던 것은 아닐까.

　혹시 모두 마음속으로는 그것을 바랐던 것이 아닐까.

　——아니, 설마. 아이드라 님을 훔치다니, 감히 생각할 수도 없는 일.

　큰 은혜를 입은 테루시아가에 먹칠을 하고 나와서, 어찌 기사라 할 수 있겠는가.

　아니, 버려야 했던 것일까. 기사라는 것도 그 어떤 것도 전부.

　그것이야말로 진정 사랑에 목숨을 거는 일이 아니었을까.

　그러한 길이 있었던 것이다. 살길을 좁힌 것은 자기 자신이었다. 세계의 넓이는 자신의 마음에 의해 정해지는 것이다.

　그렇다 해도 젊은 시절에는 눈앞의 일들에 망설이기만 할 뿐이었다. 세월을 지나 지식이 쌓이고 시야도 넓어지면, 망설임은 사라지리라 생각했다.

　하지만 실제로 나이를 먹어보니 망설임은 많아졌고 깊어졌다. 단순하다고 여겼던 일들에, 다른 대처법도 있었다고 깨닫기 때문이다.

　발드는 살아가는 것의 불합리함에 한숨을 내쉬었다.

5

　클래스크에 들러 하들 조르아르스 백작이 죽었다는 사실을 알게 되었다.

4279년 10월 23일에 사망했다고 하니, 기사 키즈멜트르와 기사 노아를 보낸 후 1년 동안 살아 있었던 셈이다.

그리고 또한 마쥬에스트령이 소멸했다는 사실을 알았다.

마쥬에스트는 엔자이어 경이 통치하던 영지였다. 산으로 둘러싸인 자그마한 평야 지대에 영주가 사는 도시를 둘러싸듯이 여섯 개의 마을이 있었다.

그토록 번영했던 넓은 영지가 10년 조금 넘는 사이에 소멸해버리다니.

영주 부인의 일족이 영주를 은퇴시키고, 영주의 아들을 영주에 올리려 했다는 모양이다.

그에 영주와 그 측근들이 반발해 전쟁이 벌어졌다고 한다.

막대한 희생을 치르고 부인의 일족을 물리쳤지만, 부인의 일족은 번번이 군을 보내어 영주의 틈을 노렸다. 영주는 대처하기 위해 병사를 증원했다.

그러기 위해서는 돈이 필요했고, 매년 세금은 올라갔다.

더는 버틸 수 없게 된 자들이 도망쳤다.

이윽고 도시와 마을을 유지할 수 없을 만큼 사람이 줄었고, 남은 자도 도망쳤던 것이다.

6

이그젤라 대영주령을 지나서 고자와 투오림령을 경유하여 남하

했다.

투오림령에서는 세 남매의 묘에 들러 참배했다.

그리고 포토모스 대영주령으로 들어가 메이지아에 도착한 것은 6월 초순이었다.

퓨자리온에서 두 달 조금 더 걸렸다.

메이지아령은 평화롭고 풍족했다. 이전보다 마을이 커졌고, 가구의 수도 늘었다. 이곳저곳에서 코르코르두르를 키우고 있었다.

발드는 입가가 누그러지는 것을 느꼈다. 분명 오늘 밤 고든은 자랑인 코르코르두르 요리로 발드를 대접해주리라. 술은 맑게 거른 프랑주를 내놓을 것이 틀림없다. 프랑 재배는 몇 번이나 실패하여 포기했다고 하지만, 프랑주는 매년 클래스크에서 수입하고 있을 터였다. 즐거운 밤이 되리라.

그러나 성에 도착한 발드를 기다리고 있던 것은 고든이 작년에 죽었다고 하는 소식이었다.

지난해 큰 지진이 있었고 산사태가 일어났다. 산 채로 묻힌 영민을 몇 명인가 구해낸 다음, 다시 지진이 일어났다. 고든은 마을 사람들을 감싸고 바위에 깔렸다.

그야말로 고든답다고 하면 고든다운 죽음이었다.

그 이야기를 발드에게 전해준 것은 새 영주가 된 미드르 자르코스였다.

"카이넨 님과 유리카 님은 어찌 되셨는가?"

"두 분 모두 돌아가셨습니다. 어머님은 5년 전에, 아버님은 올해 1월에. 두 분 모두 병으로 돌아가셨고, 고통 없이 조용히 숨을 거두셨습니다."

발드는 세 사람의 묘를 찾았다.

변경에서는 사람이 죽으면 평민이든 귀족이든 그 유체는 산야에 묻힌다. 그리고 아주 소박한 나무 묘표를 세운다. 사람의 몸은 대지로 돌아가야 하기 때문이다.

묘표는 빠르게 썩어 쓰러져버리는 것이 좋다고 여겨졌다. 훌륭한 묘 같은 걸 만들었다간, 혼백이 그곳이 묶여 신들의 정원으로 가지 못하게 되고 만다.

다만 귀족의 경우엔, 저택 부지에 배례를 위한 묘를 만든다. 이곳에 유체는 묻지 않는다. 유품의 일부 같은 것을 묻는다. 묘를 찾아 선조가 찾아오고 집안의 번영을 지켜봐주기를 바라는, 일종의 주술 같은 의미였다.

고든도 카이넨도 유리카도 죽었지만 자르코스가는 번영하고 있었다.

미드르의 여동생 레일리아는 죽은 자이펠트의 친아들 티그에르트와 결혼했다.

티그에르트는 후작이 되었고, 캇세의 집정관에 임명되었다. 레일리아는 그 정비로서 집안을 돌보며 아이들을 키웠다.

미드르도 결혼했다. 4277년의 일이었다.

상대는 버드올 자작 이스트 할링의 막내딸 스시아였다. 스시아가 데려온, 시골에 어울리지 않는 세련된 시녀들이 메이지아 성을 화려하게 만들고 있었다.

79년에는 장남이 태어났고, 80년에는 장녀가, 81년에는 차남이,

82년에는 차녀가 태어났다고 하니 부부 사이도 좋은 모양이었다.

고든도 카이넨도 유리카도, 그 아이들의 탄생을 지켜보고 몹시 귀여워한 후에 죽었다고 하는 것이 위안이 되었다.

캇세 집정관이라는 지위는 왕의 신뢰가 상당히 두터운 기사가 아니면 맡을 수 없다.

또한 이스트 할링은 전왕 웬델란트가 불우하던 시절에 그를 비호하던 기사였으며, 웬델란트 즉위 후에는 중하게 쓰였다. 그리고 현왕 쥴랑트도 매우 신뢰하는 제후였다.

그토록 유력한 가문들과 연을 맺고 깊은 우호를 맺은 집안은, 오바 동쪽에는 지금까지 없었으리라.

지금 메이지아 성에는 밝은 분위기가 있었고, 융성함을 느끼게 했다.

그날 밤은 메이지아 성에서 묵었다.

미드르에게 있어 발드는 기사의 맹세를 이끌어준 인도자이자, 또한 클래스크까지 여행을 한 사이이기도 했다. 미드르는 여행 도중 발드에게 여러 가지 가르침을 받았다. 그러한 경위가 있어서인지 발드에 대한 미드르의 대우에는 깊은 경의가 담겨 있었다.

그러나 커즈에 대한 대우에는 조금 걸리는 부분이 있었다.

"커즈 님. 우리 집안의 포도주 맛은 어떠십니까?"

커즈가 말없이 포도주가 담긴 잔을 눈앞에서 흔들어 만족을 표했다.

"말로 하시지 않으면 모릅니다."

"미드르 님, 커즈는 어느 모험을 하던 중에 혀를 잘려 말을 할 수 없다네."

"그, 그렇습니까. 이거 실례했습니다. 하지만, 그렇다면 그렇다고 말씀해주지 않으시니."

그런 이야기는 일부러 꺼낼 만한 것이 못 되었다. 상황을 보고 눈치채야 할 일이다.

저녁 식사에는 코르코르두르도 맑게 거른 프랑주도 나오지 않았다. 나온 것은 묘하게 단 포도주와 질긴 소고기였다. 아무래도 미드르는 코르코르두르는 서민의 음식, 혹은 그저 팔기 위한 것이라 여기는 모양이었다. 또 프랑주는 야만인이 마시는 것이며, 포도주야말로 귀족의 음료라 여기는 듯했다.

자르코스가의 기사 여덟 명이 동석했다.

그중 네 명은 발드가 미드르와 함께 클래스크에 코르코르두르를 사러 갔을 때 동행했던 자들이었다. 다른 네 명도 눈에 익었다. 하나같이 젊고 유망한 청년을 고든이 등용하여 미드르의 측근으로서 키워낸 자들이었다. 지금은 장년의 훌륭한 기사가 되었다.

이 여덟 명 외에도 네 명이나 되는 기사가 있는데, 지금은 임무로 나가 있다고 했다.

메이지아령의 마을 수는 이전과 다름이 없었지만, 인구수는 전의 배 가까이 늘었다고 한다.

또한 근접한 두 개의 도시가 각각 메이지아령에 편입되기를 원한다고 청했으며, 조만간 그리할 예정이라고 했다.

"하하핫. 열두 명이나 되는 기사가 있다 보니 급료만 해도 아주 큰일입니다."

그러나 그 열두 명의 기사는 고든이 발굴하고, 카이넨과 유리카가 재정을 꾸려 기사로 키워낸 자들이었다.

그 두 개의 도시는 고든이 쌓은 덕을 사모하여 메이지아령이 들어오려 하고 있는 것이다.

즉, 지금의 자르코스가의 번영은 고든, 카이넨, 유리카의 힘으로 만들어낸 것이었다.

미드르에게서는 그에 대한 감사가 느껴지지 않았다.

커즈를 대하는 태도도 신경 쓰였다. 메이지아 성을 탈환하는 전투 때, 미드르를 구출하고 지킨 것은 커즈였다. 그 은혜를 잊은 것일까?

기억하고 있다면 더욱 정중한 태도로 대하길 바랐다. 그것이 미드르를 위한 일이기도 했다.

은인을 소홀히 대하면 덕을 잃는다. 덕을 잃으면 사람이 떠난다. 사람이 떠나면 영지는 성립되지 않는다.

가신인 기사들에 대한 언행도 신경 쓰였다. 열두 명이나 되는 기사를 데리고 있어 급료 주기도 큰일이라니, 본인들을 눈앞에 두고 할 말이 아니었다.

그 말에는 급료를 주고 있는 것은 바로 자신이라고 하는 사고가 담겨 있었다.

그러나 그 돈은 세금을 받아 모은 것이며, 영민들이 일하지 않으면 얻을 수 없는 것이다. 그 영민들이 일을 할 수 있도록 뼈를 깎아가며 애쓰는 것이 가신인 기사들이 아닌가.

좋은 신하는 귀하게 여기며 쓰라고들 한다.

하지만 그것은 틀린 말이다. 귀하게 쓰는 사이에 좋은 신하가 되는 것이다.

신하에게 열 가지 정을 베풀어도 돌아오는 깃은 하나에 불과하다. 그렇다면, 위기의 때에 영주와 영민을 위해 제 몸을 돌보지 않고 일할 신하를 얻기 위해서는 백 가지 정을 베풀어야만 한다.

지금 메이지아는 번영하고 있다. 영지가 번영하면 할수록 가신은 대우와 보수에 불만을 품기 쉽다.

발드는 문득 소멸해버린 도시와 마을들을 떠올렸다.

혹독한 변경의 자연에 졌을 때, 사람의 집락은 사라진다.

그러나 사람들이 힘을 모아 마음을 강하게 먹고 살아간다면, 작은 집락이라도 그리 간단히는 멸망하지 않는다. 멸망은 사람의 마음속에 있다.

영주가 통치를 잘못하고, 나태함에 빠지고, 권력과 부귀에 젖어들었을 때 도시와 마을은 의지할 버팀목을 잃는다. 그때는 제아무리 번영했던 도시와 마을이라 해도 쇠퇴하고 멸망해간다.

메이지아령은 지금 크게 번영하고 있지만, 그 번영의 뒷면에서 쇠퇴의 싹도 함께 움트고 있다고 하지 않을 수 없었다.

7

저녁 식사 후, 발드는 미드르와 단둘이서 이야기를 나누었다.

"발드 님. 밴치 자르코스를 기억하고 계십니까?"

물론 기억한다. 고든이 숙부 크리토프의 아들이었다.

"그 후 밴치가 메이지아령으로 돌아온 것은 아십니까?"

그 소식은 몰랐다. 고든은 그런 말을 하지 않았다.

"저는 백부님께서 밴치를 처형하실 거라고만 생각했습니다. 그런데 놀랍게도, 백부님은 밴치를 용서하고 저택을 내리기까지 하셨습니다. 밴치는 백부님이 돌아가시자 이빨을 드러냈습니다. 가신들을 꼬드기고 무뢰배들을 고용하여 반란을 일으켰던 것입니다. 자신이야말로 메이지아령의 정통한 영주라고 말하면서요. 저는 측근들을 이끌고 겨우 반란군을 제압하고 밴치를 잡아 처형할 수 있었습니다. 그러나 이러한 일은, 백부님 대에서 매듭을 지어주셨어야 할 일이었습니다. 정말이지 백부님은 사람이 너무 좋아 큰일입니다."

"미드르 님. 고든은 밴치를 용서하고, 맞아들였다. 그것이 사람이 좋아서라고, 자네는 그리 말하는 것인가?"

"예. 그렇게 말할 수밖에는 없습니다."

"하지만 말일세. 밴치 자르코스는 반역자의 아들이라 하나, 같은 일족일세. 그 동족의 목숨을, 장래 반란을 일으킬지도 모른다고 하는 이유만으로 잘라내는 건 과연 어떨까 싶네만?"

"실제로 반란을 일으키지 않았습니까? 녀석은 그런 녀석입니다. 게다가 저보다 연상이니 저로서는 다루기 어려웠습니다. 백부님이 처분해 주셨다면 내란 같은 건 일어나지 않았을 겁니다."

"흐음. 자네가 하고자 하는 말도 모르는 바는 아니네. 허나, 고든은 밴치를 살려둠으로써 가능성을 남긴 걸세."

"무슨 가능성 말입니까?"

"자르코스 일족이 손을 맞잡고 영지를 지탱해간다고 하는 가능성 말일세. 자르코스가의 선조분들께서 그 모습을 보고 기뻐하시길 바랐던 게 아니겠나?"

"선조님들의 마음은 잘 모르겠습니다만. 녀석이 반란을 일으키지 않을 가능성 같은 건 없었다고 생각합니다."

"그럼 이렇게 생각해보세. 고든이 살아 있을 때, 그때 밴치는 이빨을 드러내지 않았지. 허나 자네 대가 되자 이빨을 드러냈다. 그건 영주로서 자네가 고든만 못한 부분이 있기 때문이 아닌가?"

"그, 그건……. 백부님은 격이 다른 호걸이셨으니까요."

"반란을 일으키게 하지 않았다, 라는 건 하나의 덕일세. 밴치에게 나쁜 마음을 먹지 않게 하는 것으로, 고든은 하늘에 덕을 쌓은 것일세."

"하늘에 관한 건 잘 모르겠습니다. 그러나 그리 말씀하신다면, 백부님은 자신의 사후에 밴치가 반란을 일으킬 가능성을 남겨둠으로써 하늘의 덕을 잃은 것이 아니겠습니까?"

"그건 조금 억지소리로군. 하지만 그렇다면 굳이 묻지. 밴치의 반란은 나쁜 일이었나?"

"당연하지 않습니까?! 사람의 목숨을 잃고, 땅이 황폐해지고, 많은 재화를 잃었습니다!"

"허나 자네와 측근들은 경험을 쌓아 더욱 강해졌지. 군신의 인연도 깊어졌을 테고. 자네들의 모습을 본 영민들의 신뢰도 깊어졌을게야. 아닌가?"

"그것은 결과적으로 그리되었을 뿐입니다! 반란이라고 하는 사건은, 벌어지지 않는 편이 당연히 좋습니다."

"그건 그렇지. 반란 같은 건 일어나지 않는 게 제일이지. 사람의 목숨이란 잃어도 좋은 게 아니니까. 하지만 말일세. 사람은 고난에서 도망칠 수 없다네. 고든이 고난의 씨앗을 남긴 것을 미워하는 건 잘못되었네."

"잘못되었다고요?"

"생각해보게. 내 아이가 걸어갈 길에 떨어진 돌을 일일이 주우며 걷는 부모가 있는가? 주워주고 싶어도 인생에서 걸려 넘어질 법한 돌을 전부 미리 치워줄 수 있을 리 없지. 또, 치워주는 것이 좋다고도 할 수 없네. 사람은 돌부리에 발이 걸리고 넘어지며 성장하는 걸세. 단 한 번도 넘어진 적 없는 그런 인간에게 영주라는 자리를 맡길 수 있겠는가? 고든이 남긴 것이 자네에게 있어 발에 걸린 돌부리였다 해도, 그것은 자네의 성장을 위해서라 여기게."

"……백부님이, 고든 백부님이 거기까지 생각해서 밴치를 살려두었다 생각하십니까?"

"그리 받아들여 보아라, 라는 말일세. 받아들이는 방식 하나에 세상일의 의미가 달라지지. 이제 고든은 죽었네. 이 세상에는 없어. 이 세상에 없는 인간에게 이걸 해줬다면, 저걸 해줬다면 하고 되뇌어본들 무엇이 달라지겠나? 자네는 자네 나름대로 한 명의 강한 영주로서 홀로 서야만 하네. 그 성장의 밑거름을 받았다 여기게나."

"밴치의 일도, 좋은 수업이었다 여기고서 감사하라는 말씀이십니까?"

"이것이 수업이다 하고 알 수 있는 형태로 눈앞에 나타나는 것은, 별 대단치 않은 수업이지. 진짜 수업이라는 것은, 곤란 그 자체, 슬픔 그 자체, 괴로움 그 자체의 형태를 하고 찾아온다네. 그것을 받아들이고, 견뎌내고, 후에 아, 그건 좋은 수업이었구나 하고 돌이켜보는 게지. 백부님 밴치를 잘 남겨주셨습니다, 하고 감사해보게. 반란 때문에 죽은 가신과 영민에게는 내 부덕 탓에 반란이 일어났습니다, 하고 고개를 숙이게. 두 번 다시 같은 일이 일어나지 않도록 무얼 하면 좋을지를 생각해보게. 자네의 세계는 거기서부터 열릴 걸세."

"……잘 모르겠습니다. 하지만 생각해 보겠습니다……. 발드 님은 백부님이 말씀하신 대로의 분이시군요."

"그 이야기는 절반 정도만 믿어두게."

"투오림령에서의 일은 백부님께 큰 전기(轉機)가 되었습니다. 백부님은 딱 한 번 숨김없이 이야기를 해주셨습니다."

"오호?"

8

고든 백부는 처음 세 사람을 봤을 때 도적을 쫓아낸 솜씨에 감탄했습니다.

그러나 식사에 초대한다는 발드 님의 말씀을 듣고서 놀랐다고 합니다. 그렇게까지 할 필요는 없다고.

저녁 식사 자리에서 발드 님은 계속해서 맛있는 음식을 내놓으셨다지요? 아버지와 어머니께서 선물한 것들을 아낌없이.

그것을 본 고든 백부님은 화가 나셨습니다. 그 식량은 발드 님께서 드셔주시길 바랐기 때문입니다. 카이넨과 유리카의 마음을 헛되게 하실 셈인가 싶으셨답니다.

그리 생각하기 시작하자 세 남매에 대해 미운 마음이 솟아났답니다.

꾀죄죄한 노인네들이다. 심한 냄새가 난다. 사양도 없이 귀한 음식을 허겁지겁 먹는다.

애초에 이 녀석들이 가난하게 사는 건 일을 하지 않기 때문이다.

야인처럼 산에 살며, 제대로 된 직업도 가지지 않고 세상을 위해 일하지도 않고 세금을 내지도 않는다. 이런 녀석들만 있다간 영지는 유지되지 못한다.

그런 생각을 하고 있었다고 합니다.

그랬던 만큼 그들의 정체와 해왔던 일을 알았을 때는 충격이었습니다.

그들은 노인이 아니었죠. 열여덟 살이 제일 맏이인 젊은이들이었던 겁니다.

산야에 숨어 살았던 데에도 분명한 이유가 있었습니다. 그것은 가난한 사람을 돕던 부모가 영주의 손에 의해 참살을 당하고, 그들의 목숨까지 위험해졌기 때문이었습니다.

더군다나 괴로운 생활 속에서도 그들은 높은 뜻을 잃지 않았습니다.

노인으로 보일 만큼 고생을 거듭하고, 결국에는 뜻을 이루었던 겁니다.

그것을 알았을 때, 고든 백부님의 마음속에 떠오른 것은 훨씬 더 맛있는 걸 맛보게 해주고 싶었다는 생각이었습니다.

하지만 얼마 후 백부님은 깨달으셨습니다.

나는 맛있는 걸 주려 한 적이 없지 않았나. 맛있는 것을 먹게 해준 사람은 발드 님이 아닌가.

고든 백부님은 자신이 그들을 경멸의 시선으로 바라보았다는 것을 깨달았습니다. 이 여행은 민중 구제의 여행이라고 생각했던 백부님이었지만, 그들은 그 민중에 들어가지 않았던 것입니다.

그것은 그들의 겉모습으로 그들을 판단하고 말았기 때문입니다. 구하고 지킬 가치가 없는 자들이라고 생각해버렸던 것입니다. 그것이 영주의 압정에 의해, 마지못해 그렇게 할 수밖에 없었던 것이라고는 생각도 못 하고. 사실은 그들이야말로 구해야만 할 민중이었건만.

그러나 발드 님은 그들을 따뜻하게 바라보며 식사에 초대하시고, 가지고 있던 것을 아낌없이 내주었다.

발드 님에게는 가능했다. 자신에게는 불가능했다.

어찌하면 발드 님처럼 될 수 있을까.

그 답이 나온 것은 폭포 근처에서 커즈 님의 맹세 의식을 보았을 때였다고 합니다. 발드 님은 커즈 님의 옛 이름을 거두시고, 새로운 이름을 주셨지요. 그리하여 커즈 님을 붙들고 있던 멍에를 잘라낸 거죠.

그 모습을 보고 백부님은 깨달으셨습니다. 자신에게 이런 일은 불가능하다. 생각을 떠올리는 것도 불가능하다. 자신은 발드 로엔은 될 수 없는 것이다.

그래서 발드 로엔이 되려 하기를 그만두고, 최선을 다하는 고든 자르코스가 되기를 목표로 하자. 그리 결심했다고 합니다. 발드 님과의 여행이 백부님의 눈을 뜨게 하셨던 겁니다.

저도 그랬습니다. 짧은 동안이지만, 클래스크까지의 여행은 저를 얼마나 성장시켜 주었는지 모릅니다. 아뇨, 성장했다는 건 주제넘군요. 성장하고 싶다는 바람을 불러일으킨 여행이었습니다. 백성을 지킬 수 있는 영주가 되고 싶다. 백성과 신하의 괴로움을 아는 영주가 되고 싶다. 저는 세 남매의 묘 앞에서 그렇게 빌었습니다.

그런 것을 어느샌가 완전히 잊고 있었던 듯한 기분입니다.

9

몰랐다. 고든이 그런 생각을 하고 있었다니. 그러나 듣고 보니 참으로 고든다운 고민이었다.

──아아, 고든! 나야말로 자네가 부러웠다네. 그 밝은 언동이. 곧은 성품이. 자네가 있어준 것이 얼마나 도움이 되었는지. 자네는 훌륭한 기사였네.

"미드르 님. 영민을 지키고 싶다는 그 마음을 잊어서는 안 되네. 그 마음이야말로, 자네를 이끌어줄 등불이 될 게야."

미드르는 울었다.

발드는 어린아이를 달래듯이 그 등을 다정하게 쓰다듬어 주었다.

"저, 저는, 저는 불안했습니다. 제게는 고든 백부님 같은 무예가 없습니다. 아버님과 어머님 같은 유능함도 없습니다. 그런 제가 번영해가는 메이지아령을 어찌 이끌어가면 좋을지. 불안하고, 불안해서 견딜 수가 없었습니다. 하지만 영주는 누구에게도 약한 모습을 보여서는 안 됩니다. 상담할 상대도 없어서, 저는, 저는."

"그래, 그래. 자네는 잘하고 있네."

"될 수 있을까요? 저는 좋은 영주가 될 수 있을까요?"

"있고말고. 이미 자네는 그 길을 걷기 시작했다네."

다음 날 발드 일행이 출발할 때, 미드르는 아내와 아이를 데리고 문밖까지 배웅을 나왔다.

"커즈 님. 무례를 용서해 주십시오. 부디 실망치 마시고, 다시 저희 집의 포도주를 맛보러 와주십시오."

발드 일행은 메이지아령을 뒤로했다.

──고든이여, 이것으로 되었는가.

하늘에 고든 자르코스의 웃는 얼굴이 보였다.

| 제 3 장 | ──── 고 든 의 사 랑

── 오 큐 드 르 간 술 절 임 ──

1

"그것참, 정말로 잘 와주셨소. 오늘 밤은 마음껏 즐겨주시오."

진심으로 기뻐하는 린츠 백작 사이먼 에피발레스를 보며 발드의 마음은 누그러졌다.

"지난번에 헤어질 때, 발드 님께서는 또 이 목숨을 구해주셨지. 다시 한 번 감사의 말씀을 드리오. 고맙소."

사이먼이 말하는 것은 7년 전의 일이다.

발드는 떠나는 배 위에서, 배웅하러 나온 사이먼을 노리는 자객을 고대 검의 힘으로 때려눕혔던 것이다.

"그건 내가 사업 전부를 베르너에게 넘긴 것을 불만으로 여긴 친족이 보낸 자객이었다오. 오랫동안 자유롭게 놔두었더니, 그 사업을 이미 제 것이라 여겼나 보더이다. 처벌은 베르너에게 맡겼는데, 예상외로 호된 수를 썼다오. 자객에게는 목숨은 살려주겠다 보증하고 의뢰인의 이름을 일족 회의에서 공표하게 했던 게요. 의뢰인은 종형제에 해당하는 남자였는데, 사형에 처했다오. 다만 재산은 몰수하지 않고 장남에게 잇게 했소. 그리고 모든 사업 편성을 변경

했다오. 뭐, 원래 조정이 필요한 시기기는 했지. 아무튼 옛날과 다르게, 지금은 장사가 광범위해졌다오. 파크라의 은과 마수 모피, 도르바의 목재는 이쪽이 운반업자를 준비해 사들이게 되었고 가공업 공장도 상당히 큰 규모로 계속 생기고 있소. 남방의 향신료와 직물은 사들인 만큼 팔린다오. 강 너머에도 우리 가문의 창고가 늘어서 있소. 파르잠 왕도에는 직속 교섭인을 상주시키고, 우리 집안의 마차가 왕도와 파델리아를 끊임없이 왕복하고 있소. 파르잠은 우리를 정식으로 백작 자리에 앉히려 했으나 거절했다오. 옛날에는 동경했던 정식 작위지만, 이제 와서 파르잠 조직 아래로 들어가고 싶은 마음은 없다오. 그런 짓을 했다간 산전수전 다 겪은 중신 놈들에게 뒤통수를 맞을 게 아니겠소? 왕도의 상인 놈들과 경쟁하는 것만으로도 큰일인데 말이오! 으하하핫!"

대화는 유쾌했고 술도 맛있었다. 카무라의 음식 맛에 익숙해진 발드의 입맛을 만족시킬 정도였으니, 이 저택의 주방장은 상당한 달인인 것이 틀림없었다. 그나저나, 지금 먹고 있는 이것은 무엇일까?

보기는 좋지 않았다. 거무스름한 고깃덩어리에 거무스름한 소스가 뿌려진, 그저 그뿐인 요리였다.

그러나 그 맛의 깊이란!

짐승의 고기인가 생각했는데 아무래도 달랐다. 그럼 생선인가 했더니, 그것과도 달랐다.

씹는 맛은 있지만 서걱 가볍게 잘렸다. 그 순간 농후하면서도 자극적인 감칠맛이 혀를 직격한다. 식재료에서 나온 즙의 감칠맛을 극한까지 고아놓은 듯한 맛이었다.

깨문 조각은 의외로 혀 위에 올려 으깰 수 있었다.

힘줄이나 질긴 부분이 없었다. 전체에서 같은 맛과 질감이 이어졌다.

서걱서걱 씹으면 배어 나오는 맛은 입안에서 넘쳐 콧속을 자극했다.

계속 씹어도, 맛없는 고기 찌꺼기가 남거나 하는 일도 없었다. 맛의 기품을 유지한 채 서서히 녹아갔고, 마지막 한 조각까지 자극적인 맛을 유지한 채 사라져갔다.

어떤 술을 썼다는 것만은 알 수 있었다.

무얼까. 매우 익숙한 맛인데.

"발드 님, 그게 무엇인지 아시겠소?"

"모르겠군요."

"하하하핫. 그건 오큐드르의 간이라오."

간!

과연. 그 말을 듣고 보니 그런 식감과 맛이었다.

코르코르두르의 간과 소의 간도 비슷한 식감이었다.

분명 간에는 독특한 냄새가 있는 법인데, 이 요리에는 그것이 없었다.

"이 요리를 만들려면 상당히 커다랗고 기름지고 기운 넘치는 오큐드르가 필요하다오. 마르거나 상처 입은 오큐드르는 간의 상태도 좋지 않지. 그리고 무엇보다 살아 있는 동안에 빠르게 간을 꺼내야 한다오. 꺼낸 간은 맑게 거른 프랑주로 씻는 것이오."

프랑주! 그것도 맑게 거른 술! 그런 걸 대체 어디에서.

"고든 녀석이 선물이라며 클래스크에서 수입한 맑은 프랑주를 몇 번인가 가져와 주었는데, 거기 푹 빠지고 말았다오. 그래서 클래스크에서 가져오게 되었소. 유감스럽게도 운반하는 비용이 막대해서, 도저히 장사를 할 수는 없었다오. 그래서 내 취미로, 사재를 써서 가져오고 있소. 그런데 내 요리사가, 이 맑게 거른 프랑주를 쓴 요리를 계속해서 생각해내더이다. 아니, 요리는 맛있지만, 내가 술값이 주니 말이야. 곤란한 일이라오."

그것은 곤란한 일이다. 그러나 아무튼, 여기에는 맑은 프랑주가 있는 모양이다.

"프랑주를 마시고 싶군요."

"아하핫! 발드 님도 프랑주 주당이신가. 이런 데서 같은 취향을 가진 이들끼리 만났구려. 지금 가져오도록 할 테니 조금만 기다리시오."

이윽고 프랑주가 운반되어 왔는데, 작은 술 단지 하나뿐이었다.

"아니? 이제 이것밖에 남아 있지 않은 것이냐? 이슈다리 놈! 내가 허가한 양 이상은 쓰지 말라고 엄하게 말해두거라. 어차피 소용은 없겠지만. 아아, 발드 님. 이것밖에 없구려. 그 대신 프랑 탁주라면 아직 한 통 남아 있다오. 다음은 그것이면 어떻겠소?"

물론 발드에게 이의는 없었다.

"자, 그럼 요리 이야기를 계속해도 되겠소? 간을 맑게 거른 프랑주로 빠르게 씻은 다음, 소스에 절인다오. 그 소스라는 건 갑주어(쿠시도르탄)의 내장을 으깨서, 그것과 같은 양의 맑게 거른 프랑주를 섞은 것이라오. 아아, 그렇소. 그 경우 프랑주는 한 번 끓였다가 식힌 걸 쓴다고 하더이다. 그리고 약한 불로 오랫동안 끓인다오. 충분히 끓인 다음 식혀서 맛이 배게 하는 거라오. 다음 날 똑같이 데우고 식히고. 그다음 날도 데우고 식히고. 다만 소스는 그때마다 새로운 걸 쓴다오. 이렇게 사흘째에 최고의 상태의 요리가 완성되는 거라오. 사흘 전에 아주 훌륭한 오큐드르가 잡혔고, 오늘이 마침 먹을 때구나 했더니만 발드 님이 찾아오신 거라오. 발드 님은 정말로 식복이 많으시오! 으하하하핫!"

그 이슈다리라는 인물이 이 집의 주방장인 것일까?

사이먼은 개인의 취미로 프랑주를 들여온다고 했지만, 어떤 손님이 찾아왔을 때 각별한 요리로 대접할 수 있다는 것은 상당한 강점이었다.

발드는 문득 깨달았다.

왕도에서 카무라의 신병을 고민하던 때, 린츠 백작에게 소개했다면 되었던 것이다. 사이먼 에피발레스라면 카무라의 특별한 재능을 바르게 평가하고 활용했으리라.

그러나 그 일을 떠올리지 못했던 덕분에 지금은 퓨자리온에서 식문화가 꽃을 피우고 있다. 운명이란 신기한 것이라고 발드는 생각했다.

사이먼이 여행 이야기를 듣고 싶다 청하여, 퓨자리온에서 이곳에 이르기까지의 여정을 세트에게 이야기하게 했다. 사이먼은 크게 웃어가며 이야기를 들었지만, 이야기가 메이지아령에 다다르자 표정이 격변했다.

"뭐, 뭐라? 메이지아령에 도착해서 고든의 죽음을 알고 놀랐다고 하시었소?! 그, 그럼 미드르 녀석은 발드 님에게 고든의 죽음을 알리지 않았다는 것이오?!! 이 무슨 은혜도 모르는 놈이란 말인가! 이 무슨 불효자란 말인가! 괘씸한 놈!"

사이먼의 분노가 진정되지 않았다. 발드와 고든의 깊은 마음을 알고 있기에 분노하는 것이었지만, 핏발을 세우며 격앙하는 그 모습은 다소 화가 지나친 듯했다. 분노를 가라앉히지 못하는 것도 나이를 먹었다는 증거인지도 모른다.

화제를 바꾸려 했는지 세트가 이런 것을 물었다.

"고든 님은 어째서 줄곧 독신이셨던 걸까요? 사랑하던 분은 안 계셨던 걸까요?"

이 이야기는 극적인 효과가 있었다. 얼굴을 붉히며 분개하던 사이먼이 순식간에 표정을 다잡고, 슬픈 얼굴이 되었던 것이다.

"그래, 그 녀석의 사랑 이야기인가. 그때로부터 몇 년이 지났으려나."

2

고든의 어미가 내 여동생이라는 건 알고 있겠지?

고든도 열두 살이 되어 기사 수업을 시작하게 되었다네.

허나, 그 무렵 메이지아령은 조금 어수선했지. 기사 수는 그럭저럭 되었지만, 가족 간의 분위기가 좋지 않은 곳에서 고든에게 수업을 시키고 싶지 않았던 것인지, 내게 부탁을 하더군.

여동생의 부탁이니 당연히 받아들였지.

그렇다고 해도, 그 당시 린츠는 지금처럼 큰 도시가 아니었다네. 나도 매일같이 부하들을 데리고서 시내 곰(드와바)이나 긴 귀 늑대(바르밴)를 퇴치하려 이리저리 뛰어다녔지.

고든도 함께 참여하여 짐을 지고, 말을 끌었다네. 무기와 말 관리는 물론이고, 마지못해 실전도 경험했지.

처음에 고든은 소심하고 조용한 성격이었거든. 그래도 체격이 크고 골격은 탄탄했고, 힘은 세고, 체력은 끝을 모를 만큼 좋았지. 금세 두각을 드러냈고, 3년 정도 지났을 무렵에는 나와 어깨를 나란히 하며 싸웠을 정도가 되었다네. 연장자인 기사들이 면이 안 설 지경이었지.

허나, 우쭐대는 일도 없이 여전히 모두의 짐을 들고, 무기와 말 손질을 했다네.

그렇지. 요리만큼은 틀려먹었어. 녀석에게 밥을 하게 하는 건 식재료를 버리는 셈이었지.

고든이 우리 집에 온 지 반년 정도 되었을 때던가.

나는 트리샤라는 아이를 양녀로 삼았지. 먼 친척 딸이었는데, 부모 형제가 유행병으로 죽었던 게야. 게다가 화재까지 일어나 집이고 뭐도 다 불타 버렸다더군.

밤색 생머리에 피부가 하얀 아이였다네. 두 사람은 금세 남매처럼 친해졌지. 나이는 분명 트리샤가 네 살 아래였던가?

그해 린츠에 에이나 백성의 여행단(트랭)이 왔지. 그중에 자르베타를 솜씨 좋게 치며 노래하는 여자가 있었다네. 트리샤는 그걸 아주 마음에 들어 했고, 부탁해서 배우기 시작했지. 트리샤가 매달려

제3장
고든의 사랑

219

서 트랭을 20일이나 잡아두었다네.

그리고 얼마 후의 일이었지. 고든이 드물게도 휴가를 청하더군.

허락해 주었더니 녀석은 산으로 들어가 긴 귀 늑대 모피를 열 장이나 구해 왔다네. 얼굴에 큰 상처가 난 걸 보고 나도 얼마나 놀랐는지. 녀석은 그 모피와 바꿔 파르잠에서 자르베타를 구해달라고 하더군.

그 말대로 해줬지. 조금 부족했던 돈은 내가 몰래 보태주었다네. 구하는 데 돈이 많이 드는 물건이었어.

그렇게 기뻐하는 트리샤의 얼굴은 처음 봤네.

그 후로 트리샤는 요리나 세탁을 하는 사이사이에 매일 자르베타를 치며 노래하게 되었다네. 고든이 멀리 나갔다 돌아올 때면, 둘이서 오바 강가로 가서 줄곧 노래를 들려주었지.

고든이 스무 살이 된 해에 그 녀석의 부친에게 편지가 왔다네.

슬슬 고든을 기사로 서임해서 메이지아로 돌려보내 달라는 편지였지.

얼마간의 돈도 함께 부쳤더군.

그 무렵 나는 첫 대형선을 취항한 참이었다네. 사람과 물자와 돈을 변통하느라 정신없이 뛰어다녔지. 고든은 부탁한 일에 싫은 내색 한 번 비치는 일이 없었고, 무용도 확실했고, 내 부하들에게도 인망이 높았다네. 이대로 여기에 머물러 주었으면, 하는 마음이 없었다고 한다면 거짓말이지.

허나, 이것도 좋은 기회라고 생각했다네.

고든과 트리샤는 변함없이 사이가 좋았고, 두 사람은 언젠가 결혼할 거라고 모두가 그리 생각했지. 기사가 되면 당당하게 결혼을 신청할 수 있으니까.

양녀라고는 해도 이 사이면 에피발레스의 딸이니, 집안에도 문제는 없었지. 녀석의 부모도 기꺼이 찬성할 거라고 나는 그리 생각했다네.

요즘은 그다지 하지 않는 모양이지만, 예전에는 기사가 되기 전에 졸업 시련이라는 걸 치르는 일이 많았지. 나는 고든에게 남쪽의 도적단을 토벌하라는 임무를 내렸다네.

린츠에서 조금 남쪽으로 간 곳에 도적단 소굴이 생겼고, 덕분에 남쪽 도시에서의 매입이 큰 타격을 입게 되었거든.

견습 기사 아래에 기사를 붙일 수는 없는 일이었느니, 실력 좋은 종졸을 스무 명 붙여주었다네. 도적단의 인원수는 서른 명 정도라고 파악했으니, 그거면 충분하다 여겼던 게야.

그런데 3개월이 지나도 고든은 돌아오지 않았지.

수색대를 보낼까 생각하기 시작했을 때, 녀석이 돌아왔다네. 두목을 비롯해 도적 열 명을 포로로 삼고, 도적 85명분의 오른쪽 귀를 가지고 왔지.

도적단은 백 명 이상의 규모로 커져 있었던 걸세. 정찰을 보내 적의 규모를 안 고든은 정면에서 싸움을 걸지 않고, 조금씩 녀석들을 끌어내 약체화시키는 전술을 취했다더군.

고든 일행은 땅에 들어가고 수풀 속에 몸을 감추고, 인내심 강하게 적의 전력을 깎아나갔다네.

그리고 드디어 마지막에 일제 공격을 하여 적을 섬멸했던 게야.

도망친 도적은 열 명 정도인데, 두목과 간부는 잡거나 죽이거나 했으니 이제 위협은 없으리라 생각합니다, 하고 보고하더군. 아군 중에는 한 명의 사망자도 없었지.

고든 녀석은 늘 선두에 서서 싸웠다지 뭔가. 몇 번인가 위기가 있기는 했지만, 그때마다 신기한 우연으로 고든은 살았다더군.

대단한 무훈이었어. 녀석은 가슴을 펴고 트리샤에게 구혼할 수 있게 되었지. 허나, 그건 이뤄지지 못했다네.

트리샤가 죽었거든.

고든이 졸업 시련을 떠나고 얼마 후, 몸 상태가 나빠져 자리에 누웠고, 그대로 잠들듯이 죽어버렸다네. 침상 속에서 매일 열심히 기도했는데 말이야.

딱하고 가여운 일이야.

트리샤의 묘표 앞에서 녀석은 울었다네. 크게 소리 내 울었어. 어엿한 기사가 사람들 앞에서 소리 내 울다니, 나는 처음 보았네. 하지만 한심하다는 생각은 들지 않았지.

고든은 무려 사흘 밤낮을 트리샤의 묘 앞에서 움직이지 않더군. 나흘째에 비가 내렸고, 녀석은 흠뻑 젖어 돌아왔어.

그 후로 녀석은 변했다네. 밝고 쾌활해졌지. 큰 소리로 즐겁게 웃게 되었어.

무언가 트리샤와 약속을 한 게 있었던 모양이야. 자세한 건 가르쳐주지 않았지만.

나는 녀석의 기사 서임 의식을 이끌었고, 녀석은 메이지아로 돌아갔다네.

그리고 3년 뒤, 장래성 있는 남자가 있어 여동생의 배우자로 삼아 기사로 만들겠다고 쓰인 편지가 고든에게서 왔다네.

나는 그걸 읽고 깨달았지. 이제 고든은 누구와도 결혼할 마음이 없구나 하고.

이게 고든 자르코스의 젊은 날의 사랑 이야기라네.

3

"그런가. 발드 님은 올해가 되기까지 고든의 죽음을 몰랐던 것인가. 카이넨과 유리카의 죽음도 동시에 들었던 게로군. 이런 이런. 그렇지 않아도 쥴랑트 폐하의 붕어로 낙담하셨을 텐데, 정말로 면목이 없구려."

──뭐……라고?

──방금, 사이먼 님이 뭐라고 한 거지?

발드의 표정이 얼어붙었다. 커스와 세트 역시 놀란 표정을 짓고 있는 모습을 보고 사이먼도 눈치챘다. 발드 일행에게 있어 그것이 새로운 정보라는 사실을.

"아니, 설마 모르셨던 것이오? 파르잠 전 국왕 쥴랑트 시걸스 폐하는 작년 붕어하셨소."

발드는 잔을 떨어뜨렸다.

──쥴이? 쥴이?

왼쪽 가슴이 갑자기 답답해졌고, 몸을 일으켜 양손으로 가슴을 눌렀다.

앉아야만 한다고 생각했지만 그 동작을 취할 수 없었다. 식은땀이 이마에서 쏟아져 나왔다.

"이, 이런. 발드 님의 안색이 흙빛이지 않나. 약사를! 약사를 불러라! 어서, 서둘러!!"

사이먼이 외치는 소리를 희미하게 들으면서, 발드는 의식을 놓았다.

4

젊은 날의 발드가 돌계단을 오르고 있었다.

계단 위에는 비스듬하게 돌이 깔린 길이 있었고, 그 끝에 꽃 모양 장식이 된 문이 있었다. 밀어 열고 안으로 들어가 꽃과 풀에 둘러싸인 길을 왼쪽으로 돌아들었다.

그곳에 따뜻한 정원이 있었다.

"어머나, 발드 님. 정장을 하고 어쩐 일이신가요?"

아이드라의 무릎 위에는 쥬랑이 앉아 있었다.

발드는 아이드라의 곁으로 나아가 차고 있던 검을 검집에서 꺼낸 다음 오른쪽 무릎을 꿇었다.

그리고 양손으로 검을 받쳐 들고 서약의 말을 꺼냈다.

"나의 수호신 파타라포자의 이름 아래 맹세합니다. 나의 검을 아이드라 테루시아 님과 쥬랑 님께 바치며, 평생 그 안녕을 지킬 것을. 언제 어디에 있든 늘 아이드라 님과 쥬랑 님을 생각하며 힘들 때면 지체 없이 달려갈 것을. 아이드라 님과 쥬랑트 님의 바람을 나의 바람으로 여기며, 그 실현에 온몸과 마음을 바칠 것을. 부디 이 서약의 검을 받아주십시오."

발드가 고개를 숙이며 기다리고 있자, 아이드라는 의자에서 일어서서 발드에게 다가왔고, 그 검 자루에 살며시 손을 올렸다.

쥴랑에게도 똑같이 하게 했다.

"발드 님. 그 검을 들어 올리는 것은 불가능하니 이것으로 용서해주세요. 저와 쥴이 당신의 검은 분명하게 받았습니다. 발드 님, 이것만큼은 말씀드리겠습니다. 쥴랑은 당신의 충성을 받기에 합당한 자입니다."

5

"정말로 위험했습니다. 심장이 완전히 멈췄었습니다. 가슴을 세게 쳐서 다시 심장을 뛰게 하는 구급법이 효과가 있었습니다. 그다음은 본디 지니고 있는 힘의 승부였습니다. 그나저나 이러한 경우에는 팔이나 다리에 마비가 있거나 말을 잘 못하게 되는 일이 있습니다만, 전혀 문제가 없는 듯하여 안심했습니다."

진찰을 마친 약사의 말을 발드는 공허한 눈을 하고 들었다.

며칠째인가에 발드는 침대에서 일어나 가벼운 옷차림을 했다.

검도 팔찌도 차지 않고, 그대로 린츠 백작의 저택을 나섰다.

수로가 펼쳐져 있었고, 돌로 된 제방이 있었다.

늘어선 것은 이제 포장마차 같은 것이 아니라 어엿한 가게였다.

수로를 지나는 배도 커졌고 그 수도 많았다.

그 번화함이 지금의 발드에게는 성가시게 느껴졌다.

인파를 피해서 상가들이 늘어선 길을 우회하여 오바 강가로 나왔다.

자리에 앉아 강의 수면을 멍하니 바라보았다.

아무것도 생각할 수 없었다. 생각할 필요도 없었다.

이제 모든 것은 끝났으니까.

그렇게 생각하고 있는 자신에게 조금 놀랐다.

——이렇게나 나는 줄을 사랑하고 있었는가.

하지만 그랬다. 그것은 당연했다. 그러한 자로서 자리하도록, 자기 자신에게 들려줘 왔으니까.

고통에서 벗어나 아이드라와 줄에게 자신을 바치겠다고 결심한 그날 이후, 줄의 반짝이는 삶은 발드의 생명력의 원천이었다.

해가 지고 두 개의 달이 머리 위로 떠오를 시각까지, 발드는 강가의 바위 위에 멍하니 앉아 있었다.

그날부터 오바 강가에 나가는 것이 발드의 일과가 되었다.

어느 날의 일이었다. 평소처럼 오바를 향해 걷고 있으려니, 길가에 앉은 아이와 문득 시선이 마주쳤다. 아이는 꾀죄죄한 차림으로 토가 열매를 깨물며 발드를 보고 있었다.

오바 강가에 앉은 후로도 그 눈이 신경 쓰였다.

그것은 걱정하는 눈이었다.

그 아이의 눈에 자신은 어찌 비쳤을까. 기운 없고 초라하게 등을 웅크리고, 기력도 희망도 없는 공허한 눈을 하고, 다리를 끌듯이 걷는 불쌍한 노인일까.

그 초라한 행색의 아이에게 나는 동정받고 불쌍히 여겨진 것이었다.

발드여.

발드 로엔이여.

그래도 괜찮은 것인가.

아이드라의 기사 발드가 그래도 정말 괜찮은 것인가.

아니, 괜찮을 리 없다.

가슴을 펴라, 등을 곧게 펴라. 발드 로엔!

너는 아직 살아 있다! 싸워라, 발드 로엔!

발드는 오른손을 꽉 주먹 쥐었다. 주름 많은 손이기는 했지만, 아직 듬직했다. 적을 쳐부수는 강한 주먹이다.

크게 숨을 들이쉬었다. 오바의 바람이 가슴속으로 스미고, 온몸에 힘이 가득해졌다.

발드는 일어서서 뒤를 돌아보았다. 그곳에는 커즈가 서 있었다.

줄곧 곁에 있어준 것이다.

──나는 혼자가 아니다.

발드는 울었다.

그날 밤은 악몽을 꾸는 일도 없이 발드는 푹 잘 수 있었다.

6

쓰러진 지 12일째의 점심 무렵, 발드는 사이먼에게 쥴랑트의 죽음에 관한 전말을 들었다.

쥴랑트 왕은 작년 초부터 몸 상태가 좋지 않았고, 결국 자리에 눕게 되는 일이 늘었다.

그것을 보고 중신들은 격무가 지나친 탓이라고 목소리를 높였다.

그러나 그래도 정무를 계속 돌보았고, 결국 4월 23일, 돌아올 수 없는 사람이 되었다.

쥴랑트가 왕도에 불려온 것이 4270년, 즉 15년 전의 봄이었다.

왕의 장자로 인정받은 후로 쥴랑트는 몹시 바쁘게 지냈다.

왕태자 후보로서의 교육으로 가득한 일과가 짜이고, 귀족들과 논쟁하고, 타국과 교섭하고, 거기에 더해 실적을 만들기 위해 유력 도시를 돌며 조약 개정을 해나갔다.

그것도 단순한 개정이 아니다. 과거 몇 대의 왕이 쌓아온 제도 개혁의 틀을 따르며, 기득권을 놓으려 하지 않는 대귀족들과 교섭을 계속하지 않으면 안 되었던 것이다.

태자 책봉식을 올리는가 했더니 중원에 전란의 조짐이 보였고, 익숙하지 않은 군세를 이끌고서 싸워야만 하게 되었다.

겨우겨우 승리하여 개선하는가 했더니 왕이 급사하였다.

이때 다음 왕위를 두고 왕족 간의 치열한 다툼이 있었다고 한다.

한창 전란이 일고 있었던 것이 쥴랑트에게 득이 되었다. 웬델란트 왕이 너무나도 갑작스레 죽은 탓에 다른 왕족의 준비 활동이 때를 맞추지 못했던 것도 다행이었다.

그러나 그것은 왕족 다수의 불만을 내포한, 살얼음판 같은 대관식이었다.

쥴랑트에게는 사명이 있었다. 과거 여러 대의 왕이 도전하고 웬델란트가 진행했던 제도 개혁을 추진한다고 하는 사명이.

끝없는 중압을 짊어지고서 쥴랑트는 10년분의 수명을 1년에 쓰는 듯한 가혹하고 다망한 나날을 보냈던 것이다.

또, 제2차 제국 전쟁 중에 제1 측비에게 당한 독 단검도 쥴랑트의 수명을 줄였으리라.

재위 12년, 향년 42세.

——아아, 쥴이여!

7

쥴랑트가 서거한 시점에 발드랑트 왕자는 왕위 계승권을 가지고 있었다. 그러나 왕태자로는 지명되어 있지 않았다. 아직 어렸기 때문이다.

발드랑트 왕자의 왕태자 지명을 쟁취해낸 것은 셰르넬리아였다.

셰르넬리아는 아고라이드 노공작과 거래를 했다.

왕위 계승권을 가진 샹티리옹을 대리 왕으로 올리는 대신에 발드랑트를 왕태자로 삼고, 성인이 되면 왕위를 넘긴다고 하는 약속을 나누었다. 그리고 왕의 즉위식 자금을 제공한다고 하는 제안까지 했던 것이다.

아고라이드가의 영향 아래 있는 추밀원 멤버 및 중신에 쥴랑트파 추밀원 멤버 및 중신을 더하면 대리 왕으로 지명받는 것은 틀림이 없었다. 아고라이드 공작은 더욱 신경을 써서 재화를 뿌려 왕위 계승권을 가진 왕족과 다른 여섯 공작가 등을 포섭했다.

그리하여 무사히 대리 왕의 지명과 왕태자 지명을 받았다.

다음은 드디어 대리 왕 즉위식 준비였다.

여기서 전왕의 측근과 협력자들이 표면적으로 나섰다.

마드스 알케이오스 진서후와 토드 상급 사제를 비롯한 추밀원 사람들.

쥴랑트 왕에게 공명하고, 혹은 왕에게 선택되어 육성되어온 중신들.

리시오네르 자작을 비롯한 실력파 관료들.

버드올 자작을 비롯한, 처음부터 쥴랑트 왕 옹호파였던 제후들.

캇세 집정관 티그에르트 보엔 자작과 쥴랑트 왕에게 등용된 제후들.

키제크 레이가를 비롯한 근위대에 소속된 귀족가의 차남과 삼남인 유력주들.

시델몬트 엑스펜글러 장군을 비롯한 군부의 실력자들.

그러한 사람들이 약속이라도 한 듯이 모여들어 즉위식 준비를 관리하기 시작했다.

역시 이러한 점은 돈을 내는 사람이 강하다. 모든 일은 셰르넬리아의 뜻에 따라 진행되었다.

즉위식 규모는 아무도 전혀 상상하지 못했을 정도였다.

고리올라 황국에서는 황태자가, 튜라와 세이온에서는 왕이 직접, 가이넬리아에서도 왕태자가 참석. 그 외에 20여 나라에서 국왕 혹은 태자가 출석한다고 하는, 어마어마한 면면이었다.

그리고 무려 메르카노 신전에서는 네 명의 대교주 중 한 명이 찾아와 의식을 관장했다. 대체 돈을 얼마나 들여야 대교주 정도를 부를 수 있는 것이냐며 사람들은 수군거렸다.

셰르넬리아의 지참금은 어마어마한 액수였고, 그것을 전부 쏟아 부어 이러한 준비를 했다.

아고라이드 공작의 얼굴은 창백해졌다.

각국 국왕과 태자가 자리한 와중, 메르카노 신전 대교주가 집행하는 의식에서 10년 후에 발드랑트가 기사 서임을 받으면 왕위를 양도한다고, 샹티리옹은 맹세해야 했던 것이다.

이 맹세를 깨면 파르잠은 중원의 웃음거리가 된다. 또한 발드랑트 왕자가 아닌 다른 자를 다음 왕으로 지명하려 한다면, 체면을 잃은 메르카노 신전은 그 즉위식에 신관을 파견하지 않을 터다. 즉, 즉위식이 불가능해진다.

이리하여 셰르넬리아는 발드랑트의 왕좌를 향한 길을 열어두었던 것이다.

게다가 쥴랑트파의 사람들은 이 일에서 어디에도 빚을 만들지 않았다. 그러니 발드랑트가 즉위했을 때는 아무런 사양도 없이 수완을 발휘할 수 있다.

쥴랑트의 꿈은, 생명은, 이어지고 있었다.

다만 이 맹세를 없었던 것으로 할 수 있는 방법이 있었다.

발드랑트를 죽이는 것이다.

이렇게 있는 순간에도 셰르넬리아와 쥴랑트파의 사람들은 발드랑트 왕자의 목숨을 지키는 싸움을 하고 있으리라.

발드는 셰르넬리아의 분투에 갈채를 보내고 싶은 마음이었다.

| 제 4 장 | ——— 에 트 나 의   기 도

— 샌 드 위 치 와 두 가 지 소 스 —

1

파델리아는 어마어마하게 발전했다.

큰 상점과 창고가 늘어섰고, 길을 가득 메울 듯한 짐차와 마차가 달렸고, 사람들의 노호가 오갔다.

그날 밤은 린츠 상회의 파델리아 지배인에게 융숭한 대접을 받고 다음 날 출발했는데, 검문소를 지날 때 변경 기사단의 단장이라는 인물과 함께하게 되었다. 그는 식량을 사러 왔다고 했고, 네 명 정도의 기사와 짐마차를 인솔하고 있었다.

그것은 좋았지만, 이 변경 기사단의 단장이라는 인물이 묘하게 친한 척을 하며 말을 걸어왔다. 발드의 기억 속에는 없었는데, 상대는 발드를 잘 알고 있는 모양이었다. 게다가 발드 아래에서 싸운 적이 있다고 한다.

잠시 동행하며 대화를 거듭해가다 보니, 무려 이 기사는 발드와 시합에서 대전한 적이 있다고 한다. 그러나 파르잠 기사와 검을 나눈 적이 있었던가?

덥수룩한 검은 머리카락과 수염, 주먹코를 가진 그 기사의 얼굴을 바라보며 발드는 대화를 계속했다. 그러다 부관인 기사가 그 기사를 에네스 단장이라고 부르는 것을 듣고 발드는 겨우 기억을 떠올릴 수 있었다.

에네스 카론.

변경 경무회의 제3 부문 우승자로, 발드와 시범 경기를 했던 상대다.

에네스가 변경 기사단 단장에 임명된 것은 3년 전이라고 한다. 로드반 성을 고리올라 황국에 넘기고, 변경 기사단의 본거지는 콜포스 성채로 옮겨졌다. 기사단 규모는 일단 절반 이하로 축소되었는데, 남방 무역도 북방 무역도 확대되기만 하는 중이라 지금은 증원되어가고 있다고 한다.

무려 파르잠에서 파크라로 정기적으로 기사가 파견된다고 한다.

제1차 제국 전쟁 발발과 거의 동시에 선왕 쥴랑트는 파크라의 테루시아가에 필두 기사 시델몬트 엑스펜글러를 빌려달라고 요청했다. 테루시아가는 난색을 표했지만, 기간을 3년으로 정할 것과 그 사이에 두 명의 기사에게 마검을 들려 파크라로 파견한다고 하는 조건으로 뜻을 밀어붙였다.

그런데 두 명의 기사는 1년 만에 도망가버렸다. 한겨울 성채에 틀어박혀 지내야 하는 혹독함과 마수(키젤)의 무시무시함을 견디지 못한 것이다. 테루시아가에서는 당장 시델몬트를 돌려보내라고 재촉했다.

쥴랑트 왕은 곤혹스러웠다.

객장으로 데려왔을 터인 시델몬트는 상군 정장의 자리에 올라 있었다. 제1차 제국 전쟁은 승리로 끝났지만, 왕군은 피폐해져 빠르게 재정비를 해야 했다. 공정하고 남을 잘 살피고, 전술에도 뛰어나 무리한 지휘를 하지 않는 시델몬트는 이제 없어서는 안 되는 인물이었다.

게다가 무엇보다, 쥴랑트에게 시델몬트는 발드 아래에서 함께 기사 수업을 받은 형 같은 존재였다. 이렇게 속마음을 다 아는, 신뢰할 수 있는 상대는 달리 없었다.

그래서 쥴랑트 왕은 다섯 명의 젊은 기사를 5년 기간으로 빌려주었다. 그쪽에서 마음껏 단련하여 쓰라는 뜻이었다. 마검 다섯 자루도 빌려주었다. 그 시점에서는 3년이 지나면 시델몬트는 파크라로 돌려보낼 셈이었다.

그런데 3년이 지났을 때는, 한창 제2차 제국 전쟁이 벌어지는 중이었다. 전쟁이 끝나자 각지에서 반란을 진압하고, 국가 전체의 군사력을 서와 남으로 나누어 재편하는 일이 기다리고 있었다. 아무래도 시델몬트가 빠질 수 없게 되었다.

그래서 처음 다섯 명에 더해 다시 다섯 명의 젊은 기사를 5년 기간으로 빌려주고, 마검 한 자루와 마창 한 자루의 양도라는 조건까지 붙여 시델몬트를 3년 더 빌려달라고 부탁했다.

이윽고 첫 다섯 명의 기사들이 돌아왔다. 그들의 성장은 눈부셨다. 곧바로 걸맞은 지위가 내려졌다.

그 상황에 주목한 것이 왕도의 중하급 귀족들이었다. 그들은 차남과 삼남 등을 상응하는 사례와 함께 파크라로 기사 수업을 보내고 싶다고 왕에게 청했다. 도움이 되는 기사로 키워지면 영달의 길도 열린다. 파벌의 제약이 없는 수업 장소라는 것도 매력적이었다.

왕은 곤혹스러웠다.

파크라로서는 기사 수업을 받아들여도 기사가 되면 돌아가고 마는 것이니, 민폐이기만 할 뿐 득이 없었다. 그래서 파크라에서 수업을 받고 기사가 된 자는 그 후 5년간 파크라에서 의무적으로 봉사하고, 체재 비용은 스스로 부담할 것을 조건으로 걸었다.

이 조건을 듣고 물러난 자가 많았지만, 그래도 여전히 바라는 자도 있었다.

왕은 그들을 파크라로 보냈다. 또다시 몇 자루의 마검이 양도되었다고 한다.

이후, 파크라에서의 수업이 정착하게 되어가고 있다고 한다.

발드는 황당하다 여겼지만, 잘 생각해보면 그리 나쁜 이야기도 아니었다. 나름대로의 인원수가 기사 서임 후 5년간 일해준다고 한다면 인원에 여유가 생긴다. 그리하면 부상자를 충분히 치료할 수 있고 도적 토벌과 순찰에도 인원을 마음껏 돌릴 수 있다.

참고로 시델몬트는 여전히 상군 정장으로 영지 없는 후작위를 유지하고 있다고 한다. 처자식은 파크라에 남겨둔 채였는데, 왕도에서 아내를 맞았다고 하는 소문도 있다고 한다.

미스라 바로 앞에서 에네스 일행과 헤어졌다.

2

발드는 여기까지 와서도 왕도로 가야 할지 어찌할지 망설였다.

처음부터 발드랑트 왕자의 얼굴을 보러 파르잠 왕도로 갈 예정이었다.

가면 소홀한 대접을 받지는 않을 터다. 샹티리옹은 발드에 대한 우정을 잃지 않았을 것이다. 셰르넬리아 비도 있다. 발리 토드도 기뻐하며 맞아주리라.

그것은 이미 알고 있었다.

하지만 쥴랑트가 더는 없다고 하는 그 사실이 어쩐지 파르잠 왕궁을 매우 먼 곳처럼 느껴지게 했다. 왕궁에 가서 왕자의 얼굴을 본다는 것이 무척이나 가서는 안 될 곳으로 가는 듯이 여겨졌다.

망설이며 미스라의 문을 지났다.

검문은 아주 간단했다. 발드가 쓴 것은 이번에 린츠 백작에게 발행받은 통행증이었다. 이 통행증으로 왕도의 문도 통과할 수 있다고 한다.

미스라의 마을도 예전보다 커졌다. 이전의 두 배 가까운 규모는 되어 보였다.

발드를 알아보는 사람이 있지는 않을까 우려했지만, 그런 걱정은 할 필요가 없었던 모양이다. 지금의 발드는 나이 든 서민 여행자로만 보였다.

그때, 길가에 서서 놀란 얼굴을 하고 이쪽을 보고 있는 자가 있었다.

서른 살쯤 될까 말까 한 나이의 여자였다. 짐이 담긴 바구니를 들고, 옆에는 딸로 보이는 소녀를 데리고 있었다.

"발드 로엔 님……."

혼잡한 와중에 여자의 입이 그리 움직이는 것이 보였다.

이쪽으로 달려왔다.

"저기, 저, 가, 감사했습니다."

"그래."

무엇에 대한 감사인지는 몰랐지만 일단 고개를 끄덕였다.

"다행이야. 겨우 감사 인사를 할 수 있었어. 줄곧, 줄곧 감사 인사를 드리고 싶었습니다. 저기, 이거."

짐에서 포프 잎으로 감싼 무언가를 꺼내 내밀었다.

"저희 자랑인 빵이랍니다. 제, 제가 연구해서 만든 거예요. 드셔 주세요. 금방 상하는 거라 오늘 중에 드셔주세요. 그럼."

그렇게 말한 다음 여자는 소녀의 손을 잡고서 빠른 걸음으로 자리를 떴다.

여자는 뒤를 돌아보며 손을 흔들었다.

마주 손을 흔들어주며 발드는 생각했다.

──흐음, 저 여자의 생김새는 기억에 있는 듯한데. 어디서 봤던 얼굴일꼬.

포프 잎을 펼쳐보자 샌드위치가 들어 있었다.

서민이 먹는 빵으로 만든 것이 아니었다. 서민의 빵은 오래가지만 거무튀튀하고 딱딱하고 심심한 빵이다. 이 빵은 달랐다. 희고 폭신했다. 어째선지 사각형에 평평했다. 아마도 커다란 빵을 구워 그것을 얇게 자른 것이리라.

네모나게 자른 그 하나를 발드는 덥석 입에 물었다.

순간 입안에서 감칠맛이 넘쳐났다. 이 맛은 신선한 채소와 훈제

한 고기에서 느껴지는 것이었고, 두 종류의 소스가 맛을 더욱 북돋 워주었다.

하나는 매콤달콤하고 찌르르해서 혀의 중간쯤에 강한 자극을 주 었다. 이 소스는 훈제 고기에 딱 맞았다.

또 하나의 소스는 새콤달콤하고 부드럽게 감싸주는 맛이었다. 이 소스는 채소와 잘 맞았다.

소(몰로그)의 유지방(브이유)이 빵에 얇게 발려 있었다. 이런 비싼 식재료를 서민도 쓸 수 있게 된 것이다. 그리고 보니 이 빵 자체에 도 구울 때 소의 브이유를 섞었는지도 모른다. 그렇지 않으면 이 부드러움과 달짝지근한 맛이 설명되지 않는다.

남은 세 조각 중 하나씩을 커즈와 세트에게 주고 마지막 한 조각 은 발드가 먹었다.

"돌아가자."

발드가 그리 말하더니 유에이탄의 말머리를 돌려 방금 들어왔던 문 쪽을 향해 나아가기 시작했다.

"네? 네? 파르잠 왕도에 가는 게 아니었습니까? 돌아간다니, 지 금부터 퓨자리온으로 돌아가는 겁니까?"

세트는 혼란스러워했다.

그렇다. 돌아가는 것이다.

이제 보아야 할 것은 다 보았다.

셰르넬리아가 쥴랑트의 죽음과 그 후의 일에 관하여 소식을 전 하지 않았던 이유를 안 듯한 기분이 들었다.

셰르넬리아에게는 셰르넬리아가 해야만 하는 일이 있으며, 발드에게는 발드가 해야만 하는 일이 있다. 지금은 서로 자신의 일에 몰두해야 할 때라고, 셰르넬리아는 생각하고 있는 것이다.

신기한 일이었지만, 알지도 못하는 여자에게 받은 샌드위치를 먹었을 때 속에 맺혀 있던 것이 완전히 사라졌다.

괜찮은 것이다.

아무것도 남기지 않아도 괜찮다.

발드가 애쓸 일은 없다. 사람의 생은 계속 이어진다. 사람들의 땀과 지혜로. 그것을 믿으면 된다.

──나는 한 방울의 물이면 된다.

한 방울의 물이 바위에 떨어져 부서진다 해도, 바위에는 조금의 상처도 내지 못한다. 그러나 무수한 물방울이 부서지는 사이에, 어느샌가 바위에도 구멍이 난다.

파르잠의 번영한 모습을 보아라.

나라의 변두리에 있는 미스라 같은 벽촌 도시조차도 이렇게나 풍족해졌다. 이 빵의 맛은 또 어떠한가. 사람은 많고, 그 표정은 생기 넘쳤다. 초라한 행색을 하고 여행자에게 먹을 것을 구걸하는 아이들도 없다.

이것은 쥴랑트가 가져온 것이다.

쥴랑트는 뜻을 이루지 못하고 쓰러진 것이 아니다. 목숨을 불태우고, 개혁을 이끌고, 나라를 풍족하게 만들고 죽은 것이다. 쥴이 목숨을 아까워했다면 이러한 발전은 없었다.

그렇다. 목숨을 아까워할 필요 없다.

어떻게 파타라포자에게서 얻은 지식을 남기면 좋을까, 그런 고민은 할 필요 없다. 그렇게나 생각하고도 떠오르지 않았으니, 그런 방법 따위는 없는 것이다. 그래서는 안 된다고 생각하는 것은 자신의 목숨을 아까워하기 때문이다. 적어도 누군가를 동석시켜 얻은 지식을 남기고 싶다고 생각하는 것은 사실 자신의 목숨을 아까워하는 것이다.

파타라포자와 마주하고 *끄집어낼* 수 있는 것은 *끄집어낸다*. 그것은 그대로 잃어버리고 말 지식이 될지도 모르지만, 그래도 괜찮지 않은가?

길은 나중에 생겨나는 법이다. 버리면 된다. 전부 다. 그것은 자신을 가벼이 여기는 것이 아니다. 마지막 순간까지 목숨을 불태워 살기 위한 마지막 수단이다.

이제야 겨우 발드는 파타라포자와 대면할 준비가 되었다.

발드에게 빵을 건넨 여자의 이름은 에트나라고 한다.

15년 전, 섬기던 가문을 떠나 여행에 나선 발드는 어느 날 한 숙소(간츠)에 코를루로스를 두 마리 팔고 그곳에 묵었다.

주인의 조카딸인 소녀가 발드의 목욕물 준비를 도와주었다.

다음 날 그 소녀가 미스라의 학교에 입학하기 위해 길을 나서려 했을 때 마을에서 제멋대로 굴던 불량배 놈들이 방해를 하려 들었고, 발드의 도움으로 소녀는 무사히 출발할 수 있었다.

소동에 정신이 없었던 나머지 소녀는 발드에게 감사 인사를 잊었다. 이름을 묻는 것조차 잊었다.

미스라에서 학교에 들어간 소녀는 빵 가게에서 일하기 시작했다. 학교를 졸업하고서도 일했다.

연인이 생겼다. 연인은 돈을 벌기 위해 기사의 종자가 되어 콜포스 성채로 갔다.

그 콜포스 성채에 이변이 생겼다는 소식을 들은 소녀는 연인을 걱정했다.

마수 무리가 출현하여 기사도 종자도 몰살당했다는 소문마저 돌았다.

소녀는 필사적으로 신에게 기도했다.

연인은 무사히 돌아왔다. 많은 급료와 보장금을 받아서.

발드 로엔 대장군이라는 기사가 구원으로 와주어 살았다고, 공을 세울 수 있게 해주었다고 한다.

그리고 시간이 흐른 어느 날, 발드 장군이 마을을 방문했다.

그 얼굴을 한번 보려고 그녀는 영주 저택으로 달려갔다.

그 사람이었다.

변경에서 여행을 떠날 때 도움의 손길을 내밀어주었던, 그 신과도 같았던 노기사였다. 감사 인사를 하고 싶었다. 그러나 사람이 너무 많아서 가까이 다가갈 수도 없었다. 그녀는 울면서 손을 흔들었다.

이윽고 그녀는 연인과 결혼했다. 큰아버지도 변경에서 와주었다.

세 사람은 가게를 열었다. 빵을 구워 팔고 요리도 먹을 수 있는 자그마한 가게였다.

아이도 셋 생겼고, 무사히 크고 있었다.

그녀는 매일 노기사를 두고 기도했다.

이런 행복을 주서서 고맙습니다. 부디 언젠가 감사 인사를 할 수
있게 해주세요. 라고.

오늘 그녀의 바람은 이루어졌다.

1

《발드 로엔.》

《발드 로엔.》

미스라를 출발한 지 이틀째, 한동안 끊겼던 목소리가 들려왔다.

지금까지의 흐릿하던 목소리와는 전혀 다른, 명료한 목소리였다.

발드는 파타라포자가 깨어났다는 것을 직감했다.

"세트. 이 팔찌를 가지고 있거라. 그리고 나에게서 천 걸음 물러나라."

"네, 발드 님."

세트가 〈야나의 팔찌〉를 들고 발드에게서 멀리 떨어졌을 때, 지금까지 중에 가장 커다란 목소리가 울렸다.

《거기구나.》

그곳에서 야영을 했다.

그리고 날이 밝았다.

멀리 동쪽에서 구름이 낮게 깔린 납빛 하늘을 날아오는 것이 있었다.

비룡(엔트 나다)이다.

착지한 비룡에서 내려선 것은 치치르아치치였다.

"발드 로엔. 와라."

치치르아치치의 눈빛과 말투가 이상했다.

——마치 누군가에게 조종당하고 있는 것 같군.

"커즈. 세트. 퓨자리온으로 돌아가 있거라. 유에이탄과 〈야나의 팔찌〉를 부탁한다."

그리 말하고 발드는 치치르아치치와 함께 비룡에 올라탔다.

이번에는 도중에 휴식이 없었다.

가차 없는 속도로 비룡은 날았다. 하계의 풍경은 무시무시한 속도로 뒤로 날아갔다.

〈사로잡힌 섬〉으로 가는가 했더니, 치치르아치치는 이스테리야의, 이전과 같은 모래터에 발드를 내려놓았다.

완전히 지치고 몸이 언 발드는 몸을 잘 움직일 수 없어, 모래터에 쓰러지고 말았다.

겨우 몸을 바로 눕혔을 때, 이미 치치르아치치와 비룡의 모습은 없었다.

2

《겨우 만났구나. 발드 로엔.》

압도적인 힘을 느끼게 하는 목소리가 발드의 머릿속에서 울렸다.

대답을 하려고 했지만, 입이 얼어서 제대로 움직이지 않았다. 그래서 마음속으로 중얼거렸다.

——이런 모양새라 미안하군.

그 마음속 중얼거림에 반응이 있었다.

《어떤 모양새든 신경 쓰지 않는다.》

《그나저나 어떤 모양새지?》

——모래터에 드러누워 있다네.

《이런.》

《혹시 용인 아이가 무례한 짓을 하지는 않았을 테지?》

——그런 건 아니지만, 나이 든 몸으로 이 여행은 힘들군.

《이거 미안한 짓을 했군.》

《뭔가 필요한 것이 있는가?》

——노화를 낮게 하는 약은 없을 테지. 좀 있으면 움직일 수 있게 될 걸세.

《있다.》

《노화에 약은 있다.》

《그런데, 잠시 괜찮겠나?》

《영검의 힘을 해방해 보여주지 않겠나?》

발드는 검집에서 뽑지 않은 채 마음속으로 스타보로스여, 하고 불렀다.

고대 검은 제대로 반응해준 모양인지, 허리 주변에서 따뜻한 열기가 전해져 왔다.

《훌륭해!》

《이 얼마나 강하고, 또한 깨끗한 힘인가.》

《이것이야말로 내가 오랫동안 고대해온 것이다.》

《그럼, 발드 로엔.》

《몇 가지 묻고 싶은 것이 있다.》

《내가 깨어나 보니…… 아, 내가 잠들었던 것은 알고 있었나?》

——자네가 마수(키젤) 대침공 직후에 잠들었다는 이야기는 들었다네.

《대체 누구에게 들었지?》

《뭐 그건 나중으로 미루지.》

《내가 깨어나 보니 용인 에키두르키에가 죽어 있었다.》

《자동 인형들에게 확인해보니.》

《죽인 것은 답파자 발드 로엔이라고 하더군.》

《시련의 동굴은 어찌 알았나?》

——용인의 우두머리 포포르바르포포에게 들었지.

《과연. 그렇게 된 것인가.》

《내가 잠든 사이에 자네는 이스테리야에 왔던 게로군.》

——그렇다네.

《날개도 없는데 어찌 왔나?》

——용인들이 파르잠 왕궁을 습격한 이유를 묻기 위해서, 치치르아치치에게 데려다달라고 했지. 자세한 건 족장에게 듣는 게 좋겠군.

《물론, 그리하지.》

《아니, 이제 그럴 필요도 없을지 모르겠군.》

《이 이야기가 잘 정리되면 용인 따위는 전부 죽여도 상관이 없으

니까.》

《그나저나, 그렇군. 치치르아치치는 자네 얼굴을 알고 있었던 것인가.》

《그래서 데려올 때 망설임 없이 자네에게 다가갔던 게로군.》

──자네도 치치르아치치의 눈을 통해 나를 보고 있었던 것이 아닌가? 아니면 자네는 내 얼굴은 몰랐던 겐가?

《이거 놀랍군.》

《그때 내가 용인 여자아이를 지배한 것을 눈치채고 있었는가.》

《사정을 솔직하게 이야기하지. 나에게는 눈이 없다. 그래서 사물은 보이지 않는다.》

《다른 생물을 지배해도 그 눈을 빌리는 것은 불가능하다.》

《마음의 표면에 떠오른 말은 읽을 수 있지만.》

《마음속에 담긴 기억까지는 읽을 수 없다.》

《이야기를 꺼낸 김에 말하자면, 귀도 코도 없다. 입도 없어서 이렇게 마음으로 이야기를 할 수밖에 없다.》

──뭐라? 그럼 자네에게는 몸이 없는 것인가?

《몸은 있다. 커다란 몸이.》

《그 위치에서라면 보일 텐데?》

──〈사로잡힌 섬〉 위에는 아무도…… 설마! 자네는 〈사로잡힌 섬〉 그 자체인가?

《호오. 유연한 사고로군.》

《몇 백 년이나 나와 어울려온 용인들도 그 사실은 눈치채지 못했는데 말이다.》

《그래, 그 말대로다.》

《원래는 이 섬 안에 봉인되어 있었지만.》

《점점 커져서 지금은 이렇게 섬 자체가 되었다.》

《헤엄치는 물고기를 계속 흡수하고 있으니, 지금도 조금씩 커지고 있다.》

《자, 그럼, 어째서 용인 에키두르키에를 죽였지?》

──에키두르키에는 마검을 발동시켜 〈최초의 인간〉의 유산을 불러오도록 명령했지. 그리고 너를 죽이라고. 그리하면 내가 죽을 때까지 유산은 내 것이라더군.

《과연. 어째서 자네는 에키두르키에의 제안을 차버렸지?》

──녀석의 말에는 몇 가지 거짓이 있어 믿을 수 없었네. 내가 죽으면 유산은 용인의 것이라고 녀석은 말했지. 그렇다는 것은 유산을 불러내고 나면 영검을 가지지 않아도 명령을 할 수 있다는 뜻이 아닌가? 그렇다면 불러낸 후 나를 죽이지 않으리라는 보증이 없었네. 또, 녀석은 영검 사용자의 명령이 우선된다고 말했지만, 그것도 믿을 수 없었네.

《훌륭하군. 발드 로엔.》

《네 사고는 실로 명석해.》

《그에 비해 에키두르키에는 어리석었다.》

《신뢰를 쌓고자 한다면 거짓말을 하지 않는 것이 무엇보다 중요하건만.》

《가르쳐주지. 명령권은 영검의 소유주라고 하더라도 우선되지 않는다.》

《명령 우선 순서는 새겨진 질서를 따르지.》

《그러나 지금 그것은 어떠한 명령도 받아들이지 않게 되어 있다.》

《어딘가에 숨겨져 있다.》

《영검은 그 명령 차단 봉인을 풀 힘을 가지고 있지.》

《봉인을 풀려면 영검으로 어떤 명령을 내리면 된다.》

《예를 들면, 이곳으로 오라, 같은 명령을 말이야.》

──과연. 그런데 자네의 목적은 무엇인가? 유산을 어찌 쓸 셈인가?

《여러 가지 질문이 있는 것 같은데, 그 전에 제안이 있다.》

──무엇인가?

《네 마음과 내 마음을 연결하고 싶다.》

──이미 연결되어 있는 것이 아닌가?

《이것은 외부에서 이야기를 걸고 있는 것에 지나지 않아.》

《마음과 마음을 이어도, 사고의 표층에 떠오른 말밖에 읽어낼 수 없지만.》

《그것이 거짓인지 사실인지를 알 수 있지.》

──제안할 것 없이 멋대로 하면 될 텐데?

《그래서는 네 신뢰를 잃을 테지.》

《너를 놓치면 앞으로 몇 백 년을 기다려야 할지 알 수 없다.》

《두 번 다시, 다음 기회가 찾아오지 않을 수도 있다.》

《나는 네 신뢰를 절대로 잃고 싶지 않다.》

──흐음. 받아들이지 않으면 이야기는 진행되지 않을 것 같군. 해도 좋네.

《그럼, 연결하겠다.》

《처음 순간에는 자극이 있지만 금방 익숙해질 것이다.》

그 순간, 발드의 머릿속에 격통이 내달렸고 시야가 이리저리 흔들렸다.

그러나 금세 고통이 잦아들더니 시야도 원래대로 돌아왔다.

《괜찮은가?》

——으음, 괜찮은 것 같군그래.

《시험 삼아 질문을 해보아라.》

——네 이름은 무엇인가?

《내 이름은…….》

《이 무슨 일인가. 잊어버리고 말았다.》

《그러나 자네들 인간은 나를 파타라포자라고 부르지.》

그 답이 상대의 진심이라는 것을 이어진 마음이 통로를 통해 확신할 수 있었다. 이름을 떠올리려 하던 순간의 당황스러움과 기억을 더듬는 시도도, 분명하게 느껴졌다. 이 상태로는 거짓말을 할수 없다. 하면 상대에게 바로 들통이 나고 만다.

《확인이 된 모양이군.》

《그럼, 네 질문을 시작해라.》

——그럼 묻겠네. 파타라포자여. 너는 어떠한 존재인가?

《시작부터 어려운 질문이군.》

《나는 〈정령 빙의〉가 되어 힘을 얻은 인간이다.》

《쟝은 나를 〈사로잡힌 섬〉에 가두었다.》

《그러나 가둬지기 전에 나는 정령 세계로 들어가는 방법을 발견

제 10 부

250

했지.》

《그래서 그들의 세계에서 그들을 닥치는 대로 먹어 치웠다.》

《먹고 먹고 또 먹어서, 내 힘은 제한 없이 강해졌다.》

《그래도 나는 오랫동안 진중했다.》

《쟝이 가지고 있는 병기의 힘은 압도적이었기 때문이다.》

《용인 둘을 장기 말로 삼을 수 있었고, 몰래 대륙을 조사했다.》

《쟝이 죽었다는 사실을 알았다.》

《수색을 개시했지만 몸은 계속 숨긴 채, 세계를 큰 혼란에 빠뜨릴 만한 일은 하지 않았다.》

——인간의 나라를 멸망시켜 버리면, 쟝 왕의 유산에 관한 단서도 잃을 테니 그랬겠지.

《아니, 그것은 어느 정도 조사가 진행된 후의 이야기다.》

《초반에 나는 다른 것을 두려워했다.》

《쟝은 죽었고 인간은 미개 상태에 머물러 있다고는 해도.》

《어딘가에 감춰진 세력이 있고.》

《내가 경솔하게 모습을 드러내면, 그 녀석들이 나설지도 모른다고 생각했던 것이지.》

《이윽고 적대 세력은 없다는 확인을 마쳤을 때, 나는 움직이기 시작했다.》

《그나저나, 발드 로엔. 쟝의 유산이라는 표현은 그만두어 주었으면 한다.》

《그것은 원래부터 쟝의 것이 아닌.》

《내 것이니까.》

──그런가! 네 정체를 알겠군. 너는 〈선장〉이었어!

《선장!》

《선장이라니.》

《이 언어로 들으니 참으로 신선한 울림이군.》

《그러나 그 지적은 옳다.》

《내가 별의 배의 선장이자, 별의 배의 권한을 가진 자다.》

《쟝 크루즈는 반란을 일으켜 내게서 배를 빼앗았다.》

《그러나 발드 로엔. 어째서 네가 그것을 아는가?》

──작년까지 〈정령 빙의〉된 자가 살아 있었다네. 그 사람에게 들었지. 그자는 〈선장〉은 사로잡혀 치형되었다고 말했었는데. 죽이지는 않았던 게로군.

《내 관점에서 그것은 반란이다, 라는 것은 너도 이해할 테지?》

──네가 정해진 법칙을 깨고 이 땅의 자들을 학대하려 했기 때문이 아닌가?

《아니, 그런 말도 안 되는.》

《나는 그들을 오히려 보호하려 했다.》

《쟝 크루즈 녀석은 그들을 지적 생물로 인정하고 선주민으로서 대우해야 한다고 말했다.》

《그러나 원주민들은 전부 미개인일 뿐이었지.》

《제대로 된 대화도 불가능한 상대였어.》

──너는 스스로 왕이 되고 〈선원〉들을 귀족으로 삼고, 왕조를 세우려 하지 않았는가?

《그것은 부정하지 않겠다.》

《어찌 되었든 적당한 문명을 서둘러 이룰 필요가 있었으니까.》

《그 경과적 조치로써 강력한 지도 체제를 채용하는 것이 가장 적당했다.》

《이것은 성간(星間) 식민 위원회 지침에도 전혀 저촉되지 않는다.》

──쟝이 혼자 먼저 깨어나 이 땅에서 왕이라 불리게 되었던 것을 배신이라고 부른 모양이던데?

《상당히 잘 아는군.》

《그러나 그것은 그렇다. 녀석의 주장에 정당성이 있든 없든.》

《독단적으로 현지 개입을 하고 현지인의 정치 체제에 변혁을 주었다.》

《멋대로 약속을 맺었으니까.》

《시책 결정에 아무런 자격도 없는 일개 학자 주제에!》

──결국 자네와 쟝 왕의 대립점은 무엇이었는가? 내가 들은 바로는, 쟝 왕은 〈선원〉과 〈잠자는 사람들〉과 아인들이 함께 손을 잡고 나아가야 한다고 생각했다던데. 자네는 〈선원〉이 귀족이 되고 〈잠자는 사람들〉이 평민이 되고, 아인들이 노예가 되어야 한다고 생각했고. 마음을 지배하는 장치를 심어 넣어 〈잠자는 사람들〉을 깨울 셈이었다고 들었네만.

《그 말대로다. 단적으로 말하자면 승객들의 취급을 어찌할 것인가였지.》

《녀석의 생각은 이상론이었다.》

《실행하면 큰 혼란을 불러올 터였다.》

《실제로 보아라. 나를 봉인한 후 쟝이 만든 세계를.》

《인간의 나라에는 신분과 빈부의 차가 없이 인간은 평등하게 살고 있는가?》

《결국 녀석도 소수가 다수를 지배하는 제도밖에 고를 수 없었던 것이지.》

——허나, 쟝 왕의 생각에 동조한 〈선원〉도 많지 않았나?

《그것은 내 실패였다.》

《하급 선원들에게는 자세한 설명을 해주지 않았다.》

《현지에서의 통치 방침과 장래 전망을 말이지.》

《그러나 어차피 상정된 상황이 너무 많은 가능성을 포함하고 있었고.》

《모든 경우에 걸쳐 시정 방침을 설명하는 것은 어려웠다.》

《내가 거짓말을 하고 있나?》

——아니. 자네는 한 말을 그대로 진심으로 믿고 있군.

《좋다. 너는 쟝 크루즈의 자손이니까.》

《녀석의 사상에 동조하기 쉬운 것은 어쩔 수 없을 테지.》

《그러나 내 입장에서 이것이 진실이었단 것은 이해해 주었으면 한다.》

——자손? 무슨 말인가?

《아아. 그것은 몰랐나 보군.》

《영검과 동조할 수 있는 조건, 즉 사용자가 되는 조건이란.》

《녀석의 자손이며, 그 정신의 형태가 녀석과 아주 흡사해야 한다는 것이다.》

——〈정령 빙의〉가 된 쟝 왕은 자손을 남길 수 없지 않은가?

《쟝 크루즈는 〈정령 빙의〉가 되기 전에 자손을 남겼다.》

《그것도 아주 많이.》

《솔직히, 그것이 내가 녀석을 매우 증오하는 이유 중 하나지.》

——내가 쟝 왕의 자손. 내가.

《그리고 조금 전의 네 질문에 대한 답이다만.》

《나는 대량의 정령을 흡수하여 특별한 힘을 손에 넣었다.》

《게다가 존재의 많은 부분을 정령 세계에 두게 되었기 때문에.》

《이 세계에서의 육체는 비대화하여 질척한 육체의 덩어리가 되었고.》

《섬을 뒤덮을 정도가 된 존재이며.》

《자신의 것을 되찾아 이런 상황에 몰아넣은 자들에게 복수하기를 바라는.》

《한 사람의 인간, 이라는 것이 된다.》

——복수라고? 자네는 〈코라마의 분노의 화살〉을 되찾아서 대체 무얼 할 셈인 겐가?

《코라마의 분노의 화살이라고? 대체 무슨 이야기지?》

《잠깐. 아아, 그런가. 마쥬누베크를 소멸시킨 공격을 말하는 것인가.》

《하하하하.》

《이것 참, 실례. 너무나도 과장된 이름이라서 웃음이 나오고 말았군.》

——자네는 그걸 뭐라고 부르나?

《주포, 려나.》

《우스울지도 모르겠지만, 그게 주포다.》

──주포, 라는 건?

《가장 강력한 무기라는 의미지.》

《적성 세력과의 교전은 상정하지 않았으니까.》

《만약 적과 만나면 공격받아 죽는다, 라는 사상 아래 그 배는 만들어졌다.》

《그래서 제대로 된 무기는 없다.》

《부끄럽게도 그게 가장 강력한 무기다.》

──마쥬누베크의 수도를 일격에 소멸시켰는데, 제대로 된 무기가 아니라는 것인가.

《그래, 맞다. 그것에는 꽤 시적인 이름이 붙어 있지.》

《이쪽 말로 하자면, 빛의 창이 된다.》

──빛의 창.

《촛불의 불꽃 같은 것이지만 말이지.》

──네가 찾고 있는 것은 〈코라마의 분노의 화살〉이 아닌 것인가. 그렇다고 한다면 대체 무얼 원하는 겐가?

《배다! 별의 배. 별의 바다를 건널 배다!》

──뭐라고? 별의 배라는 것이 아직 있다는 말인가?

《물론이다.》

《그것은 천년이나 2천 년으로 어찌 되지 않는다.》

《쟝이든 누구든 부술 수 있는 게 아니다.》

《다만 손이 닿지 않는 먼 곳에 감춰졌지.》

──별의 배는 찾지 못했지만, 단서는 찾은 게로군. 시련의 동굴

이라는.

《단서를 좀처럼 찾지 못해서.》

《나는 인간들의 전승을 연구하게 되었다.》

《그중에서 시련을 거쳐 강력한 보물을 얻은 자들의 이야기가 신경 쓰였다.》

《그래서 상세히 조사해보니.》

《각지에서 발견되었다. 시련의 동굴과 그와 비슷한 시설이.》

——뭐라고? 시련의 동굴은 하나가 아닌 것인가?

《하나가 아니다.》

《퓨자의 풍혈 이외의 시설은 기능을 정지해 놓았지만 말이지.》

《나는 시련의 동굴의 기계 인형에게 명령의 봉인과 그 해제법을 물어 알아냈다.》

《다만 그들도 별의 배가 어디에 계류되어 있는지는 몰랐다.》

——이제 와서 별의 배를 찾아, 자네는 무얼 할 셈인가? 세계의 왕이 되려는 것인가?

《그런 것에는, 이제 흥미 없다.》

《내가 하고 싶은 것은 단 하나.》

《고향으로 돌아가 나를 이렇게 만든 자들에게 복수하는 것이다.》

《그러기 위해서는 반드시 별의 배가 필요하다.》

——잠깐. 네가 이곳에 온 것은 상당히 오래전이 아닌가?

《2천 년을 넘었지.》

——자네의 고향에서 이곳에 오기까지 시간이 얼마나 걸렸나?

《정확히는 계산할 수 없지만 천년 이상일 테지.》

──그럼 네가 고향을 떠난 지 3천 년이 지난 셈이군. 돌아가기까지도 천년이 필요할 테고. 네가 미워하는 자들은 이미 죽었을 것이 아닌가?

《그러나 자손들이 남아 있을 터.》

《녀석들 전부가 복수의 대상이다.》

《태평하게 살고 있는 녀석들의 자손에게 뼈저리게 느끼게 해줄 것이다.》

《범한 죄의 대가를 치르게 하는 것이다.》

──별의 배에는 그 정도의 힘이 있는 것인가?

《별의 배에는 없다.》

《그건 고향에서 만들어진 것이고.》

《그걸 아주 간단히 파괴할 수 있는 병기가 개발되어 있을 테지.》

《하지만 아무리 기계 문명을 발달시켰다고 해도.》

《지금의 내 힘은 막지 못한다.》

《이것은 고향에는 없었던 종류의 힘이니까.》

《지금 내 힘은 대륙에 사는 모든 인간을 따르게 할 수 있을 만큼 강하다.》

《이 힘으로 고향의 자들을 지배하고 서로 죽이게 하여 멸망시킬 것이다.》

──하지만 너는 혼자가 아닌가? 이길 수 있을 리 없네. 이긴다 한들, 멸망해버린 나라에서 대체 무얼 할 것인가?

《이기지 못할지도 모르지. 그러나 커다란 피해는 줄 수 있을 것이다.》

《그거면 된다.》

《고향으로 돌아가서 마음껏 원한의 증거를 새길 수 있다면.》

《나는 그것으로 사라져버린다 해도 상관없다.》

《그것이 내 바람이다.》

《나는 거짓말을 하고 있는가?》

——아니. 네 말은 진심이다. 조금의 거짓도 섞여 있지 않았다.

《좋다.》

《그럼, 발드 로엔. 제안이 있다.》

《나와 너는 서로에게 이익을 줄 수 있다.》

《네가 내게 제공하는 것은, 단 하나. 별의 배를 불러내는 것이다.》

《용인에게 시련의 동굴까지 옮기게 할 테니, 별의 배를 불러내주길 바란다. 그것만으로 충분해.》

《나는 이곳에서도, 퓨자로 온 별의 배에다 명령을 내릴 수 있으니까.》

《그리고, 발드 로엔. 네가 나에게 받을 것은 많다.》

《우선 별의 배의 탑재선과 병기를 주겠다.》

《대륙 위를 어디라도 순식간에 이동하고.》

《용인도 다다를 수 없는 저 높은 하늘에서 너는 인간들을 지켜보며 벌하는 것이다.》

《그리고 또 각지의 미궁 관리권을 주겠다.》

《시련의 동굴과 비슷한 시설을 열 개 더 찾았다.》

《그곳에는 예지(叡智)를 갖춘 기계 인형들이 있으며.》

《무수한 비보가 저장되어 있고.》

《거의 죽어가는 자라 하더라도 치료할 수 있는 우수한 치료 설비가 있다.》

《그리고 젊음과 건강과 특별한 힘과 천년의 수명을 주겠다.》

《나이 든 몸은 힘들지 않은가?》

《젊은 날의 끝을 모르던 체력이 돌아왔으면, 하고 생각한 적 없는가?》

《그 바람은 이루어진다.》

《역할을 마친 신령을 먹음으로써.》

《그렇다. 그 영검에 깃든 신령을 먹으면 너는 그 은혜를 받는다.》

《그 방법을 가르쳐주지.》

《자, 고르거라. 발드 로엔.》

《내 제안을 받아들일지.》

《아니면 거절할지를.》

——만약 거절한다면 어찌 되는가?

《너에게 아이는 없었던가?》

——없네.

《그렇다고 한다면 너는 여기서 죽어줘야 한다.》

《그리고 영검은 잠재워 인간 세계로 돌려보내야겠지.》

《그리고 다음 사용자가 나타나기를 기다린다.》

——그런가. 그런 마을 잡화점 같은 장소에 고대 검이 있었던 이유도…….

《영검은 사용자를 불러들이는 모양이더군.》

《눈에 띄지 않지만 누구든 드나들 수 있는 곳에 영검을 두면.》

《이윽고 사용자가 이끌려 온다.》

《어딘가에 사장되면 사용자와 만날 기회도 생기지 않으니까.》

——내가 살아 있으면, 이 검은 다음 사용자와는 만나지 못하는 겐가?

《영검이 동조하는 인간은 언제나 한 명이다.》

《그러니 네가 협력을 거부한다면 죽일 수밖에 없다.》

《네게 아이가 있고 자손이 이어져간다면.》

《그 일족에서 영검의 사용자가 나올 가능성이 높으니.》

《네가 자연히 죽기까지 기다리는 정도는 해도 괜찮을 테지만 말이다.》

——선장. 마음의 연결이라는 걸 풀어주게나. 조금 생각해보고 싶네.

《알았다. 잘 생각해서 현명한 판단을 내리길 기대하지.》

3

선장의 제안에 응한다면 어떻게 될까?

선장은 별의 배를 타고 고향으로 여행을 떠나고, 그리고 더는 돌아오지 않는다.

별의 배의 탑재선이라는 것은 소형 별의 배 같은 것일까? 그게 있으면 하늘을 날 수 있는 모양이다. 용인이 데려다줄 때 체험한 최초의 비행은 아주 훌륭했다. 탑재선으로 자유롭게 어디든 날아갈 수 있다는 것은 매우 매력적인 이야기였다.

시련의 동굴과 비슷한 것이 열 개나 더 있다고 한다.

어떤 약과 지식이 잠들어 있을까.

스테실들은 발드의 팔을 순식간에 치료하고, 자리아의 상처와 피로도 짧은 시간에 치료했다. 그 의술이 있으면 얼마나 많은 생명을 구할 수 있을까.

그리고 또, 젊은 날의 건강을 준다고 한다.

천년이 아니라도, 아주 조금 더 목숨이 이어진다면 퓨자리온의 장래를 지켜볼 수 있다. 그 꿈에서 본 것이 현실이 될지 어떨지를 지켜볼 수 있다.

그것은 얼마나 가슴 뛰는 가능성인가.

그러나.

발드는 물욕 장군(클리골 엔트라)을 떠올렸다.

긴 수명은 그 남자에게 있어 저주였다. 피는 까매졌고, 미각은 잃었고, 살아간다는 데 지쳤어도 쓰러지는 것도 평온해지는 것도 허락되지 않았다.

살아간다는 것은 무엇인가.

죽는다는 것은 무엇인가.

사람은 죽을 때까지 산다. 죽음이 정해져 있기에, 생명은 한없이 존귀하다. 목숨에 끝이 있기에 사람은 열심히 살며, 기쁨을 나눈다.

살아간다는 것은 무언가를 먹는다는 것이다.

고든 자르코스와 함께 여행한 나날을 떠올려라.

그 즐거웠던 야영을 떠올려라.

발리 토드 사제와 자이펠트와 샹티리옹과 먹었던 그 기사어.

고든과 카이넨과 유리카와 먹었던 그 흑새우.

고든과 줄챠가와 먹었던 그 코르코르두르.

고즈 보어와 자이펠트와 킬리 할리파르스들과 잔을 나누었던 차가운 에일과 갓 구운 소의 갈빗살.

고든과 커즈와 드리아텟사와 줄챠가와 함께 지냈던 그 폭포 근처에서의 식사들.

얼마나 즐겁고 맛있었던가!

대륙을 지배할 만큼의 힘을 얻으면 기사어도 코르코르두르도 소 갈빗살도 얼마든지 구할 수 있으리라. 그러나 거기에 그 맛이, 즐거움이 있을까?

자이펠트도 킬리도 고즈 보어도 그리고 고든도 카이넨도 유리카도 떠나고 말았다. 더는 그들과 식사를 함께할 수 없다. 그 맛은 두 번 다시 느낄 수 없는 것이다.

그들은 살아가기 위한 싸움을 마치고, 지금은 파타라포자 곁에서 평온을 맞이했다.

이런 가짜가 아닌 신짜 파타라포자 곁에서.

생이란 기쁨이고, 죽음은 평온이다.

태어나는 것이 축복이라면, 죽는 것 역시 축복임이 틀림없다.

양쪽 모두 무엇으로도 대신할 수 없는, 단 하나의 생명의 사건인 것이다.

지금 발드의 마음은 맑아졌다. 그 청명한 마음으로, 깊게 〈선장〉의 마음속을 통찰했다.

그리고 파멸의 가능성을 깨달았다.

발드는 마음을 정했다.

4

——선장.

《생각은 정리되었나?》

——그래. 다시 한 번 마음을 이어주게.

《지금 연결했다.》

《자, 답을 들려주겠나?》

——그 전에 깜빡하고 묻지 못한 게 있네. 마수라는 것은 결국 무엇인가? 미친 정령이 짐승에게 씌면 마수가 된다는 것은 알고 있네만. 어째서 정령이 미치는 것인가, 그걸 모르겠어.

《그건 나도 모른다.》

《마수가 출현한 것은.》

《내가 〈사로잡힌 섬〉에서 힘을 쌓아가던 때의 일이니까.》

《그저, 생각하기에 씨앗으로서의 수명 같은 것이 아닐까?》

——씨앗으로서의 수명이라고?

《그렇다.》

《정령은 수명이 다하면 일단 소멸하지만.》

《정령 세계에서 새로운 힘을 얻으면 다시 이 세상에 모습을 드러내지.》

《그때에는 이전의 기억을 이어받는다.》

《몇 만 년의 기억을 계속 가지고 있다는 것은, 어떤 일일까.》

《그 기억의 무게에 버티지 못해 미쳐버렸다.》

《그런 것은 아닐까 추측하고 있지.》

《진실은 알 수 없지만.》

——흐음. 그렇군. 결국, 마수가 태어나는 이유는 모르는 것인가. 아쉽군. 또 하나. 쟝 왕은 어째서 너를 〈사로잡힌 섬〉에 가두었는가. 어째서 죽이지 않은 것인가.

《고향의 법과 관습에 따랐기 때문일 테지.》

《우리의 고향에서는 사로잡은 적과 죄인을 죽이는 일을 그만둔지 오래되었다.》

《생명의 개성은 결코 사람의 손으로 재현할 수 없기 때문이다.》

《그래서 사람이 사람의 목숨을 빼앗는 일은 기피된다.》

《전쟁 중에 죽는다면 모를까, 잡혀버린 나는.》

《이렇게 멀리 떨어져 있는 작은 섬에 격리라도 하는 수밖에 없었을 테지.》

——네 동료들은 어찌 되었나? 역시 어딘가에 갇힌 겐가.

《동료들은 전쟁에서 패한 후.》

《쟝 크루즈를 따르는 길을 선택한 모양이다.》

——너는 이 땅에 오고 싶지 않았던 모양인데. 어째서 선장이 된겐가?

《내 힘을 두려워한 자들이 나를 함정에 빠뜨려.》

《이주선의 선장을 맡을 수밖에 없는 상황으로 밀어 넣었다.》

《이주선의 선장과 선원이 되는 것은.》

《자기희생을 동반하는 고귀한 일이라고들 했지.》

《죄인들을 신세계로 이끄는 역할이니까.》

——죄인이라고?

《그렇다.》

《별의 배의 승객들은 죄를 범한 자들이다.》

《우리 세계에서는 사형이 없었기 때문에.》

《기억과 지식을 빼앗아 별의 저편에 버렸던 것이다.》

《자, 이제 됐겠지?》

《대답해다오. 발드 로엔.》

《승낙인가, 거부인가.》

——후후후. 별의 배의 탑재선에 병기라. 거기에 미궁의 기계 인형과 도구들이라.

《그렇다. 이 별에 있을 수 없는, 최고의 재산이다.》

——가르쳐주게. 선장. 그건 먹을 수 있는가?

《뭐라?》

——그건, 맛있나?

《무어라? 무슨 말을 하는 건가?》

——변경의 식당(간츠)에서 먹은 코를루로스 내장 찜은, 맛있었지. 나라면 하늘을 지배할 수 있는 배보다도, 그걸 고르겠네.

《탑재선을 얻으면 어떤 음식이든 구할 수 있다.》

——로드반 성에서 그 밤에 마신 소꼬리 수프도 아주 맛있었지. 나라면, 도시를 날려버릴 수 있는 병기보다도, 그걸 고르겠네.

《탑재선과 미궁의 힘을 손에 넣으면.》

《그런 건 천이든 만이든 구할 수 있다.》

──그런가. 천이든 만이든 구할 수 있는 건가. 하지만, 선장. 같은 음식이라도 아주 맛있게 느껴지기도 맛없게 느껴지기도 한다는 걸 기억하는가?

《미각은, 몸과 정신의 상태에도 크게 좌우되지.》

《건강한 몸을 얻으면 너는 지금 이상으로 맛을 느낄 수 있을 것이다.》

──과연. 건강조차도 자유롭게 할 수 있는 힘인가.

《그렇다. 너는 이 별의 절대자가 되는 것이다.》

──선장, 가르쳐주게. 무언가를 먹고 맛있다고 생각하는 그 기분은 생명의 덧없음을 곱씹는 데서 오는 것이라네. 무엇이든 얻을 수 있는 힘과 누구라도 지배할 수 있는 힘을 얻은 자는 생명의 덧없음을 곱씹을 수 없을 테지. 맛있는 것을 함께 나눌 친구를 가지는 것도 불가능할 테지. 맛있다, 라는 말의 의미를 기억하는가? 자네가 마지막으로 무언가를 입으로 먹은 것은 5백 년 전인가? 천년 전인가? 눈도 코도 입도 모든 육체 감각도 잃고, 그저 원한만을 양식으로 삼아 살아가는 자네가 먹는다는 것의 훌륭함을 알겠는가? 음식을 몸이 받아들이고 기뻐하는 그 즐거움을 알겠는가? 모른다고 한다면, 그것은 살아 있다는 것을 모른다는 것일세. 그러한 자와의 약속에 무슨 가치가 있겠는가?

《이, 이 야만인 놈!》

《조금은 지성이 있는 남자라고 여겼건만.》

《별의 배와 그 안에 있는 것은 지고의 결정체다.》

《그 훌륭함을 알지도 못하는 주제에!》

——선장. 분명 자네는 별의 배를 손에 넣으면 아무것도 하지 않고 떠날 셈이지.

《당연하다. 그 조건이 아니라면 너는 별의 배를 건네지 않을 테니까.》

《이 별이 번영하든 망하든.》

《나에게는 어찌 되든 상관없는 일이다.》

——그렇지. 너는 그리 생각하고 있지. 진심으로 그리 여기고 있지. 허나, 실제로 별의 배를 손에 넣고 날아올라, 저 먼 하늘에서 이 대지를 내려다보았을 때, 자네는 과연 무슨 생각을 할까? 2천 년 동안 자신의 감옥이 되었던 이 대지를 보고, 자네 마음에는 어떤 생각이 솟아오를까? 날려버리고 싶다, 그리 생각하지 않겠는가? 서로 미워하게 하고, 서로 죽이게 하고, 절망 속에 멸망하도록 만들고 싶다고 생각하지 않겠는가?

《윽!》

선장은 발드의 말을 들으며 그 장면을 상상했고, 자신의 마음속에 솟아오른 생각을 바라보며 동요했다.

발드의 말대로였다. 멍에에서 벗어나면 이 별도 거기 사는 사람들도 증오스러워 견딜 수 없으리라. 그야말로 발드가 지적한 대로의 일을 하리라. 그것을 깨달았다.

선장이 그리 깨달은 것을 발드도 알았다.

이어진 마음을 통해 온갖 미움과 파괴의 욕구가 전해져 왔다. 발드에게 그것이 전해졌다는 것을, 선장도 알았다.

즉, 이제 교섭의 전제가 된 약속의 진실성이 사라졌다는 것을 서로 알았다.

 ──이 무슨 강렬한 증오인가. 자네는 진심으로 이 땅의 인간 모두를 미워하고 미워하는군. 그러나 선장. 만일 자네 마음에서 이 정도의 미움이 솟아 나오지 않았다 해도 마찬가지일세. 별의 배를 자네에게 건넬 수는 없어. 별의 배를 자네에게 건넨다는 것은, 이 대지의 모든 생명을 자네에게 맡긴다는 뜻이니. 생명의 덧없음과 아름다움을 잊고, 생명을 존중하는 마음을 버려버린 자에게 그러한 힘을 주는 것은 절대 불가능하네. 이게 내 대답일세.

《유감이야. 실로 유감이야.》

《오랜 시간을 들여 준비한 교섭은 실패로 끝났군.》

《게다가 네가 나의 마음속에 있는 것을 들춰내 버렸으니.》

《영검의 다음 사용자에게 같은 수를 쓸 수 없게 되었어.》

《실로 유감이다.》

《발드 로엔.》

《나는 너를 절대로 용서하지 않는다.》

완전히 밤이 되었다.

발드는 몸을 일으켰다. 이제 몸의 통증과 저림은 사라졌다.

얼었던 손가락과 입술도 감각이 돌아왔다.

《나는 지금부터 너를 죽인다.》

《그러나 나는 너만큼 뛰어난 인간을 모른다.》

《만약 내 부하 중에 너 정도의 인간이 있었다면.》

《모든 것은 달라졌을지도 모를 텐데.》

《죽기 전에 무언가 바라는 것이 있다면 들어주마.》

──배가 고프군.

《뭐라?》

──온종일 아무것도 못 먹었네. 배가 고파.

《정말이지 너라는 녀석은.》

《알았다.》

《조금만 기다려라.》

잠시 기다리자 물가로 물고기가 튀어 올라 팔딱팔딱 뛰었다.

그리고 갑자기 격렬하게 몸을 떨더니, 그대로 움직이지 않게 되었다.

《그 물고기를 바위 위에 올려놔주겠나?》

말한 대로 물고기를 가까운 바위 위에 얹었다. 그러자 신기한 일이 일어났다.

마치 모닥불로 굽기라도 한 것처럼, 물고기가 치익치익 구워지기 시작한 것이다.

《나로서는 구워진 정도를 알 수 없다.》

《그러니 적당한 때 말을 해다오.》

──조금 더다…… 좋아, 이제 됐다.

발드는 그 물고기를 먹었다. 껍질 부분은 비늘이 붙어 있어서 벗겨내 버렸고, 허리의 자루에서 소금이 담긴 작은 주머니를 꺼내 뿌려서 먹었다.

맛있었다. 적당히 잘 구워졌다고는 말할 수 없었다. 그러나 한 입 한 입이 더할 나위 없이 맛있었다. 군데군데 맛이 다른, 이름도 모르는 물고기가 너무나도 좋았다.

이것이 인생 마지막 식사다. 그 최후의 식사가 맛있다는 것이 기뻤다.

《식사, 라.》

──선장, 왜 그러나? 음식 맛을 떠올렸는가?

《맛이라는 것을 기억하고 있는 듯한 기분도 들고.》

《그런 것은 처음부터 몰랐던 듯한 기분도 든다.》

《내가 생각하고 있던 것은 다른 것이다.》

《별의 배는 천년이 넘도록 여행을 하고 이곳을 발견했다.》

《그것은 예상도 하지 못했던 긴 여행이었지.》

──뭔가 사고가 있었던 겐가?

《그렇지 않다.》

《별의 배는 모성에서 일정 이상 떨어진 시점에서.》

《우리를 내려놓을 만한 별을 찾기 시작했다.》

《깨어났을 때 너무 긴 세월이 지나 있는 것을 보고.》

《나는 놀라서 기록을 살펴보았지.》

《여기에 오기까지 어떠한 생명이 발달해 있던 별은 8천 이상 있었다.》

《그중 50 정도는 문명이 발달해 있었으니 이민 대상 외였지만.》

《그렇다고 해도 8천 이상의 생명 가득한 별이 있었던 것이다.》

《그러나 별의 배는 그 8천의 별에 우리를 내려놓으려고 하지 않았다.》

《어째서인지 알겠나?》

──아니, 모르겠군.

《먹을 수 있는 것이 없었기 때문이다.》

——뭐라?

《그 별들의 풀과 나무와 새와 동물은.》

《인간이 먹고 그 몸을 유지하기에는 적당하지 않았던 것이지.》

《그리고 이 별이 발견되었고.》

《별의 배는 이곳을 도착점으로 정했다.》

《이곳의 것들은 먹을 수 있다고 판단했기 때문이다.》

——그렇군. 나는 별의 배에 감사해야만 하겠구면.

《그래.》

《그러나 내가 말하고 싶은 것은 그런 것이 아니다.》

《기적인 것이다.》

《먹을 수 있다는 것은, 그 자체가 기적인 것이다.》

《8천 분의 1의 기적이다.》

《너는 먹을 것으로 넘치는 세계에서 살고 있다.》

《그것이 어느 정도의 기적인지, 죽기 전에 알아두거라.》

——선장, 나는 이미 세계에 감사하고 있다네. 그나저나 그 이야기는 흥미가 깊군.

《……너는 대단한 남자로군.》

《덤으로 가르쳐주지.》

《너는 쟝 크루즈만이 먼저 깨어난 것을 알고 있을 테지?》

——그래. 다른 선원을 깨우려 했지만 깨울 수 없게 되어 있었다고 들었네.

《그 말대로다.》

《그것은 여행 기간에 맞춘 각성을 위한 단계적 조치와 안정 기간이 준비되어 있었기 때문이다.》

《너무 긴 여행이었기 때문에 안정 기간 또한 매우 길어졌다.》

《그러나 단 한 사람의 지망 승선원이자 학자인 쟝 크루즈에게는.》

《이상 검사라는 역할이 있어 안정 기간이 생략되었기 때문에.》

《우연히도 쟝과 우리의 각성은 크게 시기가 어긋나버렸다.》

──운명, 이었을지도 모르겠군.

《그렇군.》

《그게 운명이었을지도 모르지.》

바다에서 불어오는 바람이 거칠게 발드의 머리카락과 수염을 흩뜨렸다.

잔물결은 무한의 변화를 보이며 일렁였고, 하늘의 별을 비추어 반짝이며 술렁였다.

하늘을 바라보니 드물게도 언니 달(스라)의 모습은 없었고, 동생 달(사리에)이 혼자 중천에 자리를 잡고서 해원을 흘겨보고 있었다.

하늘을 가득 채운 별들은 붉게 노랗게, 혹은 금은색 빛을 발하며 허공을 수놓고 있었다.

세계는 이 얼마나 아름다운가.

발드는 고대 검을 검집에서 뽑았다. 마지막 순간은 스타보로스와 함께 있고 싶었던 것이다.

《영검을 든 모양이군.》

《그걸 써서 날 공격해 보겠는가.》

《그곳에서라면 직격할 수 있을 테지.》

고대 검의 최대 힘을 해방한 일격도, 물욕 장군에게는 통하지 않았다.

하물며 이 괴물에게 통할 리가 없었다.

《죽음을 앞에 두고 이토록 태연히 경치를 바라보는 여유를 가지고 있다니.》

발드는 이 세상을 마지막으로 눈에 담고자 다시 한 번 하늘을 올려다보았다.

사리에의 미모가 눈에 들어왔다.

《너 같은 인간은, 좀처럼 없다.》

사리에.

여동생 달. 나중에 온 자. 모든 것을 가진 자. 은의 마차를 탄 숙녀. 스칼라의 연인. 하늘의 미녀. 차인 여자. 이 아름다운 달의 신에게는 온갖 별칭이 있었다.

《자, 그럼, 이 세상과의 작별 인사는 마쳤나?》

문득 생각했다.

——어째서 사리에는 〈나중에 온 자〉라 불리는 것일까.

질문이 떠오른 것과 거의 동시에 마음속에서 답이 나왔다.

——처음에는 거기에 없었기 때문이지.

발드는 오른손에 든 고대 검을 〈사로잡힌 섬〉을 향해서 곧게 뻗었다.

발드의 마음의 소리를 들은 선장은 그 의미를 생각하고, 진실을 알았다. 너무나도 의외인 진실은 선장을 굳도록 만들었고, 아주 잠시의 시간을 빼앗았다. 굳어졌다 돌아온 선장이 발드를 죽이려 한 바로 그 순간, 발드는 명령의 말을 이미 마쳤다.

"별의 배여! 빛의 창으로 저자를 쏴라!"

사리에서 〈사로잡힌 섬〉으로 거대한 빛의 기둥이 쏟아졌다.

옛사람들에게 〈코라마의 분노의 화살〉이라 불렸던 절대적인 파괴의 힘이다.

빛의 기둥은 〈사로잡힌 섬〉과 그 주변을 집어삼키고 해원에 구멍을 뚫었다. 한순간 모든 소리가 사라지고, 다음 순간 빛과 소리가 터져 나갔다.

폭풍은 이윽고 이스테리야에도 닿았고, 발드는 모래터에서 날려갔다.

아니, 그것은 진짜 폭풍이었는지 아닌지 잘 알 수 없었다.

아무튼 발드는 날아갔고, 높고 높은 밤하늘로 날아올랐다.

충격으로 발드는 의식을 잃었고 꿈을 꾸었다.

멀고 먼 옛날의 꿈을.

5

"저는 아이드라 님과 줠랑 님을 영원히 사랑하며, 모든 것들로부터 지켜내겠습니다. 아이드라 님, 부디 저의 아내가 되어주십시오."

아이드라가 코엔델라가에서 쫓겨 왔을 때, 발드는 아이드라를 아내로 맞으리라 결심했다. 그러나 아이드라의 마음도 상처입었으리라 생각해 날을 기다렸다.

아이드라의 얼굴에 떠오른 웃음이 꾸며낸 것이 아니라는 생각이

들었을 때, 발드는 아이드라 앞에 무릎을 꿇고 청혼했다.

"이 아이는 어찌 되나요?"

이 아이란 한쪽에서 새근새근 자고 있는 쥴랑이었다.

"제 아이, 라는 것으로 하지요."

"이 아이의 신분은 당분간은 자유롭게 해두고 싶습니다. 그러니 참으로 기쁜 말씀이지만, 받아들일 수는 없습니다."

발드는 놀랐다. 설마 이렇게까지 마음을 다한 청혼을 거절당하리라고는 생각도 하지 못했기 때문이다. 그렇다면 아이드라도 발드를 사랑하고 있다는 것은 발드의 착각이었을까? 아니, 그럴 리 없다.

——그렇다면.

조용히 잠든 숨소리를 내고 있는 쥴랑을 노려보았다. 이 아이가 자신과 아이드라의 행복을 방해하고 있는 것이다.

——목을 졸라 죽여줄까.

발드에게서 뿜어져 나오는 살기에 쥴랑은 불에 덴 듯 울음을 터뜨렸다.

아이드라는 쥴랑을 안아 들고 다정하게 달래기 시작했다.

그 모습을 보고 발드의 살기도 꺾였다.

이 아이를 죽여도 아이드라의 애정은 얻을 수 없다는 것을 알았기 때문이다.

물러나겠다는 말도 남기지 않고 발드는 자리를 떠났다.

그리고 괴로워하고, 괴로워하고, 또 괴로워했다.

자신의 배를 갈라 내장을 꺼내 갈기갈기 찢어버리면 이 괴로움은 끝날까, 하는 생각을 할 만큼 괴로웠다.

이윽고 결론을 내렸다. 자신의 행복을 생각하기에 괴로운 것이다. 버려버리면 된다. 모든 것을 아이드라에게 바치면 된다.

그러나 쥴랑을 어찌할까.

쥴랑은 그 증오스러운 카르도스 코엔델라의 자식이다. 그 남자의 자식이라 생각하면 모습을 눈에 담는 것조차 역겹다. 그 쥴랑을 어찌하면 좋을까.

아니, 알고 있다. 사실은 알고 있었다.

아이드라는 쥴랑을 사랑한다. 그렇다면 아이드라에게 모든 것을 바치겠노라 정한 발드도 쥴랑을 사랑해야만 한다. 그렇지 않으면 아이드라의 기사가 될 수 없는 것이다.

그리고 쥴랑을 사랑하고 지탱하려 한다면 발드는 가시밭길을 걷게 된다.

지금은 괜찮다. 지금은 발드가 건재하고, 하이드라는 사랑하는 딸인 아이드라와 아이드라의 아이인 쥴랑을 애지중지했다. 파크라의 기사들은 하이드라가 눈을 빛내고 있는 동안은 쥴랑에 대한 반감을 겉으로 드러내지 않으리라.

그러나 하이드라는 고령이고 이윽고 죽는다. 그 후, 쥴랑의 지옥이 시작될 것이다. 카르도스 코엔델라의 무도함과 폭거를 증오하지 않는 기사는 파크라에 없다. 그 서자인 쥴도 또한 미움의 대상이 된다.

어찌하면 좋을 것인가. 쥴을 사랑하고 아끼며 행복을 주려면 어찌하면 좋은 것인가.

단련시킬 수밖에 없다. 철저하게 쥴랑을 단련시키고 모두가 탄복하고 존경할 만한 기사로 키울 수밖에 없다.

그리고 쥴의 비호자가 되고자 한다면, 발드 자신도 흔들림 없는 지위를 구축해야만 한다. 목표는 테루시아가의 필두 기사라는 지위다.

될 수 있을까? 일개 시골 무사의 아들인 발드가 그 지위를 손에 넣을 수 있을까? 그러나 그 지위까지 올라가지 못한다면 쥴랑을 지키는 것은 불가능하다.

되자.

파크라에서 가장 강하고 가장 선하고 가장 좋은 기사가 되자.

그리고 쥴을 단련하고 단련하고 단련하자.

그것이야말로 쥴을 사랑하는 것이며, 아이드라에게 제 모든 것을 바치는 것이다.

그리고 드디어 마음의 정리를 마친 발드는 따뜻한 정원으로 향해 아이드라와 쥴랑에게 검을 바쳤다. 아이드라는 그 검을 받아 들었고, 쥴랑은 발드가 검을 바칠 만한 자격을 가지고 있다고 말했다.

그 의미를 지금이라면 알 수 있었다. 쥴랑은 바로 웬델란트 왕의 피를 이은, 중원의 민중을 빛나는 곳으로 이끌 운명을 짊어진 자였던 것이다.

그렇기에 언젠가 쥴랑에게 왕도로 가는 길이 열렸을 때, 그 출신에 한 점의 오점도 남기지 않기 위해 아이드라는 발드의 청혼을 거절했던 것이다.

그것은 얼마나 고독하며 긍지 높은 거절이었던가.

모두 이상하게 여겼을 것이다. 어째서 발드는 아이드라에게 청혼하지 않은 것이냐며.

분명히 했다. 발드는 아이드라에게 청혼했었다. 그러나 거절당했다.

그 일은 아이드라와 발드와 신들만이 아는 비밀이 되었다.

그리고 그 후, 아이드라는 무어라 말했던가.

그랬다. 아이드라는 이렇게 말했다.

"하지만 발드 님. 당신의 검은 이미 바쳐졌습니다. 인민에게. 어느 나라의 백성도 아닌 모든 인민에게. 그 얼마나 고귀한 뜻인지. 그 얼마나 커다란 맹세인지. 지키도록 하세요, 발드 님. 그 맹세를 지키도록 하세요. 당신의 무위와 양심을 인민에게 바치세요. 당신이야말로 그것이 가능한 분이십니다."

그 순간 괴로움의 산물이자 제 충성은, 인민에게 바친다고 하는 그 맹세는 발드가 생애를 걸고 추구해야 할 지표가 되었다.

──아아! 아아! 아이드라 님. 저는, 저는 당신과의 맹세에서 등을 돌리지 않고 이 생을 살아냈다 할 수 있을까요? 저는 가슴을 펴도 괜찮을까요? 나야말로 아이드라의 기사, 〈인민의 기사〉라고!

6

꿈에서 깨어났다.

깨어났을 터인데 신기한 곳에 있었다.

어떠한 빛도 보이지 않는 칠흑 같은 어둠이었다.

그 어둠 깊은 곳에 무언가가 있었다. 그것은 어둠보다도 깊은 어둠이었으며 터무니없이 거대한 존재였다. 그 강대한 무언가가 발드에게 말을 걸어 왔다.

《네가 행한 것으로 인하여.》

《뒤틀림은 바로잡혔다.》

《더러움은 정화되었다.》

《이것을 네게 전해두마.》

어둠보다 깊은 어둠인 이 존재는 무엇일까. 믿을 수 없을 만큼 강하고 커다란 이 존재는 무엇일까.

설마. 아니, 하지만 틀림없었다.

암흑신 파타라포자.

어둠 속에 있으며 어둠을 보듬는 신. 가짜가 아닌 진짜 신, 모든 암흑을 관장하는 위대한 신과 지금 발드는 대면하고 있는 것이다.

그러나 뒤틀림이란 무엇이며 더러움이란 무엇일까. 그것이 바로잡히고 정화되었다는 것은 대체 무슨 말인가.

《상을 주겠다.》

《바라는 것을 말하라.》

바라는 것. 발드의 바라는 것은 무엇인가.

——기쁨과 긍지로 가득한 평안한 죽음을.

《그대의 바람은 들었다.》

《그러나 그것은.》

《조금 훗날의 일이 되리라.》

7

암흑신의 말이 끝나자 발드는 밤하늘에 떠 있었다.

방금 그것은 정말로 신과의 대화였을까.

아니면 정신을 잃은 사이에 꾼 꿈이었을까.

──소이 잎을 떠내려 보내야지.

발드의 여행은 아이드라를 위해 했던 것이라 해도 좋았다. 죽어 버린 아이드라 대신에 세계를 둘러보며 신기한 경치와 맛있는 음식에 관해 소이 잎 편지로 전해 왔다.

이것이 마지막 편지가 되리라.

달의 신(사리에)에게 명하여 〈코라마의 분노의 화살〉을 쏘아, 신이라고도 불리는 괴물을 없앴다고 한다면 아무리 아이드라라도 눈을 크게 뜨며 놀라리라.

발드는 얼굴에 미소를 머금고 가슴 주머니에서 소이 잎을 꺼내려 했다.

그때 갑자기 깨달았다.

──어째서 나는 아직 살아 있지?

발드에게는 하늘을 나는 힘이 없으니 이스테리야의 바위산에 떨어져 죽을 수밖에 없었다.

그러나 발드의 몸은 낙하하지 않고 공중에 떠 나아가고 있었다.

빛의 창에 패인 바다는 지금 그야말로 폭발하고 있었다. 그 물이 사납게 날뛰는 곳에서 무수한 빛의 구슬이 날아올라 하나둘 발드 곁으로 다가왔고, 발드가 떨어지지 않도록 받쳐주고 있었다. 온갖 색채의 빛 구슬이 발드의 몸을 받치며 옮기고 있었다.

정령이다.

《고마워.》

《고마워.》

반투명한 정령들은 웅성거리듯이 감사의 말을 마음속에 울리며 발드의 몸을 열심히 들고 옮겼다.

이스테리아는 압도적인 물 덩어리에 삼켜져 바다에 가라앉으려 하고 있었다.

끊임없이 뒤를 이어 정령들이 솟아 나왔다. 백의 백배, 그 백의 백배에 달할까.

선장은 셀 수 없을 정도의 정령을 먹었던 것이다. 그 정령들이 해방되고 있었다.

그러나 발드를 받쳐주는 정령들은 하나둘 사라져갔다.

빙의되었던 주인이 죽은 정령은 이 세상에서 소멸되어 정령의 세계로 돌아가야만 한다.

따라붙는 정령들의 수는 눈에 띌 정도로 줄어갔다.

이제 곧 발드의 몸은 유그로 떨어진다. 그리고 죽는다.

그래도 필사적으로 옮기려 하는 정령들의 마음이 기뻤다.

《고마워.》

《고마워.》

서쪽 하늘에서 무언가가 다가왔다.

정령 무리다!

30, 40마리 정도나 될까. 하지만, 왜 서쪽에서 정령이?

《인간 발드.》

《데리러 왔어!》

──스이!

그렇다는 건, 안개의 골짜기에서 날아와준 것인가? 동료 정령들을 데리고서?

스이와 동료들은 사라져가는 정령들을 대신해 발드의 몸을 옮기기 시작했다. 대륙을 향해서. 그러나 이 수의 정령들로 발드를 지탱하기는 어려운 모양이었다. 속도도 떨어지고 고도도 떨어졌다. 이제 해수면까지는 얼마 남지 않았다.

《인간 발드.》

《알려줄 게 있어.》

이 목소리는 스이의 목소리지만 스이의 목소리가 아니었다.

모우라였다.

정령 스이를 통해서 모우라가 말을 걸고 있는 것이다.

《네가 풀어준 정령들이 다시 태어나고 있어.》

《모두 정상인 상태야.》

《풀린 거야.》

《저주는 풀렸어!》

《다시 태어난 정령들은 이제 미치지 않을 거야!》

──그런가!

암흑신 파타라포자는 말했다. 뒤틀림은 바로잡혔고 더러움은 정화되었다고. 그 말은 이를 뜻하는 것이었다.

아마도 역시 선장이 원흉이었던 것이리라. 정령들의 세계에 선장은 몸을 억지로 밀어 넣었다. 그 선장이 뿌려 대던 미움이 정령들의 독이었던 것이다.

선장이 소멸하고 정령의 세계에서 사라진 지금, 정령을 더럽히던 독은 사라지고 다시 태어나는 정령은 미치지 않을 것이다. 그 말은, 이제 두 번 다시 정령은 미치지 않는다는 뜻이다. 두 번 다시 마수는 태어나지 않는 것이다.

생각해보면 선장도 불쌍한 남자였다. 복수만이 희망이라고, 스스로 그리 믿었다. 그러나 정말로 선장의 마음속에 있었던 것은 망향이 아니었을까? 떨쳐버릴 수 없는 고향에 대한 그리움에 그 마신 같은 존재는 내몰려 움직인 것이 아니었을까?

별의 배는 감춰져 있지 않았다. 선장의 수명은 자신과 비슷한 정도이리라 생각한 모양이고, 고대 검을 가진 자만이 첫 명령을 내릴 수 있기 때문에 쟝 왕은 별의 배를 감출 필요를 느끼지 않았던 것이다.

각지에 중계 장치를 둔 것은 아마 사람이 많은 대륙 내에서는 사념이 닿기 어렵기 때문이었으리라.

이제 수면까지 아주 조금이다. 별의 배가 〈사로잡힌 섬〉을 깨부순 충격으로 생겨난 거대하고 높은 파도가 밀려들고 있다. 당장이라도 발드를 삼키리라.

그러나 후회는 없었다. 정령들을 해방할 수 있었기 때문이다. 쟝왕의 원통함을 풀어줄 수 있었기 때문이다. 이제 두 번 다시 새로운 마수가 태어나는 일은 없을 것이다. 정령들이 미치는 일은 없을 것이다. 그것은 얼마나 멋진 일인가.

《이제 곧!》

《이제 곧이야!》

무엇이 이제 곧일까?

문득 대륙 쪽을 보았다.

다리다.

빛의 다리다.

암흑의 허공에 걸쳐진 한 줄기 빛의 다리가 대륙에서 발드를 향해 뻗어 왔다.

정령들이다. 놀랄 만한 수의 정령들이 띠를 이루듯 이어져 이쪽을 향해 날아오고 있었다.

──그런가!

선장에게 사로잡혀 있던 정령들은 선장의 죽음과 함께 풀려났고, 일단 발드의 몸을 옮기러 왔다가 사라져 정령의 나라로 돌아갔다. 그리고 서둘러 이 세계에 다시 태어나 〈적석(로로고그)〉에 이끌려 갔다. 그곳에서 곧장 발드를 향해 날아와준 것이다.

당장에라도 발드의 몸이 수면에 떨어질 것만 같은 순간, 빛의 다리가 수면에 스칠 듯이 닿았다.

높디높게 발드의 몸은 날아올랐다.

거대한 파도가 발드 아래를 스쳐 지나갔다.

하늘 가득한 별 아래, 정령들은 떠들썩하게 웃으면서 발드를 옮겼다.

굽어보는 사리에가 미소 짓고 있었다.

정령들에게 옮겨지며 발드는 아이드라의 편지를 떠올렸다.

〈그 소박한 정원의 작은 테이블을 기억하시겠지요?〉

〈당신과 저와 쥴랑.〉

〈아아! 참으로 즐거웠습니다.〉

〈그 따뜻한 정원에서 즐겁게 이야기를 나누던 우리는, 마치 한 가족처럼 보였을까요?〉

발드는 임무에서 돌아올 때마다 따뜻한 정원으로 걸음을 옮겼고, 아이드라와 쥴과 환담을 즐겼다. 그것은 다른 사람의 눈에 한 가족처럼 보이는 광경이었을까?

그렇다면, 그랬던 것이다.

아이드라와 쥴랑과 발드는 한 가족이었던 것이다.

설령 혼인이라는 형태로 맺어지지는 않았다 해도, 아이드라와 발드와 그리고 쥴랑은 한 가족이었던 것이다.

발드는 정말로 원했던 것을 이미 가지고 있었다.

대체 언제부터였을까? 진심으로 쥴랑을 사랑하게 되었던 것은.

발드의 뇌리에 쥴랑의 기억이 잇따라 떠올랐다.

아기일 때. 소년일 때, 청년일 때. 성인이 된 후.

늘 발드는 쥴랑을 지키고 이끌며, 그 성장하는 모습에 아이드라와 미소를 나누었다.

그것이야말로 행복이었으며, 그것이야말로 기쁨이었으며, 그것이야말로 산다는 것의 모든 의미였다.

얼마나.

아아, 얼마나.

얼마나 즐거운 인생이었는가.

날이 밝아올 무렵, 퓨자리온에 빛의 구름이 쏟아져 내렸다.

목격한 사람들은 이 상서로운 징조가 퓨자리온의 번영의 전조라고, 그리 말했다고 한다.

외전·레일리아의 아이들

1

발드가 〈선장〉과 대결하고 나서 퓨자리온으로 돌아와 늪과 같은 잠에 빠졌을 때. 마침 그날 저녁, 멀리 서쪽 캇세에서는 내무관 론 가드 스펜달 자작이 집정관 저택 깊숙한 곳의 방문을 누드리고 있었다.

"론가입니다."

"그래, 들어오게."

레일리아는 론가를 방 안으로 들이고 소파를 권했지만, 론가는 평소처럼 사절했다.

"긴 회의였군."

"조금 장기적인 계획을 이야기하다 보니. 오늘 〈사석(四席) 회의〉에는 월탈프 사령관도 자리하셨습니다."

사석 회의란 캇세를 운영하는 네 명의 수뇌, 즉 집정관, 재무관, 내무관, 외무관이 참여한 운영 회의이다.

티그에르트가 캇세 집정관에 임명된 지 9년. 티그에르트와 레일리아가 결혼한 지 8년이 지났다.

캇세는 누구도 상상하지 못했을 만큼 발전했다.

그 이유는, 진서 기사단에 있었다. 마드스 알케이오스 진서후 아래 편성된 이 강대한 군단은 서쪽 구역을 안정시켰고, 그 덕분에 서역의 각 국가와의 통상이 단숨에 활성화되었다.

아름다운 직물. 융단. 염료. 화학약품. 비료. 싸고 질 좋은 무기 등이 캇세에 대량으로 반입되어 파르잠 각지에 판매되고, 동시에 오버스 성채를 통해 가이넬리아, 세이온, 튜라, 그리고 고리올라 등의 나라들로 수출되어 갔다. 또, 남방의 향신료와 향목 등이 캇세를 거쳐 북방과 서방 각국으로 운반되어 갔다.

지금 캇세는 왕도의 8분의 1정도의 인구와 왕도 4분의 1의 경제 규모로, 사람들에게 〈제2의 수도〉라고 불리는 중요 거점이 되었다.

이 도시에 영주를 두지 않고 왕 직할 도시로 하여 집정관을 둔 것은, 그야말로 선왕 줄랑트의 선견지명이라 할 수밖에 없었다.

이 정도의 도시 운영을 집정관 혼자 감당할 수 있을 리 없었고, 또 감당해도 될 리가 없었다. 재무관, 내무관, 외무관이 신설되었다. 이들은 전부 왕의 칙임이지만, 내무관만은 집정관의 추천을 허락한다는 비공식적인 지시가 있었기 때문에 집정관 티그에르트는 망설임 없이 친우이자 측근인 보엔가의 가신 론가를 추천했다.

또한, 지금 캇세는 잃어버릴 수 없는 중요 거점이기 때문에 지근 거리에 있는 그리스모 성에 기사단을 두고 캇세를 수비하며, 또한 통상로의 안전화 역할을 맡게 되었다.

그 초대 사령관에 오른 것이 월탈프 야간이다. 월탈프는 변경 기사단 부단장이었던 마이탈프의 사촌으로, 마이탈프가 죽은 후 야간가의 당주가 되었다. 위엄 있는 생김새와 거친 목소리가 마이탈프와 똑 닮아서, 티그에르트와 론가는 월탈프를 보면 절로 등줄기를 바로 세우게 되었다.

이번 〈사석 회의〉의 주요 의제는 그리스모 기사단의 이후 3개월간의 파견 계획, 캇세 북측 구역의 신개발, 4분기 수지 전망, 상무관 신설 진행 상황, 그리고 집정관가와 관련된 외교 사안이었다. 론가는 마지막 안건에 관하여 레일리아와 상담하기 위해 걸음을 한 것이다.

"그렇군. 상무관은 필요하다고 생각했어. 그대의 부담도 조금은 줄어들 테지. 그래서, 집정관가(家)에 관한 외교 사안이란 건 뭐지?"

"장남 아크펠트 님과 차남 사크펠트 님의 혼담입니다."

"또? 외무관이 꺼낸 건가?"

"외무관이 선정한 혼담이 네 건과 두 건. 집정관가로 직접 들어온 것이 열세 건과 여덟 건입니다."

"아무리 그래도 너무 많네. 그나저나, 이건 티그에르트 님이 판단하실 일이야. 나한테는 결론을 알려주기만 하면 돼."

그렇다고는 해도, 아이의 혼담에 관해 티그에르트는 반드시 레일리아에게 상담했다. 그리고 레일리아의 의견에 따랐다. 즉, 결정권을 가진 자는 레일리아인 것이다.

다만, 티그에르트는 자기 자신의 혼담에 관해서는 거부권을 발동하고 있었다. 캇세 집정관 정도의 지위에 있는 기사가 정비 이외의 처를 두지 않는 것은 좋지 않았고, 그만큼 아이들의 혼담이 늘고 마는 것이다.

아크펠트는 4280년에 태어났고, 사크펠트는 4282년에 태어났다. 즉, 다섯 살과 세 살에 불과하다. 그런데 이미 아크펠트에게는 여덟 명의 약혼자가, 사크펠트에게도 세 명의 약혼자가 있었다.

사실 가장 고민스러운 혼담은 차녀인 사리카의 상대 선정이었다. 남성은 복수의 여성과 약혼할 수 있지만, 여성은 단 한 명의 남성과만 약혼할 수 있다. 그리고 남성 측에서 거절하지 않는 한, 약혼자에게 시집가는 것이 상식이었다.

장녀 파리카에 관해서는 고민할 틈도 없었다. 태어나자마자 대리 왕인 샹티리옹의 아들과 약혼하도록 지명되었기 때문이다.

2

저녁 식사 자리에 함께한 것은 티그에르트, 레일리아, 페르미나, 론가 네 명이었다. 사석 회의 멤버에 차관급을 더한 정식 만찬은 어제 가졌기 때문에, 오늘은 회식이 아니었다. 원래대로라면 레일리아도 집정관의 부인으로서 어젯밤 만찬에는 출석해야 했지만, 다섯째를 임신 중이라 공식 행사에 출석하는 일은 피하고 있었다.

페르미나가 티그에르트의 친어머니라는 말을 들으면 모두가 귀를 의심한다. 페르미나와 레일리아는 자매로만 보였다. 게다가 레일리아 쪽이 언니로 보였다. 페르미나의 덧없는 외모에 비해 레일리아에게서는 대귀족의 아내에 걸맞은 위엄이 느껴졌기 때문이다. 28세라는, 생명력과 견식이 양립하는 나이에 달한 레일리아는 반짝이는 듯한 아름다움을 발하고 있었다.

"이 달걀찜은 레일리아 님이 만드신 거로군요."

"어머, 용케도 알았네. 론가."

"그냥 짐작해본 겁니다. 페르미나 님."

레일리아는 가족의 식사 자리에는 무언가 한 가지 메뉴는 직접 만들어 내놓았다. 오늘 만든 것은 시르슈 달걀찜이다.

최근 레일리아는 서역의 소금 호수에서 채취한 부코라는 수초에 빠져 있었고, 오늘 달걀찜 육수도 부코로 냈다. 달걀도 서역산의 적갈색을 띤 코르코르두르 알로, 맛이 진하다.

시르슈는 숲에 자생하는 녹색 잎을 가진 풀로, 희미한 쌉쌀한 맛을 지녔다. 생선이나 고기의 잡내를 없애준다. 레일리아는 밭에서 시르슈를 키우고 있는데, 이 요리에는 색이 옅고 부드러운 어린잎만 썼다. 해가 뜨기 약 한 시간 전에 물을 주고, 해가 뜨기 시작했을 때 수확한다.

소금은 아주 조금만 쓴다. 안에 섞어 넣은 코르코르두르의 작은 고기 조각에 미리 뿌려놓은 소금뿐이다. 그래서 달걀의 자연스러운 감칠맛이 돋보인다. 그 부드러운 달걀 속에 여러 층의 시르슈가 곁들여져 있었다. 어째서 달걀찜 안에서 시르슈가 깔끔하게 잎을 펼치고 있는 것인가, 굳어지지 않은 것인가, 선명하게 신선한 옅은 녹색을 띠고 있는 것인가는 수수께끼였다.

론가는 스푼으로 달걀찜을 떠서 입에 넣고 천천히 맛을 보았다.

식사를 시작할 때 레일리아는 수프니 소량의 부드러운 음식을 내놓았다. 그러면 술에 속이 상하지 않는다는 것이 레일리아의 지론이었다. 이 달걀찜도 그 마음 씀씀이처럼 부드럽고 따뜻했다.

"당신도 슬슬 결혼해야지."

레일리아가 말하는 것도 틀리지 않았다. 론가는 티그에르트와 레일리아와 같은 나이로, 즉 현재 스물여덟 살이다. 보통이라면 아이 하나나 둘쯤 있어도 될 나이였다.

"어떤 여자가 좋아?"

제가 사랑하는 사람은 당신입니다, 라고 답할 수도 없는 일이라 론가는 미소 띤 얼굴로 답할 뿐이었다.

——그래. 결혼하고 아이를 만들고, 자손 대대로 보엔가를 섬기는 것이다.

"몸이 튼튼하고 건강한 아이를 낳을 수 있는 여성이 좋겠습니다. 아, 그리고 요리 솜씨도 있었으면 좋겠습니다."

평범한 귀족의 아내는 직접 요리 같은 건 하지 않으니, 이것은 조금 기묘한 주문이었다. 그러나 레일리아는 빙긋 미소 지었다.

"그거 좋은걸. 알았어. 찾아볼게."

이 따뜻한 식탁이 백 년 후에도 계속되는 것.

그것이 론가의 바람이었다.

1

새해가 밝아 4286년이 되었다.

임신하면 신맛이 강한 음식을 찾는다고 하지만, 지금까지 네 명의 아이를 낳은 레일리아는 특별히 그런 기분을 느껴본 적이 없었다. 그러나 이번에 다섯 번째 아이를 임신하고서는 정말로 그렇다고 느끼게 되었다.

방 한쪽의 나이트 테이블에는 언제나 카르네주 열매가 바구니가득 쌓여 있었다.

이것은 서역의 과일로, 선명한 녹색을 띠고 있으며 수분이 매우많고 개운하면서도 강한 신맛을 가지고 있었다.

비교적 오래 보관할 수 있지만 역시 맛을 유지하는 것은 수확한지 한 달 이내인지라, 지금까지 파르잠 왕국에는 그다지 수입되지않았다.

그런데 론가가 포우사 잎으로 감싸 나무통에 넣고 밀랍으로 봉인하는 방법을 개발했다. 심지어 통과 포우사 잎을 서역으로 보내는 수고까지 들여서.

덕분에 지금은 왕도에서도 인기인 상품이 되었다.

레일리아는 카르네주가 먹고 싶어지면, 과도로 반으로 가르고 론가가 만들어준 착즙기로 주스를 짜내서 컵에 따라 마신다. 때로는 세 개 연달아 짜는 일도 있었다.

그리고 이 아이를 임신한 후로는 배가 고팠다.

이전의 배 정도는 먹고 있는 게 아닐까 싶었다. 출산 후의 몸 관리가 걱정이었지만, 지금은 아무튼 몸이 요구하는 대로 먹을 수밖에 없었다.

"어머나, 너무 많이 움직인 거 아니니? 좀 쉬는 게 어떠니?"

페르미나가 마음을 써주었다. 페르미나는 레일리아의 몸도 물론 걱정하는 것이었지만, 배 속의 아이도 각별히 걱정했다. 다음에 태어나는 남자아이는 아즈바르스가의 후계자가 되기로 정해졌기 때문이다.

"남자아이일까? 여자아이일까?"

"이렇게나 배가 크게 부르는 걸 보면 아기도 분명 몸이 클 거예요. 게다가 이 아이, 엄청나게 많이 먹잖아요. 분명 먹보일 거예요."

"남자아이려나?"

"분명 그럴 거예요."

"기대되는걸. 남자아이라면, 내가 이름을 붙여도 될까?"

"네, 어머님……. 앗…… 배가, 배가 뜨거워요……."

"무슨 일이야? 태어날 것 같니? 밖에 누구 없나?! 약사 선생을 불러오거라."

2

레일리아의 침대 옆에 마련된 자그마한 침대에서 아기가 자고 있었다.

신기했다.

장남 아크펠트와 차남 사크펠트는 아버지인 티그에르트를 닮은 남방풍 생김새와 피부색을 가지고 있었다.

그런데 삼남인 이 아이는 몸집도 생김새도 달랐다. 피부색은 희고 몸집은 단단했고, 머리카락도 곱슬거리지 않았다.

"너는…… 누굴 닮은 거니?"

그러나 그 대답은 들을 것도 없었다. 레일리아의 본가인 자르코스가의 혈통을 떠올리게 하는 용모였다.

자르코스가는 멀어지고 말았다.

어머니 유리카가 죽은 것은 6년 전이다.

재작년에는 백부인 고든의 부고가 전달되었다.

그리고 작년 1월에 아버지 카이넨이 죽었다.

아버지의 죽음을 알았을 때, 동부 변경과 자신을 잇는 인연이 끊어진 듯, 레일리아는 그리 느꼈다. 어차피 이제 돌아갈 일 없는 고향이었지만.

그러나 이 아이를 보고 있으니 동부 변경의 바람이 불어오는 것 같은 느낌이 들었다.

고향의 향기가 감도는 듯한 기분이 들었다.

그나저나 이 얼마나 우량아인지.

출산은 대단히 난산이었고 시간도 걸렸다. 그런 만큼 사랑스러웠다.

양자로 가는 것이 정해져 있는 아이라 더욱 그리 느끼는 것인지도 몰랐다.

아기가 눈을 떴다.

그때 레일리아는 아기에게서 그리운 사람의 모습을 보았다.

"백부……님……?"

이렇게 훗날 대륙의 지하에서 나타난 여덟 마리의 이형과 그 권속이 중원 각국을 유린하는, 이른바 마신 전쟁이 벌어졌을 때, 신카이에서 만들어진 〈오성수(五星獸)의 방패〉를 구사하여 활약하고 여러 나라의 영웅들과 손을 잡고 인류 아인 연합을 승리로 이끄는, 다섯 나라의 군주에게 〈대장벽공〉이라는 칭호를 받는 호걸, 고든 아즈바르스는 탄생한 것이다.

최종부·끝나지 않는 여행

제 1 장

──── 전 별   선 물
─← 생햄 봄 채소 곁들임 →─

1

처음에는 두 개의 이민단이었다.

그들이 찾아온 것은 4285년 9월의 일이었다.

퓨자리온의 설립으로부터 11년이 지났고, 발드가 악령의 왕과 대결한 지 두 달 후의 일이었다.

이 9월 초순에 타랑카와 유그르가, 그리고 세트와 미야가 결혼했다. 결혼에 앞서 세트는 기사 서임을 받았다.

이 결혼식 직후, 전 마쥬에스트령의 영민이었던 사람들 60명이 찾아왔다.

그 이레 후, 보바드의 동쪽에 있던 두 개의 개척 마을 주민이 마을째로 이주해 왔다.

퓨자리온이 길조를 얻어 발전한다고 하는 소문을 듣고 찾아온 것이다.

인구수 1만 2천 명인 지금 퓨자리온의 규모를 생각하면, 160명을 받아들이는 일은 간단했다. 그러나 드리아텟사는 퓨자리온의 모든 기사를 모았다.

"이것은 시작에 지나지 않는다고, 나는 그리 여긴다. 동부 변경에는 가난한 삶을 살고 있는 백성이 많다. 퓨자리온에 신의 은총이 내렸다고 하는 소문은 금세 동부 변경 전체에 퍼질 테지. 올 거다. 대오바의 범람처럼 이민자가 찾아올 거다."

드리아텟사는 퓨자리온의 재편 계획을 발표했다.

"애초에 퓨자리온은 재편하지 않으면 안 될 시기가 왔다. 동부와 동북부에는 풍족한 암염과 광물 자원이 있지만, 지금 퓨자리온의 도시는 그곳에서 너무 멀다. 또한 다섯 개의 마을은 너무 가깝고, 이제는 마을이라 할 규모가 아니다. 각기 독립하여 영지를 유지할 수 있도록, 산업 태세도 재검토해야만 한다."

신생 퓨자리온의 수도 및 각 구획은 다음과 같이 정해졌다.

수도는 자리아. 영주는 줄챠가 올가자드.

제1 구획은 에가루스. 영주는 키즈멜트르 에이사라.

제2 구획은 호리에스. 영주는 노아 팩토.

제3 구획은 모루스. 영주는 타랑카 뱅크루드.

제4 구획은 타테스. 영주는 트루가트르 에이사라.

제5 구획은 코구스. 영주는 퀸터 엑토르.

제6 구획은 키노스. 영주는 달리 팩토.

그 외에 암염, 철광석, 흑석, 동광석, 주석, 석영 등을 채굴하는 작업을 위한 마을은 아홉 개로 늘렸다.

또한 채굴한 광석 등을 나르고 휴식할 곳으로써 설치한 보루를 마을로 확장하고, 다섯 개로 늘린다.

어마어마한 대규모의 계획이었다.

중신으로서 은퇴한 기사 헬리단은 수도 자리아의 정무 전체를 담당하게 되었다.

기사 반츠렌은 병사 30명을 이끌고 신규 개척지 호위에 나섰다.

발드는 총 영주관에 상주하며 다른 영지와 다른 나라에서 찾아온 사자들의 대응을 맡았다.

줄챠가는 이주 희망자들과 면담하고 받아들일지 말지, 어느 구획으로 보낼지를 판단했다.

각 영주는 매달 초에 영주관으로 출근, 전체 운영은 영주의 합의에 의해 진행되었다.

이 결정이 내려진 직후부터 대량의 이주민이 몰려들었고, 광란의 대재편이 시작되었다.

그러던 때, 커즈와 카라에게 고대하던 장남이 태어났고, 아도르커즈라 이름 붙여졌다.

때마침 젠닷타의 대장간에서는 드디어 본격적으로 검이 만들어지기 시작했는데, 그 처음 만든 강철 검을 주군의 어린 아들에게 헌상했다.

아도르커즈가 태어나고 커즈도 달라졌다. 자신의 약함을 드러내기를 두려워하지 않게 되었다. 지금의 커즈는 웬만한 실력을 가진 자가 보아도, 특별할 것 없는 평범한 검객으로만 보일 것이다. 그렇기에 사고와 행동이 자유로운 무시무시한 남자가 되었다, 라고. 발드는 그리 느꼈다.

그러나 대규모 구획 재편에는 많은 돈이 필요하다.

아플라반의 장남 드리앙반이 다섯 살이 되던 4282년, 드리아텟사는 은거 신청서를 제출하고 자작위를 드리앙반에게 양도함으로써 고리올라 소속에서 벗어났다.

아플라반은 드리아텟사가 고리올라 자작으로 있는 동안의 영주 수입을 퓨자리온에 전달했다. 대량의 무구와 함께. 이 재산과 무구가 퓨자리온 재편을 도왔다.

발드도 파르잠에서 얻은 많은 보상금과 마누노 여왕에게 받은 보석을 아낌없이 썼다.

4286년 새해가 밝자마자 파르잠 왕국의 대리 왕 샹티리옹이 보낸 사자가 왔다.

사자는 그 소란스러움에 놀란 모양이었지만, 발드는 카무라의 요리로 정중하게 대접을 했다.

사자는 좋은 보고가 가능할 것 같다는 말을 남기고 떠났다.

이주민의 파도는 반년 만에 딱 멈추었다.

그사이에 이주해 온 인원수는 1만을 넘었다. 배 가까운 규모로 인구가 늘어난 것이다.

재편 계획으로 대응하지 않았다면 도저히 받아들일 수 없는 인원수였다.

——마치 마법 같군그래.

드리아텟사는 이주자의 대유입이라는 돌발 사태를 기회로 삼아, 보통은 도저히 있을 수 없는 발전을 실현해 보였다. 그야말로 훌륭하다고 말할 수밖에 없었다.

변경 각지의 영주에게서 사자가 찾아와 영민을 돌려보내라는 요구를 했지만, 사실 정말로 영민을 돌려받으려는 생각은 아니었다.

최종부

퓨자리온의 상황을 캐내기 위해 온 것이다.

어쩌다 정말로 제 영지의 영민을 발견한 사자에게는 상응하는 금액을 건네고 백성을 샀다.

사자들은 퓨자리온의 기사와 병사와 무기고와 개척 상황을 보고, 설령 쳐들어간다고 해도 간단히 부를 빼앗을 수 없으리라는 사실을 깨달았다.

이주민 소동이 진정되었을 때부터 줄챠가가 여행에 데려가라며 시끄러웠다.

이 방랑을 좋아하는 남자가 꽤 오랫동안 퓨자리온에 눌러앉아 성실하게 일을 했으니, 여행 본능이 꿈틀거리는 것도 무리는 아니리라.

2

어느 날, 카라가 발드를 찾아왔다. 안색이 안 좋았다.

망설이다 겨우 꺼낸 이야기를 듣고 발드는 경악했다.

줄챠가가 죽을병에 걸렸다고 한다.

일의 발단은 드리아텟사가 줄챠가의 소변 색이 이상하다는 것을 눈치채면서였다. 새빨갰던 것이다. 드리아텟사는 줄챠가를 카라에게 끌고 갔다.

줄챠가를 진찰한 카라는 발견한 사실에 놀랐고, 또 트리카의 진찰도 받게 했다. 트리카의 소견도 같았다.

카라는 그 결과를 드리아텟사와 줄챠가에게 전달해도 좋을지 어떨지 망설였고, 발드에게 상담을 하러 왔던 것이었다.

"위장이 상하는 병이 생겼어. 아니. 위장만이 아니야. 여기저기로 불똥이 튀고 있는 것 같아. 이제 손쓸 방법이 없어. 미안. 자리 아녔다면, 아니면 제노스피넨이었다면 좀 더 일찍 발견했을지도 모르는데. 미안해."

발드는 드리아텟사를 불러 카라의 진찰 결과를 알렸다.

여명은 하루일지도 모르고 반년일지도 모른다고.

아연실색하는 드리아텟사에게 발드는 최근 줄챠가 자꾸만 여행에 데려가라며 조른다는 사실을 전했다.

"죽을병이라는 걸 알고, 여행 중에 몸을 감추고 죽고 싶어 하는 것일지도 모르겠군."

"발드 님! 줄챠가는 바로 제 남편입니다! 아플라, 실키, 트릴의 아버지입니다. 피할 길 없는 병이라 해도 가족이 돌봅니다. 그런 몸으로 여행에 나선다는 이야기는 하지 마십시오!"

이후, 이 일에 관하여 발드는 먼저 말을 꺼내지 않았다.

드리아텟사는 줄챠가가 가능한 한 가족과 함께 지낼 수 있도록 했다.

장남 아플라는 아홉 살, 장녀 실키는 여섯 살, 차남 트릴은 네 살이었다.

아이들은 줄챠가에게 마음껏 어리광을 부렸다.

줄챠가도 충동이 잦아들었는지 여행을 가고 싶다는 말버릇이 사라졌다.

8월, 반츠렌 다이에가 아내를 맞았다. 상대는 이주해 온 기사의

최종부

308

딸이었다.

가을이 되었고, 크릴즈카가 유에이탄의 새끼를 낳았다.

드리아텟사는 몹시 기뻐하며 멋대로 〈비공어(크리르탄)〉라는 이름을 붙였다.

"발드 님, 이 아이는 아플라에녹의 말로 삼겠습니다. 괜찮죠?! 괜찮죠?! 괜찮죠?!"

그리 말한 뒤, 반론할 틈도 주지 않은 채 낚아채 갔다.

이러저러하며 아무 일 없이 평화롭게 한 해가 끝났다.

줄챠가의 일을 걱정하면서도 변함없이 퓨자리온은 발전의 혼란 속에 있었고, 발드도 어수선한 나날을 보냈다.

또 아도르커즈의 성장하는 모습을 보는 것도 어찌나 즐거운지, 발드는 그 모습을 보기 위해 매일 몇 번이고 걸음을 했다. 무엇보다 아도르는 발드를 몹시도 따랐다. 그것은 틀림없었다.

10월, 타랑카와 유그르 사이에서 여자아이가 태어나 샤루카라고 이름 붙여졌다.

같은 10월, 갈리가의 가신 가르쿠스 라골라스가 총영주관을 찾아와 발드에게 고개를 숙였다.

"저희 주군 텐플에이드의 비를 찾아주시길 부탁드립니다."

텐플에이드는 올해 27세로, 새해가 되면 28세가 된다.

드리아텟사의 제안으로 편지를 쓰고, 아플라반이 신년에 보낸 사자를 통해 칼리엠 후작 부인에게 혼처를 알아봐달라고 부탁했다.

새해가 밝았다.

봄을 고대하게 되는 시기가 되자, 또다시 줄챠가가 여행을 떠나고 싶다며 떼를 쓰기 시작했다. 줄챠가는 눈에 띄게 여위어가고 있었다.

2월에 들어선 어느 날, 드리아텟사가 발드를 찾아왔다.

"매일 밤, 줄챠가가 말합니다. 여행 가고 싶다, 여행 가고 싶다 하고. 여행하며 보는 신기한 것, 여행하며 먹는 맛있는 것을 슬픈 얼굴로 이야기합니다. 특히 발드 나리와 하는 여행이 최고라고. 줄챠가가 하는 말이 뭔지, 잘 압니다. 저도 같으니까요. 발드 님과의 여행은 정말로 즐거웠죠. 하지만 지금의 줄챠가를 여행 보내다니. 발드 님, 저는 어찌하면 좋겠습니까?"

열흘 후, 드리아텟사는 사라질 듯한 목소리로 울면서 말했다.

"줄챠가를 여행에 데려가주세요."

"그래."

출발은 4월 3일로 정해졌다.

그러나 예상하지 못했던 손님이 찾아와 여행은 연기되었다.

3

대륙력 4287년 3월 38일, 파르잠 왕국 대리 왕 샹티리옹의 사자가 찾아와, 발드를 보자마자 코그스 영주 퀸터 엑토르와 파르잠 왕국 백작 가람 레자라트로의 여식 유나리아가 부부의 연을 맺은 것에 관하여 축하의 말을 전했다. 신부를 태운 마차는 이미 파르잠을 출발했다고 한다.

카라가 발드에게 사정을 설명했다.

"저기 있잖아, 발드 님. 같이 파르잠에 갔던 적이 있잖아? 그 왜, 용인들의 습격이 있었을 때. 발드 님은 기절해서 몰랐을 테지만, 용인들을 몰아낸 후에 일이 조금 있었어. 기둥과 벽 사이에 끼여서 나오지 못하게 된 여자아이가 있었는데, 퀸터가 나서서 구해낸 거야. 그래서, 나중에 그 여자아이가 감사 인사를 하러 왔거든? 그랬는데 글쎄, 그 여자아이는 샹티리옹 폐하의 조카 따님이라지 뭐야. 그 여자아이는 발드 님이 누워 있던 한 달 반 사이에, 몇 번이나 퀸터를 찾아왔어. 그 후 퀸터는 퓨자리온으로 돌아왔는데, 미궁 모험이 끝나고 너츠 님이 파르잠으로 돌아갈 때, 퀸터는 편지를 전해달라고 했어. 유나리아 공주님에게."

몰랐다. 그런 연애담이 있었을 줄이야.

"그걸로 끝이라고 우리는 그렇게 생각했어. 그런데 작년에 샹티리옹 님이 보낸 사자가 왔었잖아?"

왔었다. 분명 왔었다. 발드의 건강한 모습을 보러 온 것이라고 생각했었는데.

"유나리아 님은 퀸터를 그리워하며 다른 사람에게 시집가는 건 절대로 싫다고 고집을 부려왔다나 봐. 하지만 변경 마을 같은 데 시집보낼 수 있을 만한 공주가 아니니까. 일단은 상황을 살펴보자고 샹티리옹 폐하가 백작에게 말했던 거래."

그러고 보니 그 사자는 코구스 구획에서 사흘이나 머물렀었다.

"그렇게 와보니 퓨자리온은 엄청나게 발전했고, 퀸터는 코그스 영주가 되었잖아? 이런 상황이라면 백작가에서 시집을 보낼 명분이 선다, 라면서 사자는 기뻐하며 귀환한 거지. 물론, 퀸터의 마음을 확인한 다음에. 무엇보다 공주님은 작년에 열아홉 살. 적령기가 아슬아슬하니까."

──퀸터에게도 반려가 생기는 것인가. 그건 축하할 일이로군. 잠깐. 용인 습격 때라고? 그건 분명 4278년의 일이었을 텐데? 그 공주가 작년에 열아홉 살이었다는 건…… 열한 살인가! 그놈은 열한 살 공주와 사랑을 말했다는 것인가?

발드는 괘씸한 놈을 보는 눈으로 그 자리에 없는 퀸터를 노려보았다.

4

사자와 엇갈려 두 명의 기사가 찾아왔다.

가슴에 새겨진 성인(聖印)과 연지색 망토로 그 정체는 명백하게 알 수 있었다.

메르카노 신전 자치령의 성기사였다.

그 우수함은 유명했다. 평범한 기사 둘과 성기사 한 명이어야 균형이 맞는다고들 할 정도다.

성기사 우르베트 마르탱과 성기사 오기스하 테라노는 발드에게 면접을 요청했다.

"우리 카렌에그드라 스토토메노스 님을 모시러 왔다. 이곳에서는 카라 님이라 불리고 계신다. 카렌에그드라 님과 그 자제분을 모시고, 메르카노 신전 자치령으로 가는 것이 우리의 역할이다."

다음 날 저녁, 발드와 커즈와 카라와 줄챠가와 드리아텟사와 헬리단과 타랑카와 퀸터와, 그리고 키즈멜트르와 노아가 총영주관에 모였다.

그 자리에서 카라는 고백했다.

카라의 본명은 카렌에그드라 스토토메노스라고 한다.

메르카노 신전의 네 명의 대교주 중 한 명인 스토토메노스 대교주의 딸이었다.

애초에 카라가 퓨자리온에 온 것은 〈야나의 팔찌〉를 노렸기 때문이었다.

〈야나의 팔찌〉는 메르카노 신전의 비보였다. 그러나 어떤 시기부터 권력 다툼의 도구로 여겨졌고, 그것에 분노한 신령이 메르카노 신전에서 〈야나의 팔찌〉를 거두어 갔다는 이야기가 전해지고 있다고 한다.

오랫동안 어디에 있는지 알지 못하다가 마누노 여왕에게 있는 모양이라는 사실을 알았다. 몇 번이나 사자를 보냈지만 여왕과 만날 수 있었던 자는 없었다.

그리고 오랜 시간이 지나 〈야나의 팔찌〉에 관한 것은 반쯤 전설이 되었다.

대교주는 제각기 제국에 정보망을 가지고 있는데, 카라의 아버지가 우연히 한 소문을 들었다. 변경의 기사 발드 로엔이 마누노 여왕에게 신기한 팔찌를 받았다고 하는 소문이었다.

카라의 아버지는 소문의 진위를 확인하고, 만약 로엔 경이 가진 팔찌가 진짜 〈야나의 팔찌〉라면 어떻게든 넘겨받아 오도록 명령하여 딸을 보냈다.

그러나 거기에는 신전을 떠나 자유롭게 살라는 뜻도 담겨 있었다. 자유분방하게 자란 막내딸에게 음모가 소용돌이치는 메르카노 신전은 너무 답답하리라고, 아버지는 그리 여겼던 것이다.

이리하여 카라는 멀고 먼 퓨자리온으로 왔다.

오자마자 〈야나의 팔찌〉를 보고 그것이 진짜라는 것을 알았다.

그러나 발드의 여행에 동행하면서 카라의 마음은 바뀌었다. 줄곧 퓨자리온에서 살고 싶다고 생각하게 되었다.

아버지는 카라의 결혼을 축복해주었다. 그러나 작년, 사정이 달라졌다.

메르카노 신전의 최고위는 교왕이다.

교왕의 생활은 가혹하다. 이른 아침과 늦은 밤에 식사를 하고 짧은 수면을 취하는 것 외에는 하루의 전부를 신전 가장 깊은 곳에 있는 제단에서 보낸다. 강대한 영력을 가진 교왕이 여러 성구의 도움을 받아 행하는 비밀스러운 의식은 세계의 안녕을 위해 반드시 필요한 일이었으며, 교왕의 이 의식을 완전하게 해내기 위해 메르카노 신전은 존재한다 해도 좋을 정도였다.

교왕을 배출하는 것은 네 개의 대교주 가문이다.

네 개의 대교주 가문은 때로 반목하고 때로 협력하며 지금까지 신전을 지탱해왔다.

그런데 작년에 흉사가 일어났다. 스토토메노스가의 장남, 차남, 삼남과 그들의 아이들이 모두 죽은 것이다.

스토토메노스가에서 교왕이 나오지 않게 된다면, 카라의 아버지는 정치적 발언력을 잃는다. 그래서 카라의 아버지는 카라에게 아

최종부

도르커즈를 데리고 스토토메노스가로 돌아오라고 명령한 것이다.

떠돌이 기사와의 사이에서 생긴 아이이니 높은 영력 같은 것은 기대할 수 없지만, 아도르커즈가 태어나 메르카노 신전에 있는 한 카라의 아버지는 정치적 권력을 유지할 수 있다. 장래 아도르커즈가 아이를 가지면, 스토토메노스가는 다시 번영해갈 터다. 지금은 그 가능성에 매달릴 수밖에 없는 것이다.

그리고 성기사들조차 모르는 비밀을 카라는 아버지에게 몰래 들어 알고 있었다.

네 개의 대교주 가문 중 하나가 멸망할 만한 일이 생기면 〈봉인〉의 힘이 약해져 세계의 멸망으로 이어질 사태가 일어날 가능성이 높아진다는 것이다.

발드는 카라에게 잘 생각하여 결론을 내리라고 말하고, 사흘 후에 다시 한 번 모이도록 명한 다음 모두를 해산시켰다.

이틀째 밤, 카라가 발드를 찾아왔다.

"커즈가, 커즈가 어찌해도 함께 메르카노 신전으로 가주지 않겠다고 해."

카라는 메르카노 신전으로 돌아가는 길을 선택한 것이다. 아도르커즈를 데리고서. 그러나 커즈는 동행하지 않겠다고 말하는 모양이었다.

발드는 그럼 나도 메르카노 신전으로 가마 하고 말하려 했다. 발드가 가면 커즈도 따라오리라 생각했던 것이다.

말을 꺼내려던 때, 뇌리에 발리 토드의 얼굴이 떠올랐다.

──흐음, 어째서 지금 발리 토드 님의 얼굴이 떠오른 것인가.

그러고 보니 커즈가 지나온 길을 발드가 안 것은 발리의 이야기에서였다.

발드는 발리의 이야기를 떠올렸다. 그리고 깨달았다. 커즈는 메르카노 신전에는 못 간다. 갈 수 있을 리가 없는 것이다.

"카라여. 자르반 공국이 멸망했을 때의 이야기를 기억하느냐? 그때 자르반에 공격해 들어온 나라 중에 메르카노 신전 자치령도 포함되어 있었단다."

"뭐? 그럼, 커즈는 지금도 메르카노 신전을 원망하고 있는 거야? 그래서 커즈는 나랑 같이 가주지 않는 거야?"

"그게 아니다. 그런 게 아니란다. 알겠느냐? 메르카노 신전은 자르반 공국가의 혈통이 이 세상에 남아 있어서는 안 된다고 하는 합의를 했고 맹세를 한 게야."

"그래. 하지만 커즈가 자르반 대공가의 피를 이었다는 거, 잠자코 있으면 아무도."

"커즈는 그런 외모가 아니냐. 고사에 정통한 인간이라면 늑대인간 왕의 전설을 떠올릴지도 모른다. 메르카노 신전은 중원에서도 특히 오래된 나라. 옛일을 연구하는 인간은 많지 않겠느냐?"

"마, 맞아. 옛일을 아는 사람은 분명 많지만."

"그곳에 자리를 잡고 살게 된다면 커즈의 정체가 언젠간 밝혀질 위험이 있다. 그렇게 생각하지 않느냐?"

"하, 하지만 그런 옛날 약속 같은 거."

"나라와 나라가 신에게 맹세한 말이라는 것은, 그리 가벼운 것이 아니란다. 그리고 스토토메노스가의 정적(政敵)은 결코 그 점을 놓치지 않을 게다."

"저, 정적이라니."

"그래. 네 이야기를 듣는 것만 해도, 네 개의 대교주가 피로 얼룩진 권력 투쟁을 이어가고 있다는 것은 명백하지. 자르반 대공가의 피를 잇는 자가 스토토메노스가의 후계자가 되었다는 사실을 알면, 네 아버지의 정적은 입맛을 다시며 웃을 게다."

"그, 그럴 수가. 그럼."

"커즈의 정체를 들키면, 커즈의 자식인 아도르커즈도 살해당한다. 그리고 그러한 부적절한 인물을 사위로 맞은 네 아버지는 절체절명의 위기에 빠질 테지. 사랑하는 너와 아도르커즈를 위험에 빠뜨리지 않기 위해 커즈는 이별을 선택한 게란다."

그리고 한동안 울던 카라는 눈물을 훔치고 말했다.

"발드 님, 고마워."

사흘 후, 즉 3월 42일에 다시 모두가 모였다.

"카라여. 마음은 정했느냐?"

"돌아가겠습니다. 아도르커즈를 데리고서."

"로엔가의 이름은 어찌 됩니까?"

그리 물은 것은 기사 키즈멜트르였다.

"남기겠습니다. 그 부분은 저도 양보할 수 없습니다. 아도르커즈는 스토토메노스가와 로엔가, 양쪽의 후계자가 됩니다."

키즈멜트르가 확인하고 싶었던 것은 그것 하나뿐이었는지, 그 후로는 입을 다물었다.

긴 침묵 후, 발드가 말했다.

"그럼 카라와 아도르커즈는 본가로 돌려보낸다."

그러자 커즈가 움직임을 보였다.

커즈는 우선 기사 노아를 가리키더니 그 손가락을 천천히 이동시켜 카라를 가리켰다.

다음으로 기사 키즈멜트르를 가리키고 그 손가락으로 대지를 가리켰다.

잠시의 침묵 뒤, 기사 노아는 커즈에게 고개를 숙이고 무릎을 꿇으며 주먹 쥔 오른손을 가슴에 대고 말했다.

"명 받듭니다. 기사 노아는 일족의 무리를 데리고, 도련님과 함께하겠습니다!"

"네. 기사 키즈멜트르는 일족의 자들과 이 땅에 남아 커즈 님을 섬기고, 올가자드가를 돕고 지지하겠습니다!"

커즈는 고개를 끄덕였다.

그 끄덕임으로 기사 키즈멜트르와 기사 노아도, 커즈가 한 동작의 의미를 바르게 읽었다고 확신했다.

출발은 5월 1일로 정해졌다.

출발일을 듣고 두 성기사는 한순간 미간을 찌푸렸다. 더 빨리 출발하고 싶었던 것이리라. 그러나 입으로는 아무런 말도 하지 않고, 그저 고개를 끄덕였다.

5

처음에 성기사 우르베트와 성기사 오기스하는 깔보는 듯한 시선

최종부

으로 퓨자리온을 보고 있었다. 무리도 아니었다. 퓨자리온에는 전통이라는 것이 없었다.

영주관 하나만 해도, 쌓아 올린 역사와 문화 같은 건 흔적도 없었다.

그러나 발드와 만나고서 두 사람의 태도가 달라졌다.

발드와 대치했을 때, 두 사람의 눈에 퍼뜩 놀라는 빛이 떠올랐다. 마중 나온 발드에게 보인 두 사람의 인사에도 정중함과 경의가 담겨 있었다.

발드 자신은 자신의 커다란 체구와 얼굴의 오래된 상처를 보고 상대가 멋대로 무덕(武德)을 느끼는 것이리라고, 그 정도로만 생각했다. 그러나 그것은 틀렸다. 상상을 초월하는 적들과 상대하며 갈고닦은 발드의 마음은 신의 영역에 이르렀다 해도 좋았고, 볼 수 있는 자가 보면 그 위덕은 분명하게 전해졌다. 실제로 두 성기사는 발드 앞에서 무릎을 꿇지 않는 데만도 상당한 정신력을 필요로 했을 정도였다.

또한 그들의 태도를 바꾼 것은 만찬이었다.

처음에는 당황한 모양이었다.

자리로 안내받아 가보니 나이프와 포크만 달랑 놓여 있었다.

게다가 그 포크는 끝이 무려 네 개로 갈라져 있었다.

이 시점에서 음식을 덜 접시가 없다는 것도 묘했다.

그리고 또 보통이라면 전채를 테이블이 좁다 싶게 늘어놓고, 손님이 착석하기 바로 직전에 따뜻한 요리도 차려놓는 법이다. 그런데 테이블 위에는 아무런 요리도 없었다.

자리에 앉자 곧바로 포도주가 나왔다. 물론 퓨자리온산 포도주였다.

발드의 선창으로 건배를 하자 급사가 빠르고 부드러운 동작으로 첫 번째 접시를 내왔다.

퓨자리온산 돼지(파르쿠르) 생햄에 봄 채소를 곁들인 것이었다.

담음새의 아름다움에 두 기사는 할 말을 잃었다.

그랬다. 이곳 퓨자리온의 손님용 요리는 그야말로 예술 작품이었다.

전채는 촉촉하고 아삭아삭하면서도 폭신하고 부드러웠다. 머뭇머뭇 입에 넣어보니, 그 강렬하고 깊은 맛에 그저 정신없이 접시를 비울 수밖에 없었다.

단 한 접시로 카무라는 손님들의 마음을 사로잡아보인 것이다.

세련된 맛에는 아무런 속임수도 없었다. 계속해서 나오는 접시의 순서, 조리법, 담음새, 잘 훈련된 급사들. 그곳에는 현기증이 날 만큼 문화의 멋이 응축되어 있었다.

중원에서도 가장 오래된 나라에서 온 두 기사는 퓨자리온에도 문화가 있다는 것을 절절하게 깨달았다.

그러나 퓨자리온에 대한 그 둘의 눈빛에 경의를 담게 한 것은 결국 기사들이리라. 기사 헬리단의 중후함, 기사 반츠렌의 예사롭지 않은 무위, 기사 키즈멜트르와 기사 노아의 풍격을 보고 크게 느끼는 바가 있었던 모양이다. 기사 타랑카와 기사 퀸터라는 젊은 재능에는 놀란 표정을 보였고, 그 외의 자들이 정진하는 모습에도 감탄했다.

최종부

"퓨자리온에는 훌륭한 기사들이 자라는 비밀이 있는 걸까요?"

그런 그들이 경멸의 눈빛을 보내는 기사가 있었다.

커즈였다.

공주님의 상대는 어떤 기사일까 하며 상당한 관심을 가지고 찾아왔건만, 마주한 상대는 초라한 가죽 갑옷을 입은 빼빼 마른 남자로, 게다가 말을 하지 못했다. 무위는 조금도 느껴지지 않았고, 말을 걸어도 별다른 반응도 없었다.

두 사람은 완전히 흥미를 잃었고 커즈를 거의 무시하게 되었다.

그 사실에 전혀 동요하지 않는 커즈의 모습에 발드는 더더욱 감탄했다.

6

제2 구획 영주에는 기사 노아 대신에 기사 헝가트르가 오르게 되었다. 보좌는 기사 트루가트르다. 제6 구획 영주로는, 싫다는 기사 반츠렌을 설득하여 맡게 했다. 기사 세트가 보좌였다.

인수인계가 급하게 진행될 무렵, 파파렌가에서 사자가 찾아왔다. 텐플에이드의 비가 정해졌다는 소식이었다.

상대는 타르스카노 백작의 막내딸 노라프리저 공주. 무려 드리아텟사의 사촌 동생이란다.

드리아텟사는 그 이름을 듣고 몹시 놀랐다. 이런 벽촌에, 정체도 모르는 기사에게 시집을 보낼 만한 공주가 아니라고 한다.

그러나 칼리엠 후작 부인의 편지를 읽고 이유를 알았다.

이 공주는 조금 사연이 있었다.

겉모습은 아름답고 건강하였으나 장사를 매우 좋아한다고 하는 특이한 여자아이였다. 최근 파르잠과의 무역이 급격하게 늘어난 것을 눈여겨보고 상당히 큰돈을 벌어들였다고 한다.

그런데 그것이 조금 지나쳤다. 몇 명이나 되는 귀족의 이권을 채가는 형태가 되었고, 아버지인 백작에게 근신 처분을 받게 되었던 것이다. 나이도 이미 스무 살이라서 이대로는 완전히 혼기를 놓치고 만다. 그렇다고 해서 황도에서 신분이 너무 낮은 자에게 시집보내는 것은 집안 체면에 손상이 간다.

이러저러하여 아버지인 백작 본인도 연합 원사 발드 로엔 경의 비호 아래에서 새로운 영지를 개척했다고 하는 청년에게 시집보내는 것을 크게 반겼다고 한다. 사자의 말에 따르면 이미 황도를 출발했을 것이라고 한다.

공주와 함께하는 혼례 행렬이니 아마도 3개월 정도의 여행이 되리라.

즉 7월 초순이나 중순쯤, 신부는 도착한다.

기사 가르쿠스를 불러 이 일을 전하자 매우 놀라고 또 기뻐했다.

경애하는 주인의 비로 대륙 중앙의 강대한 나라 수도에서 고귀하고 아름다운 공주가 찾아온다는 것이다. 기쁘지 않을 리가 없다.

7

폭풍처럼 준비 기간은 지나갔고, 카라의 출발일이 찾아왔다.

최종부

두 성기사는 그저 아연실색하고 있었다.

무리도 아니다.

아도르커즈가 탈 마차는 장인들이 분투한 모양인지 아주 훌륭하게 만들어졌다. 그 뒤로는 아도르커즈의 재산을 실은 마차가 이어졌다. 그 수는 40대.

수행하는 기사 노아, 그 장남인 기사 달리, 차남인 기사 고어, 삼남인 기사 발루는 물론 말을 타고 있었다. 그 아내와 아이들과 사용인들이 탈 마차가 18대. 또한 가신들의 재산과 식료를 잔뜩 실은 짐마차가 26대. 병사 40명은 마차나 말을 타고 있었다.

단 한 사람도 걸어가지 않는다는 점이 이 무리의 부를 이야기해 주고 있었다.

"이게 전부 아도르커즈 님의 재산이며 가신인 건가?"

놀라서 중얼거리는 기사 우르베트에게 기사 키즈멜트르가 말을 걸었다.

"로엔가는 올가자드가로부터 이 퓨자리온 두 도시의 영주 자리를 받았소. 우르베트 님. 로엔가의 가신 전부가 아도르커즈 님과 함께하는 것이 당연하겠으나, 그래서는 퓨자리온을 꾸려나갈 수 없소. 그래서 커즈 님은 이 키즈멜트르와 그 일가에는 이곳에 남도록 명령하셨소. 내가 어떤 마음으로 아도르커즈 님을 배웅하는지, 당신이 아실 수 있겠소? 또한 기사 노아도 일족인 자들은 데려가지만, 사용인의 대부분은 여기에 남겼소. 그것만이 아니오. 함께 데려가달라고 애원하는 영민이 얼마나 많은지 아시오? 아도르커즈 님과 함께 메르카노 신전 자치령으로 가는 것은 주인의 아드님이 가진 재산 중 극히 일부라는 것을 알아두시오."

주요 인물들이 빙 둘러서서 카라와 아도르커즈를 배웅했다.

그 뒤에서는 셀 수 없을 징도의 영민들이 직별을 아쉬워하고 있었다.

한바탕 인사를 마친 카라가 마지막으로 커즈에게 작별을 고하려 했지만, 커즈는 그것을 제지하고 아도르커즈를 안아 들도록 손짓했다.

카라가 아도르커즈를 안아 들어 커즈 쪽을 향해 서자, 커즈는 열다섯 걸음 뒤로 물러나 부드럽게 마검 〈반 플뢰르〉를 뽑았다.

그리고 오른손으로 마검을 높게 들고, 흐르는 듯한 동작으로 오른발을 내디디고, 왼손을 크게 빼며 오른손의 검을 휘둘러 내렸다.

느린 동작이었으나 빈틈이 전혀 없는 완성된 움직임이었다.

커즈는 그 동작의 흐름대로 왼손을 앞으로 뻗고, 왼 다리를 내디디며 다시 한 번 오른손의 검을 휘둘러 올렸다.

──아, 아!

발드는 커즈가 무엇을 하려 하는지 깨달았다.

기본 동작 연습이다.

그나저나 이 온몸의 움직임은 무엇인가. 팔과 다리와 몸통과 머리 움직임의 연결인가.

왼손 하나를 보아도, 그것을 휘두르고 다시 돌아오는 동작이 오른손에 든 검을 휘두르는 것으로 이어지고 있었다. 실전 중에 그것은 몸놀림 속에 녹아들어 버린다. 그런데 이렇게 동작 연습으로 기본이 되는 움직임을 보니, 커즈의 검의 비밀을 알 수 있었다. 온몸의 움직임 속에서 어떻게 검에 위력이 전달되어 갈 것인가.

그런가. 커즈 로엔의 한손검은 이렇게 움직여지는 것인가.

방패를 든 기사가 드는 한손검은 단적으로 말하자면 오른손만으로 휘두른다. 커즈가 휘두르는 이 검은 다르다. 몸 전체가, 오른손이 휘두르는 검을 위해 움직이고 연계한다. 그야말로 전신검인 것이다.

최초의 동작이 끝나고 다음 동작으로 옮겨갔다.

비스듬하게 휘둘러 내렸다. 좌우의 휘둘러 내리기가 교차해 행해졌다. 참으로 아름다운 동작이다.

커즈와 안 지 벌써 20년 가까이 되지만, 발드는 커즈의 훈련을 본 적이 한 번도 없었다. 커즈는 자신의 연습을 누구에게도 보여주지 않았던 것이다. 그 이유를 알았다. 이것은 보여줄 수 없다. 원래는 누구에게도 보여주지 않을 터인 것이었다.

그것을 지금, 커즈는 사람들 앞에서 하고 있다. 아도르커즈의 눈에 새기기 위해.

물론 한 살 반인 아도르커즈가 무언가를 이해할 수 있을 리 없다.

하지만 그래도 그 눈꺼풀에 새기기 위해 커즈는 동작을 펼쳐 보였다.

기사 노아가, 기사 달리가, 기사 고어가, 기사 발루가 삼킬 듯이 커즈의 움직임을 바라보고 있었다. 그들은 커즈의 이 선물을 바르게 아도르커즈에게 전해야만 한다.

지금 이 자리에는 노아가 외에도 많은 기사들이 있다. 커즈가 펼친 동작은 이 기사들 모두에게 남기는 마지막 선물이기도 했다.

이 남자는 대체 어떤 마음으로 무예를 갈고닦아 왔을까.

젊은 날에 키운 기술은 나라를 지키지 못했고, 자르반은 멸망해 갔다.

허무함 속에서 이 남자는 칸토르엣다가 남긴, 검을 갈고닦으라는 말을 의지해 살았다.

이 세상 무엇에도 지지 않는 힘. 자기 자신을 집어삼킬 것 같은 절망과 싸울 수 있는 힘.

아마도 그러한 힘을 추구하며 이 남자는 검을 갈고닦았으리라.

그러나 갈고닦은 검기는 자신을 책망하는 칼날이기도 했다. 그 정도의 힘을 가지고서 너는 무엇을 했느냐. 그러한 질문이 이 남자 안에 자리 잡고 있었을 것이다.

그래서 자르반 유민의 존재를 안 것은 이 남자에게 있어 구원이었다. 핏줄인 공주의 존재를 안 것도 또한 구원이었다. 자신의 힘을 필요로 하는 사람이 있다. 빼앗긴 사람이 있다. 그 사람들을 위해 갈고닦은 검술 실력을 쓸 수 있다. 그것은 얼마나 큰 기쁨이었을까.

그러하기에 싸움이 끝났을 때, 더욱 큰 허무가 이 남자의 가슴속에 자리 잡았다.

그러던 때, 이 남자는 발드를 만났다.

이 남자는 자신이 가진 모든 검의 기술을 써서 발드를 보필했다.

드리아텟사를 변경 경무회에서 우승시키기 위해. 메이지아 성을 고든의 손에 돌려주기 위해. 쥘랑트의 목숨을 지키고 그 패업을 이루게 하기 위해. 중원의 민중을 마수 대군으로부터 지키기 위해.

물욕 장군을 쓰러뜨리고 제국 전쟁을 끝내기 위해.

그야말로 이 남자가 갈고닦은 천하무쌍의 기술은 도움이 되었다.

그리고 싸움을 헤쳐나오며 이 남자는 더더욱 성장했다. 도전하고 배우고 자신을 단련했다. 이 긴 수명을 가진 검사의 기술은 지금 바로 원숙함의 극치에 다다랐다 해도 좋았다.

――자랑스러워하거라. 커즈 로엔!

네 기술을 이곳에 있는 모든 기사들에게 보여주거라. 그것은 기사들의 마음속에 새겨져 결코 잊히지 않으리라.

결국 커즈가 펼쳐 보인 동작은 공격형이 일곱, 방어형이 다섯, 특수한 공격형이 셋, 그리고 복합형이 둘, 총 열일곱에 달했다.

지켜보는 기사들은 어느샌가 오른쪽 무릎을 꿇고 있었다. 두 성기사도 그들을 따랐다. 기사가 기사에게 보내는 최고의 예였다. 기사들의 뒤에서는 군중들 또한 무릎을 꿇고 있었다.

모든 동작을 펼쳐 보인 커즈는 검을 검집에 넣고서 마차로 다가갔다.

도중에 성기사 우르베트가 커즈 로엔 님의 아드님은 확실하게 책임지겠습니다, 하고 경외를 목소리에 담아 말했을 때, 커즈는 슬며시 우르베트 쪽을 보며 부드럽게 미소 지어 보였다.

마차 안에는 검장 젠닷타가 아도르커즈에게 바친 검이 놓여 있었다.

커즈는 그 검을 손에 들고, 대신 마검〈반 플뢰르〉를 놓아두었다.

커즈는 마검〈반 플뢰르〉를 아도르커즈에게 물려준 것이다.

카라가 눈을 크게 뜨며 말없이 놀랐다.

그 후 발드가 마차로 다가가 〈야나의 팔찌〉를 손목에서 빼내어 카라에게 건넸다.

카라의 두 눈은 쏟아질 듯이 커졌다.

발드는 카라와 기사 노아에게 말했다.

"아도르커즈가 성인이 되고 기사가 되면, 로엔가 당주라 칭하게 하거라."

그리하여 카라와 아도르커즈와 그 가신들은, 두 개의 비보를 지니고, 많은 재화를 지니고, 여행을 떠났다.

─ 카스켈 끈 데침 ─

1

"이런 좋은 여자를 두고 가다니 줄챠가는 지독한 남자예요. 복수로 퓨자리온을 위대한 나라로 발전시키고, 그 초대왕이 바로 줄챠가라고 선언할 겁니다. 후후후. 대륙 구석구석까지 건국왕 줄챠가의 이름이 널리 알려지게 해줄 거예요."

여행을 떠나기 전날 밤, 드리아텟사는 발드에게 그렇게 말했다.

발드와 커즈, 줄챠가는 가족에게 작별을 고하고 퓨자리온을 떠나 북상했다.

하지만 그 방향을 바꾸게 하는 일이 생겼다.

어두운 밤의 숲속에 숲의 현자(파두리 오라)가 나타났던 것이다.

파두리 오라는 커다란 머리에 비해 아주 작은 오른손을 들어 발드 일행이 지금 지나온 방향을 가리켰다.

"고맙소이다."

발드는 그렇게 말하고 말 머리를 돌려 왔던 방향으로 돌아갔다.

"어? 어라? 나리, 돌아가는 거야?"

그날은 결국 제6 구획인 키노스의 영주관에서 머무르게 되었다.

영주인 반츠렌 다이에는 무척이나 기뻐하면서 발드 일행을 대접했다.

공사 총감독을 맡은 오로도 동석하여 이야기꽃을 피웠다. 구이꾼인 오야도 키노스를 거점으로 삼고 있어서, 이날 밤 발드는 오야가 굽는 신선한 시로즈노의 내장에 입맛을 다셨다.

다음 날 아침 발드 일행은 퓨자리온의 남서쪽 외곽까지 갔다.

그 도중에 남쪽에서 다가오는 자가 있었다.

말이 두 마리. 그리고 그 말에 탄 이는 기사일까?

기복 있는 길과 무성한 풀에 가려져 모습이 나타났다 사라졌다 하며 다가오고 있었다.

앞에서 달리는 자는 청년이었다. 나이는 17, 18세 정도일까? 아직 기사라고 하기에는 어린 나이였다. 투구는 쓰지 않았고, 빨간 머리카락이 녹색 초원을 배경으로 하여 선명하게 도드라졌다.

뒤에서 달리는 이는 장년의 기사였다. 어쩐지 낯이 익은 얼굴이었다.

"어이, 영감! 당신이 발드 로엔인가?!"

힘 있는 목소리다. 이 청년은 좋은 지휘관이 되리라.

그나저나, 참으로 곧게 가슴에 와닿는 목소리다.

"그렇네만."

"콜린! 발드 로엔이다! 검을 내놔!"

"켁! 진짜 발드 로엔 원사잖아."

"어서, 검을!"

"아, 아니, 무리야. 게라, 돌아가자. 저건 진짜 괴물이라고."

"무리인지 아닌지, 해보지 않으면 모르잖아. 어서! 검을 내놓으라고!"

콜린이 검을 청년에게 건넸다. 장검이다.

"나는 게라 워드! 아버지가 몇 번이고 당신에게 당했다고 듣고, 아버지 대신에 당신을 쓰러뜨리기 위해 왔다! 자, 승부다!"

아버지란 조그를 말하는 것일까?

콜린 클루저와 함께이니 아마도 그러하리라.

조그에게 이런 나이의 아들이 있다니 놀라웠다.

발드는 뒤에 실린 짐에서 지팡이를 뽑아 들었다. 이제 검을 드는 것은 힘들었다.

게라 워드가 말을 몰아 달려들었다. 훌륭한 돌진이다.

어째선지 발드는 부러워졌다.

대검을 휘둘러 올리고 단숨에 휘둘러 내리는 게라.

예상을 훨씬 뛰어넘는 속도와 위력에 발드는 한순간 등줄기에 한기가 들었다.

그러나 어째서인지 상대가 파고드는 호흡이 손에 잡힐 듯이 훤하게 보였다.

슬쩍 유에이탄을 앞으로 몰아 상대의 호흡을 무너뜨렸다.

"앗!"

놀란 게라의 품으로 뛰어들어 퍼억하고 지팡이로 측두부를 휘둘러 쳤다.

스쳐 지나가는 두 마리의 말.

게라의 몸은 휘청였고 말에서 풀밭으로 떨어졌다.

"으앗! 게라!"

콜린이 게라에게 달려가 살피기 시작했다.

"어이, 콜린 클루저."

"뭐, 뭐냐? 발드 원사."

"뭐냐는 아니지. 어째서 나를 공격한 것인가? 그리고 이 젊은이는 대체 누구인가?"

"아, 아니. 그게 말이지. 나도 잘은 모르겠는데. 아, 이 녀석은 게라 워드. 조그의 양자 같은 거야."

콜린의 말에 따르면 수년 전, 에이나 백성의 여행단(트랭)이 가이넬리아의 도성을 방문했다고 한다. 조그는 그 일행이던 라이자라는 여자에게 끌렸고 자신의 사람으로 삼았다. 라이자는 아이를 데리고 있었다. 조그는 그 아이를 자신의 가족처럼 여기라 명령했다.

그리고 2년 정도 후에 같은 여행단이 다시 찾아왔을 때, 라이자라는 여자는 조그의 곁을 떠나 여행단으로 돌아갔지만, 게라는 조그 곁에 남겨졌다고 한다.

발드는 이야기를 들으며 매우 충격을 받았다.

라이자의 아들. 그리고 나이. 붉은 머리카락. 이 체격, 전투력, 폭발할 듯한 기백.

이 무슨 일인가.

15년 전, 발드는 파르잠 왕 줄랑트에게 부탁을 받아 마수(키셀)에게 습격받은 콜포스 성채 구원에 나섰다. 콜포스 성채의 병사들을 지휘하여 마수 무리를 물리친 발드는 샹티리옹이 세상 견문을 넓힐 수 있도록 둘이서 여행을 했다. 그때, 이름도 모르는 마을에서

최 종 부

에이나 백성의 여행단과 만났고, 라이자라는 이름의 무희와 발드는 하룻밤을 함께했다.

그랬다. 그때 라이자는 묘한 말을 했다.

단장을 납득시킬 수 있을 정도의 돈을 원한다고, 그렇게 말했다. 그것은 즉, 임신하여 한동안 일할 수 없게 된 것을 용서받을 수 있을 정도의 돈이 필요하다는 의미였단 말인가.

그렇다면 라이자는 그 하룻밤을 보낸 후 곧바로 아이를 가졌다는 사실을 알았다는 뜻이 된다. 그런 일이 있을 수 있는가.

그러나 그리 생각하지 않으면 라이자가 했던 그 말의 의미를 이해할 수 없었다.

분명 그러하리라. 그것이 직감에 따른 것인지 바람에 따른 것인지는 차치하더라도, 라이자는 발드와 만나 자신은 이 남자의 아이를 낳으리라는 것을 알았다. 그리고 그대로 배 속에 아이가 깃들었다. 적어도 라이자는 그리 생각했다. 그리고 신은 그 믿음을 현실로 이루어주었다.

그리 생각할 수밖에 없었다.

에이나의 백성은 신에 가깝다고 여겨진다. 세속의 권력과 토지에 묶이지 않고 유랑하는 그들은, 신과의 교류를 무엇보다 중시한다. 에이나 백성의 무희는 무녀이기도 하다. 그녀들은 춤을 통해 신과 교류한다. 라이자는 특히 뛰어난 무희였다. 그것은 특히 뛰어난 무녀이기도 하다는 뜻인지도 모른다.

이 아이가 그때의 그 아이다. 게라 워드는 지금 열다섯 살이다.

또 하나 떠오른 것이 있었다.

제2장
운해

333

힐프리마르체에서의 전투 전에, 조그는 발드를 〈바람둥이 영감탱이〉라며 욕하고 〈두고 보라고〉라는 말을 던졌다.

라이자와 만나고 반한 조그가 아들의 부친은 누구인지 물었을지도 모른다. 라이자에게 이름을 밝혔었는지 어쨌는지는 기억이 나지 않지만, 이야기를 들은 조그는 그 짐승 같은 직감으로 이 아이는 발드의 아들이라고 깨닫지 않았을까? 그래서 라이자를 아내로 삼고, 게라를 자신의 자식으로 삼아 발드에게 한 방 먹인 셈친 것이 아닐까?

하지만 그렇다면, 발드 로엔의 아들을 조그 워드가 키우고 있는 것인가.

그런 생각을 하고 있으려니 게라가 정신을 차렸다.

"으음. 으앗! 바, 발드 로엔! 순순히 승부를."

"아니, 승부는 끝났다. 네 패배다. 허나 제법 괜찮은 분투였으니, 상을 주마."

발드는 유에이탄에 매달아두었던 고대 검을 풀어 검집째 게라 워드에게 주었다.

"너의 지금 체격으로는 이 검이 더 잘 맞을 게다."

"오. 이거, 겉모양은 별로지만, 휘두르는 느낌이 괜찮은걸. 좋아. 받아주지."

"그, 그건, 마, 마검 스타보로……."

"콜린! 뭐 해? 돌아간다! 어이, 발드! 다음에 만날 땐, 너 같은 건 한 방일 줄 알아! 기억해둬! 너…… 너, 어디 가는 길이냐?"

"그래. 퓨자에 오를 거다."

최종부

"퓨자? 흐응. 그, 그래? 거, 건…… 됐어, 발드! 너를 죽이는 건 나다. 그때까지 죽지 말라고!"

그렇게 말하며 게라가 달려가버렸고, 그 뒤를 콜린이 쫓았다.

발드는 처음 만난, 그리도 두 번 다시 만날 리 없을 터인 아들의 모습이 보이지 않게 될 때까지 지켜보았다.

──스타보로스여. 내 아들을 부탁한다.

돌아보니 커즈가 놀라고 있었다. 평소 얼굴과 아주 미묘한 차이였지만, 익숙한 발드에게는 커즈가 얼마나 놀라고 있는지 빤히 보였다.

커즈는 라이자에 관해 모른다. 게라의 정체도 눈치챘을 리 없다.

──하하하. 넋이 나갔군. 저 커즈가 넋이 나갔어.

"저, 저기, 나리. 이건 대체 어떻게 된 거야? 뭐냐니까? 나리, 왜 웃고 있는 건데? 설명해줘────."

줄챠가가 캐물었지만 당연하게도 발드는 대답할 마음이 없었다.

유쾌했다. 그저 유쾌했다.

신들이 계획한 일은 참으로 즐겁다.

2

여행에 나선 지 3개월이 지났다.

지난 3개월 동안 다양한 모험을 했다.

퓨자 기슭에는 몇 개의 도시와 마을이 있었다.

어떤 마을에서는 용의 등이라고 불리는 능선 안쪽에서 몇 년에

제2장
운해

335

한 번 나타난다고 하는 괴물을 퇴치했다.

어떤 마을에서는 달이 없는 밤에만 잡을 수 있다고 하는 물고기를 아무 생각 없이 먹어버려 미을 사람들에게 쫓겨 다녔다.

1년의 절반을 움막에서 자며 지낸다는 아인 파르카즐의 집락이 있었다.

네 개의 팔과 강인한 꼬리를 가진 아인 올란드의 집락이 있었다.

세 사람은 몇 번이나 위기에 빠졌지만, 줄챠가의 기지와 커즈의 검술로 헤쳐 나왔다.

그러나 줄챠가의 체력은 점점 쇠약해져갔다. 그 때문에 나아가는 속도도 떨어졌다.

지금 발드 일행은 커다란 호숫가에 있었다.

투명하고 아름다운 거울 같은 수면이 대퓨자를 비추고 있었다.

보아도 보아도 질리지 않는 광경이었다.

그때, 호수에 비친 퓨자의 산기슭이 일렁였다. 부글부글, 부글부글하고 거품이 일었고, 거대한 무언가가 떠올랐다. 눈을 감은 채 주룩주룩 몸에서 물을 떨어뜨리며, 수면에서 상반신을 내민 것은 은발의 거대한 미녀였다.

마누노의 여왕이다.

어두운 숲속에서 본 여왕과 밝은 빛 아래에서 본 여왕은 인상이 전혀 달랐다. 정말로 여신이라고 생각할 수밖에 없는 아름다움이었다. 아니, 여신인지도 모른다. 긴 역사 속에서, 이 신비한 생물은 신령으로서 숭상받은 적도 있지 않았는가.

마누노 여왕은 감은 눈을 번쩍 뜨더니 발드를 내려다보았다.

최 종 부

《인간 발드 로엔이여.》

──마누노의 여왕이여, 마침 잘됐군. 당신에게 이야기해두고 싶은 것이 있었다네.

《악령의 왕을 쓰러뜨린 것 말인가.》

──알고 있었는가? 재밍과 게르카스트에게는 사자를 보내 전했지만, 자네들과 이야기를 할 수 있는 사자가 없어서 말일세.

《악령의 왕의 단말마는 우리의 마음에 전해졌다.》

《믿을 수 없는 일이지만.》

《그대가 악령의 왕을 쓰러뜨린 것이었군.》

──뭐, 그렇게 되었네.

《그러나 발드 로엔.》

《인간들의 세계에서는 이 일이 알려지지 않았다.》

《우리 동포들이 세계 이곳저곳에서 보고 들었지만.》

《아무도 이 위대한 업적을 몰랐다.》

──극히 일부의 자들에게만 전했으니 그럴 테지.

《그래서야, 그대는.》

《어떠한 보수를 받는가?》

──마수는 이제 두 번 다시는 나타나지 않을 걸세. 정령은 올바르고 깨끗한 존재로 돌아왔지. 그것이 무엇과도 바꿀 수 없는 보수라네.

《역시 그러한가.》

《태어나는 정령이 정상적으로 돌아온 것은.》

《악령의 왕을 쓰러뜨렸기 때문인가.》

——그래. 역시 그자가 모든 뒤틀림의 원인이었던 모양일세.

《태어나는 정령이 정상적으로 돌아온 것은 좋지만.》

《정령이 너무나도 많아져서.》

《조금 당황하고 있다.》

——많다고? 이상하군. 내 주변에서는 여전히 정령을 보기가 힘든데.

《나로서도 수수께끼다.》

《이제 마누노보다 정령 쪽이 많이 살고 있다.》

——세상에! 그 정도인가.

《그러나 인간 주변에는 나타나지 않고 있다고 한다면.》

《정령도 겨우 인간을 경계하는 법을 배웠는지도 모르겠군.》

——하하하. 그건 새삼스런 이야기로군. 그러나 그거면 된 건지도 모르겠어. 정령은 정령대로 살기 좋은 삶을 찾으면 되네. 그게 내 바람일세.

《발드 로엔.》

《그대는 위대한 사람(뎃사 트리)이다.》

——하하하. 마누노 여왕에게 거인(뎃사 트리)이라고 불릴 만큼 체격이 크지는 않네.

《우리 마누노는 미래영겁.》

《그대의 공적을 잊지 않겠다.》

《언젠가 또 마음을 지배하지 않고도 우리의 말을 알아듣는 인간이 나타난다면.》

《우리는 그대의 공적을 이야기할 것이다.》

──아니, 그건 그만둬주게. 아, 그렇지. 〈야나의 팔찌〉는 내 손자에게 맡겼네.

《그런가.》

《그대가 그리 판단했다면, 상관없다.》

──그 말을 들으니 안심이 되는군.

《인간 발드 로엔.》

《그대의 피를 한 방울 호수에 떨어뜨려라.》

묘한 말을 한다고 생각했지만, 발드는 주머니에서 나이프를 꺼내려 했다. 그러다 그 동작을 멈추고 커즈 쪽을 보더니, 왼손 손바닥을 위쪽으로 해서 손가락을 커즈에게 내밀었다.

커즈가 검을 한 번 휘둘렀다.

손가락 끝에 핏방울이 맺혔다. 발드는 그 피를 짜서 호수에 떨어뜨렸다.

《……오오. 그러했던가.》

《인간 발드 로엔은.》

《그분의 피를 이은 자였는가.》

《이 무슨 일인가.》

《오랜 시간 끝에.》

《이 정도로 짙은 피가 나타나다니.》

《하지만 이것으로 알았다.》

《여러 수수께끼가 풀렸다.》

《참으로 반갑구나.》

──대체 무얼 감탄하고 있는 겐가?

《인간 발드 로엔이여.》

《나에게는 비밀스러운 이름이 있다.》

《네레라는 이름이.》

──호오.

《훗날, 그대와 같은 피가 흐르는 자가.》

《우리의 도움을 원할 때.》

《우리는 도움을 줄 것이다.》

──흐음. 네레여. 나의 자손이 하려는 일에 이치가 있다면, 나의 자손에게 힘을 빌려주게. 허나, 나의 자손의 말과 행동이 이치에 어긋난다면 가르쳐주게.

《그것으로 괜찮겠는가.》

──그거면 되네.

《그렇다면, 그리할 것이다.》

《약속은 맺어졌다.》

──네레여. 여러 가지로 신세가 많았네. 감사 인사를 하지. 잘 지내게나. 자네와 만날 수 있어 다행이었네.

《그대도 건강하길.》

《그대의 여행에 축복을.》

마누노 여왕은 호수 속으로 잠겨갔다.

네레를 불러내 묻는다면 역사의 비밀을 아는 것도 가능하리라. 그러나 아마도 발드가 그런 일을 하지는 않을 것이다. 네레는 친구이며 동지였다. 서로 협력했고 강대한 적과 싸웠다. 그리고 나눌 수 있는 시간은 이미 다했다. 미래에 발드와 같은 피를 가진 자가 네레와 만나는 일은 과연 있을까? 그것은 알 도리도 없는 일이며, 알 필요도 없는 일이다.

문득 옆을 보니 커즈가 미소 짓고 있었다.

——이 녀석, 설마 했는데 마누노 여왕의 말을 아는 게 아닌가?

그리고 보니 조금 전 마누노 여왕이 마음으로 말을 걸어 "피를 한 방울 떨어뜨려라"라고 한 대화를 이 남자는 정확하게 이해하고 있었다. 들리는 것이다. 이 남자에게는.

〈선장〉은 영검 사용자는 쟝 왕의 자손이어야만 한다고 했다. 그렇다면 영검의 사용자를 배출했던 자르반 대공가는 쟝 왕의 혈통이다. 그렇다는 것은, 루굴르고아 게스커스도 쟝 왕의 피를 이은 자였던 것이다. 발드와 루굴르고아는 먼 친척이며 동포였던 것이다.

3

눈을 떴을 때, 그곳에는 경탄할 만한 광경이 펼쳐져 있었다.

운해였다.

이 무슨 농밀한 구름인가. 발을 내디디면 그대로 걸어갈 수 있을 것만 같았다.

떠오르는 아침 햇살을 받아 오묘한 은빛으로 복잡하게 일렁이는 하늘의 융단이다.

그 구름의 바다가 넘실거리기 시작하더니 조금씩 형태를 갖추기 시작했다.

사람이다.

이쪽에도. 저쪽에도.

중앙의 구름 위에서 미소 짓는 여성을 본 발드는 눈을 부릅떴다.

──아이드라 님!

그렇다면, 그 옆에서 친숙하게 아이드라의 어깨를 감싸고 있는 것이 웬델란트 왕인 것인가.

그 옆에는 쥴이 있지 않은가.

그 뒤에서는 그리운 엘제라가, 하이드라가, 볼라가 웃고 있었다.

웬델란트의 오른쪽에는 자이펠트가, 마이탈프가, 고즈가, 그리고 발리 토드가 있었다.

시선을 왼쪽으로 보내니, 킬리가, 갓사라가, 함께 싸운 용사들이 있었다.

안쪽 구름에 살짝 가려져 있는 것은 칸토르엣다인 모양이다.

──고든! 고든 자르코스도 있지 않은가. 고든 옆의 아름다운 여자는 누구인가?

──아아! 지금 이곳은 신들의 정원인가.

태양신의 빛이 강해지자 구름 위의 나라는 흐릿해져 갔다.

발드는 웬델란트 왕을 노려보며 마음속으로 외쳤다.

──나도 이제 곧 그쪽으로 갈 것이다. 기다려라. 이번에야말로 도망치지 말아라!

"나리……."

쥴챠가의 목소리가 들렸다.

돌아보니 쥴챠가가 쓰러져 있었다. 커즈가 지탱해주고 있었다. 발드는 쥴챠가 곁으로 달려갔다.

"내 다리가, 이제 안 움직여. 누구보다도 빠르게 나를 옮겨주었던 내 자랑인 다리가, 이제 안 움직여."

"그래. 네 다리는 아주 잘 일해주었지. 어느 대국의 군주라 해도 욕심낼 훌륭한 다리야."

"헤헤. 역시, 그러려나? 그렇게 칭찬받으면 부끄러운데."

웃으며 하는 말도 띄엄띄엄 이어졌고, 약했다.

"그때 말이야. 그 왜, 린츠에서 나리한테 말을 걸었잖아? 노점이 늘어선 강가에서."

"그래, 공주님께 받은 편지를 훔쳐 간 다음이었지."

"맞아. 그때, 맛있는 것 좀 사주라 하고 말했는데, 사실, 나, 돈 있었어. 하지만 나리한테 말을 걸었어. 마음속에서, 또 한 명의 내가 말이야. 어이, 너, 무슨 바보 같은 짓을 하는 거야. 그 〈인민의 기사(가르데가시 구에라)〉라고. 발드 로엔이라고, 하고 놀라서 허둥댔어."

젊은 날의 발드는 도적에게는 전혀 가차가 없었다. 그 소문을 들었던 줄챠가에게 발드는 지옥의 사자처럼 보였을 터다.

"하지만 나 말이야. 쭉 생각했었어. 아버지가 있고, 이렇게 노점이 늘어선 곳을, 함께 걸으면서 말이야. 이거 사줘, 저거 사줘 하고 졸라 대는 건, 어떤 기분일까 하고. 그때, 나리의 뒷모습을 보고 있었더니. 아버지의 등은, 이런 느낌이 아닐까, 하고 생각했어. 그래서, 그만 나도 모르게, 말을 걸어버렸어."

줄챠가는 괴로운 듯 눈썹을 찌푸리며 잠시 입을 다물었다.

"저 사람한테 죽을 거야. 죽고 말 거야. 뭐, 상관없나. 그런 생각을 하면서 맛있는 것 좀 사주라 하고, 말했더니."

줄챠가는 아주 기쁜 듯한 미소를 지어 보였다.

"나리가 구이라든기 단술 같은 걸 사줬잖아. 둘이서 나란히, 둑 근처에 앉아서 먹었지."

그때 발드는 아이드라의 죽음을 알고 낙담하고, 쓸쓸한 기분을 느꼈다.

그렇지 않았다면 줄챠가를 붙잡아 편지가 어디 있는지 자백하게 했을 것이다.

"맛있었지. 그리고 아이가 강에 빠져서. 나리랑 내가 완벽하게 연계해서 구했고. 모두가 다가와서, 기뻐해주고, 칭찬해주고, 아주 소란스러웠잖아."

잠시 후, 줄챠가는 눈을 뜨고 발드를 똑바로 바라보았다.

"나리, 나리."

"왜 그러는가?"

"저기 있지. 카스켈의 끈 데침이라고, 알아?"

"아니, 모른다네."

카스켈은 척박한 토지에서 자라나고, 그 열매는 수프 건더기 등으로 먹는데, 솔직히 그다지 맛있다고는 말할 수 없다.

그렇지만 카무라는 이 카스켈 열매를 으깨서 전병처럼 굽고, 어패류 같은 걸 얹어 먹는 맛있는 요리를 내놓아 발드를 놀라게 한 적이 있었다.

"헤헤헷. 퓨자 북쪽에서는 말이야. 카스켈 열매를 으깨고 반죽해서, 끈처럼 가늘고 길게 만든다고 하더라고. 그걸 살짝 데친 다음

최종부

에 달고 짭짤한 수프에 적셔서 먹는대. 그게 있지. 정말이지, 말도
안 되게 맛있대."

"변함없이 정보에 밝구나."

"헤헤. 그렇게 칭찬하면, 부끄러운데. 저기 있잖아, 나리."

"왜 그러지?"

"카스켈 끈 데침, 먹고 싶은데. 엄청 먹고 싶어. 데려가주라."

"그래, 데려가주마."

"만세. 에헤헤, 기대되는걸. 이렇게, 줄곧 나리와 맛있는 걸 찾
아다니는 여행을 해서 즐거웠어."

줄챠가의 목소리는 점차 작아졌다. 눈꺼풀도 점점 감겼다. 생명
의 불꽃이 꺼지려 하고 있는 것이다.

"나 있지…… 쭉…… 나리…… 아버지……."

아무리 기다려도 다음 말은 나오지 않았다.

신기할 정도로 조용하고 부드러운 표정을 한 채로, 잠들 듯이 줄
챠가는 죽었다.

여행길에 가능한 한 예를 다하여 명복을 빌었다. 유품 몇 가지는
짐에 넣었다.

커즈는 망토를 벗어서 줄챠가의 몸을 감쌌다.

발드는 줄챠가의 머리카락을 잘라 챙긴 뒤, 그것을 바라보며 말
했다.

"그럼 줄챠가를 퓨자리온으로 데리고 돌아가야겠군."

드물게도 커즈가 고개를 가로저었다.

그 커즈의 오른쪽에서 줄챠가가 나타나 말했다.

"안 돼, 나리. 여행에 데려가준다고 조금 전에 약속했잖아."

그러고 보니 그랬다.

머리카락을 전하고 죽었다는 사실을 알리면 줄챠가의 여행은 거기서 끝난다.

알리지 않고 여행을 계속하면 줄챠가도 살아서 함께 여행을 하는 것이나 마찬가지다.

다시 한 번 커즈의 오른쪽을 보았지만, 당연히 그곳에는 아무도 없었다.

머리카락을 묶어두었던 끈을 풀자, 기다렸다는 듯이 돌풍이 불어와 발드의 손에서 줄챠가의 머리카락을 가져갔다.

줄챠가의 머리카락은 순식간에 높이 날아올라, 흩날리며 하늘 저편으로 사라져 갔다.

바람이 가는 길을 배웅하고 나서, 발드와 커즈는 말에 올라 출발했다.

두 사람의 모습은 운해 속으로 사라졌다.

그리고 몇 년간 발드 로엔의 발자취를 북부 변경 각지에서 찾을 수 있었다.

그 소식도 이윽고 끊겼다.

그리고 시간은 흘러갔다.

어느덧 번영을 자랑한 대국의 이름도, 위대한 왕들의 이름조차도 잊혀졌다.

그러나 변경을 방랑하며 사람들을 도왔던 강하고 다정한 노기사

최 종 부

와 동료들의 이야기는 사라지지 않고 사람들의 마음에 계속해서 온기를 주었다.

(『변경의 노기사』 완결)

| 후 기 |

언젠가 어머니와 둘이서 외식을 했습니다.

어머니가 외출할 일이 있었고 그 운전기사를 맡았습니다. 그리고 점심을 사주셨습니다.

일본식 식당이었습니다.

사실 어떤 요리였는지 자세한 것은 전혀 기억나지 않습니다.

기억에 남은 것은 국물과 차림표였습니다.

국물에 작디작은 유자 껍질이 한 쪽 들어 있었습니다. 이쑤시개 끝부분 정도의, 아주 가느다란 유자였습니다.

그런데 차림표를 보니 음식의 이름이 적힌 바로 옆에 '고명 유자'라고 크게 쓰여 있었습니다.

"여기 '고명 유자'라고 쓰여 있는데, 일부러 쓸 만큼 들어 있지 않은데? 과대광고잖아."

그 말에 어머니는 웃었습니다.

"이건 말이지, 이렇게 먹는 거야."

어머니는 젓가락으로 국물 위에 떠 있는 유자 껍질을 그릇 끝으로 가져오더니 유자 껍질을 젓가락으로 고정한 채로, 그곳에 입을 가져다 대고 국물을 마셨습니다.

어머니를 따라서 고명인 유자에 닿은 국물을 그대로 마셔 보았습니다.

그러자 그때까지 희미하게 비린내가 느껴지던 국물이 선명하고 강렬한 유자 향으로 가득해졌고, 놀랄 만큼 풍부하게 그 맛을 북돋 워 주었습니다.

"그래서 따로 적혀 있었던 거야."

그릇 안에 담긴 음식을 설명하기 위해서가 아니라, 어떻게 그 음 식을 맛보는지를 차림표에 표시해두었던 것입니다.

완전히 색감을 위해 넣은 것이라고만 생각했던 유자를 자세히 살펴보니, 아주 가늘고 작은 그 유자 한가운데에 확실하게 칼집이 한 줄 나 있었습니다. 향기를 더욱 끌어내기 위한 것일 테죠.

1그램의 몇 분의 1밖에 안 되는 유자는 식재비나 분량으로 말하 자면 그 음식에서 없는 것이나 다름없을 테지요. 그럼에도 불구하 고 확실하게 차림표에 기재될 만한 존재감을 가지고 있었던 것입 니다.

그럼, 즐겨주셨던 노기사의 모험담도 종막이 되고 말았습니다.

다만 노기사의 세계에는 장대한 과거와 유구한 미래가 있으며, 크고 작은 사건이 계속해서 일어납니다. 이 책에 쓰인 것은 그중 극히 일부에 지나지 않습니다. 지난날과 앞으로의 날을 상상하며, 쓰이지 않은 역사를 즐겨주셨으면 합니다.

부디 발드와 동료들의 활약이 여러분께 한 조각의 유자와 같았 기를 바랍니다.

마지막으로 이 소설을 완결까지 간행해주신 후지타 아키코 님과 엔터브레인 여러분께, 정취 있는 표지와 삽화를 그려주신 사사이 잇코 님과 키쿠이시 모리오 님께, 온기와 품격 있는 책으로 완성해주신 나와타 코헤이 디자인 사무소 여러분께, 그리고 애독해주신 독자 여러분께 다시 한 번 감사드립니다.

　감사했습니다. 어딘가에서 다시 만나 뵙겠습니다.

2019년 10월 시엔BIS

변경의 노기사
발드 로엔과 시조왕의 유산
5

2024년 7월 25일 제1판 제1쇄 인쇄
2024년 7월 30일 제1판 제1쇄 발행

지음 | **시엔 BIS**
일러스트 | **키쿠이시 모리오**
캐릭터 원안 | **사사이 잇코**
옮김 | **이신**

발행인 | 오태엽
편집팀장 | 이수춘
편집담당 | 이예솔
한국어판 디자인 | Design Plus
라이츠사업팀 | 이은선, 조은지, 정선주, 신주은
전략마케팅팀 | 안영배, 김정훈, 이강희
제작담당 | 박석주

발행처 | (주)서울미디어코믹스
등록일 | 2018년 3월 12일
등록번호 | 제 2018−000021
주소 | 서울특별시 용산구 만리재로 192
전화 | (02)2198−1736
인쇄처 | 코리아 피앤피

● 잘못된 책은 구입하신 곳에서 교환해 드립니다.

HENKYO NO ROKISHI Vol.5 BALDO LOHEN TO SHISOOU NO ISAN
ⓒshienbishop 2019
First published in Japan in 2019 by KADOKAWA CORPORATION, Tokyo.
Korean translation rights arranged with KADOKAWA CORPORATION, Tokyo.